고창사람 유기상이 발로 쓰고 심장으로 노래한

높을고창 사랑가

고창사람 유기상이 발로 쓰고 심장으로 노래한

높을고창 사랑가

한 권으로 읽는 고창학개론

상상출판

고창 사람 유기상이 발로 쓰고
심장으로 노래한 높을고창 사랑가

이 책은 뼛속까지 고창 사람 유기상이 발로 쓰고 심장으로 노래하는 높을고창 사랑가다. 고창의 역사문화에 흥미 있는 분, 애향 고창 사람이라면 꼭 한번 읽어야 할 고창학개론이다. 세 권으로 끝내는 한반도 첫 수도 고창의 하늘, 땅, 사람들의 자랑거리가 가득 찬 보물창고 제1권이다.

나는 운이 좋은 사람이다. 운칠복삼 인생이라 운과 복으로만 살아온 지난날은 모두 따뜻한 고창 사람들의 온기와 은혜 덕분이다. 방장산 땔나뭇꾼 유기상의 진심을 믿어주신 의향 고창 군민들의 선거 혁명 덕분에 운 좋게도 민선 7기 고창군수로 실컷 일해봤다. 제 부족함으로 재선을 못한 덕분에 농생명 식품산업, 문화관광산업의 기틀 마련 완성을 못 해 아쉽지만, 운 좋게도 자기 성찰의 4년 시간을 선물 받았다. 고향 산천을 구석구석 샅샅이 돌아보며 자신을 다시 살펴보고 단련하는 담금질 시간이었다. 덤으로 높을고창 역사문화 인물 이야기 백여 편을 써서 '얼숲'과 '전북의 소리'에 공유할 수 있었다. 이 책은 내가 한평생 품은 고향 땅에 대한 감사와 사랑의 감동을 혼자만 누리기가 너무 아까워서 누군가와 나누기 위해 엮은 글 중 첫째 권이다. 이 시대에 내가 기록해두지 않으면 영영 사라져버릴 보물 이야기들, 디지털 창고 속에 저장해두지 않으면 찾는 이가 없을 소중한 보물들을 꼭 소장해두고 싶었다. 역사 현장을 일일이 찾아 땅의 소리를 들으며 발로 쓴 책이다. 과거와 현재의 고창 사람들과 끊임없이 대화하면서, 뜨거운 심장으로 건져 올린 높을고창 사랑가 중 눈대목이다. 비록 절창이 아니더라도 나의 고창 사랑 노래의 진심을, 경청해 주실 독자들과 공감할 수만 있다면 천만다행이겠다.

방장산 아래 운중반월 산정 마을에서 낳고 자라 고창에서 초·중·고를 마쳤다. 무작정 상경하여 생활전선에서 고전하다가 9급 공무원을 택했다. 운 좋게도 7급 공채, 행정고시에도 합격하여, 9급에서 고위 공무원까지, 중앙정부, 광역과 기초 지방정부를 두루 경험했다. 전주시와 전북도에 근무하면서 기획하고 실행한 전주 한옥마을, 전주 국제 영화제, 전주 세계 소리축제 등은 운 좋게도 전북 문화관광의 상징으로 발전했다. 나이 들면서 해외와 전국의 여러 도시를 돌아본 뒤에, 인생 2막의 취미로 역사 공부에 눈을 뜨고서 다시 고향 산천을 보니, 내 고향 높을고창은 한반도의 문명수도였었다. 고인돌 왕국 고창의 고인돌 천제단에도, 고창이라는 땅이름 속에서 한반도 첫 수도라는 자랑스러운 역사가 오롯이 새겨져 있었던 것이다. 가슴 뛰는 발견이었다. 이 감동을 함께 느낄 수만 있다면 고창 군민들은 자긍심과 행복감이 넘쳐나리라 믿는다.

나와 내 뿌리와 고향에 대한 자긍심은 삶의 활력이자 행복감의 원천이다. 나아가 지역의 역사문화 콘텐츠는 지역 소생의 원동력이다. 그러므로 고창 사람들이 진심으로 고향을 자랑스럽게 생각하며, 진정성을 가지고 고창식으로 기획한 사업만이 오래가고 멀리 갈 수 있다. 그 길만이 대한민국 케이컬쳐 (K-Culture) 시대의 역사문화 관광수도 고창으로 가는 길이다.

과연 인문학이 군민들 밥 먹여 주냐고, 인공지능 시대에도 뿌리 찾기가 계속 유효하냐고, 딴지 거는 의견도 있다. 조선 시대 세계 최고의 과학기술 인문 국가로 태평성대를 이룬 지도자가 바로 인문학자 세종과 정조다. 잘 알다시피 세종과 정조는 당대 최고의 인문학자였기에 최고의 정치를 펼 수 있었다. 앞으로도

지방정부 의원이나 수장들도 지역의 역사문화에 정통할수록 선한 영향력을 끼칠 선출직이 될 가능성이 크다.

세계 최고의 뿌리 찾기 문화유산인 한국의 족보 문화를 선점하여 활용한 '세계 족보 엑스포(루츠테크)'를 만들어 지역 특화 관광산업화한 곳은 놀랍게도 한국이 아니라, 인공지능 선진국 미국의 유타주다.

이 책은 고창학 연구 선구자들께 큰 도움을 받았다. 평생을 고창의 얼 찾기 조사 연구에 진력하신 이기화 전 고창 문화원장, 백원철 전 고창 문화 연구회장, 이병렬 현 고창 문화 연구회장의 주옥같은 기초 연구가 큰 발판이 되었다. 그 밖에도 고창군과 문화원 등 여러 기관의 연구 조사에 참여하신 선배 연구자들께 엎드려 감사드린다. 이 책은 고창학 선구자들께서 차린 밥상 위에 숟가락 하나 얹은 격으로, 여러모로 모자란 미완의 책이다. 애향 군민들께, 석학 독자들께서 저의 과욕이 빚은 오류를 질책하는 새로운 사료와 근거를 아낌없이 제시해 주시길 간청드린다.

앞으로도 시간이 나는 대로 2, 3권을 이어서 엮을 계획이다. 조상님 계신 고향 땅에 뼈를 묻는 날까지는 높을고창 사랑 노래를 부르며 살고 싶다. 그 일만이 나를 키워 주신 군민들과 고향 땅에 보은하는 나의 길이라 믿기 때문이다.

2025년 11월 1일
세계 식초 문화 도시 고창 선포 6주년에
방장산 벽오봉 아래 운중반월 댓자리에서
유기상 삼가 쓰다.

천상 고창 사람 유기상

최완규 (전북문화유산연구원 이사장, 원광대학교 명예교수)

저와 유기상 박사와의 인연은 어언 20여 년이 넘었습니다. 그동안 행정과 연구라는 서로 다른 분야에서 전북의 문화 선양을 위해 많은 도움을 주고받으며, 지속적인 관계를 유지해 왔기 때문에 그를 좀 더 잘 알고 있다고 감히 말할 수 있습니다.

그는 겉모습에서 보면 아주 정제되고 깐깐한 선비의 모습이지만, 그와 대화해 보면 한없이 털털한 냄새를 풍기는 사람임을 금방 느낄 수 있습니다. 그의 내면에 담겨있는 온화하고 자상한 성품은 주변의 많은 사람을 조화롭게 이끌어 내는 리더십으로 발현되기도 하였습니다. 또한 그가 거쳐간 지방자치단체마다 유 박사를 좋아하는 팬클럽이 있을 정도이니 그의 친화력을 쉽게 짐작할 수 있습니다.

어느 한순간도 쉬지 않고 삶에 충실한 모습에서 그는 인생이라는 시간의 틈들을 빼곡히 메꾸어 가는 작업의 연속 선상에 서있는 사람처럼 보입니다. 그것은 바로 공직 생활의 바쁜 가운데에서도 박사 학위 취득과 고창 지역의 현장 답사 및 연구를 통하여 "고창학"을 세우고자 하는 그의 열정이 바로 그것입니다.

유 박사는 전북 지역에서 오랫동안 공직자로서 도민에게 봉사하는 삶을 살아왔지만, 전문가 못지않은 전문성과 유연함을 갖춘 행정가였습니다. 그렇기 때문에 연구자들에 의해서 제시되는 의견을 현실 행정에 적용하여 전주 한옥마을과 세계소리문화축제를 비롯한 수많은 사업을 기획하고 실천하는 추진력을 보여주었습니다. 특히 익산 부시장 재임 중에는 익산 백제역사유적지구를 세계문화유산에 등재하는 사업에 앞장서 매진하여 결실을 보기도 하였습니다.

이번에 출간하는 『높을 고창 사랑가 1 - 한 권으로 읽는 고창학 개론』에는 고창 지역의 역사·문화·문학·인물 등이 총망라되어 있습니다. 하나하나 본인이 직접 답사하고 고증하면서 담아낸 소중함이 그대로 녹아 있어 그의 고창 사랑에 대한 열정을 읽기에 충분한 한 권의 책입니다.

역시 성실하고 부지런한 사람은 그 무언가를 해내고야 마는구나 하는 생각에 부러움마저 들게 합니다. 다시 한번 유 박사의 그 노고에 경의를 표하며 고창을 위해 크게 파이팅하기를 바랍니다.

시대적 소명과 기이함의 역할

김상휘 박사
(전 전북대 초빙교수, 전북특별자치도 예술문화명인연합회장, 한국예총 예술문화풍수명인 1호)

'고창 사람 유기상이 발로 쓰고 심장으로 노래한 - 높을 고창 사랑가, 한 권으로 읽는 고창학 개론'은 제목만큼이나 길고 다채로운 이야기입니다.

한동안 멈춰버린 고창의 자연환경과 역사문화를 유기상 작가 특유의 내공과 발품으로 다시 일깨웠습니다. 이 책은 유기상 박사가 해돋이에 집을 나서, 노을빛 기와가 붉게 출렁일 때까지 고창 땅의 지문(地紋)을 역동적으로 풀어낸 스토리입니다.

'고창학 개론'은 처음부터 끝까지 찰지게 이어집니다. 지난 군수 시절 미처 챙기지 못했던 자연환경, 역사문화를 새롭게 재무장했습니다. 현재, 고창 지역의 자연환경과 역사문화는 깊은 심해에 빠져 있는 듯합니다. 고창의 허파인 갯벌과 염전을 없애고 특정 종교 시설과 골프장 건설을 계획했습니다. 방망이 든 위정자의 아찔한 발상으로 군민들은 분노 폭발 대기 중입니다. 어설픈 경제론을 앞세워 자연과 역사문화를 파괴하거나 비틀면, **결자해지(結者解之)**는 날카로운 부메랑이 되어 돌아옵니다.

한 뼘도 아까운 갯벌은 인간에게 무한한 이로움을 주는 생명체입니다. 정치적 잣대로 자연 생명을 함부로 재단하는 행위는 상상치 못할 재앙을 부릅니다. 고창 땅은 호남의 삼신산인 방장산을 중심으로 산과 산이 어깨를 대고, 밤하늘 은하수는 인천강으로 굽이쳐 흐르며 풍수형국 장군대좌, 금계포란을 만들었습니다. 민중은 그 품에 안겨 당찬 세상, 청라 언덕을 꿈꿨습니다.

유기상 작가의 신작 '고창학 개론'은 불의, 부당함에 타협하지 않고, 동학농민혁명의 결기가 고창 정신이 되었듯이, 의로운 정신을 풀어낸 비밀 창고입니다. 인간과 자연의 조응은 기계적인 발레가 아닙니다. 유기상 전 군수의 경제학적 안목은 자연환경과 어우러진 알찬 청사진도 제시했습니다. 현재, 세계지질공원이 된 인천 강변 병바위의 곰보 암벽은 텃새마저 떠나갔습니다. 모래톱이 사라진 인천강에는 철새 떼 역시 도래하지 않습니다. 전문가의 조언 없이 인공적, 인위적인 환경 정리가 자연환경 훼손을 부추긴 셈입니다.

타우루스 산은 독수리 서식지입니다. 독수리의 먹잇감이 되는 두루미는 소음을 내지 않기 위해 입에 돌멩이를 물고 타우루스 산을 통과합니다. 그 때문에 두루미는 목적하는 여정을 무사히 마칠 수 있습니다. 경험 있는 두루미의 지혜를 엿볼 수 있는 대목입니다.

지도자는 생각이 깊고, 최종 결정에 신중을 거듭해야 합니다. 생각이 가볍고, 민의를 벗어난 조작된 관념에 치우치면, 그 땅의 민중은 혼란에 빠지게 됩니다.

이제, 고창의 자연환경과 역사문화는 시대적 책임과 기이함이 절실합니다. '고창학 개론'은 고창사람 유기상이 변함없는 열정과 끈기로 고창사람들의 심장박동 소리까지 함께 모았습니다. 고창을 기회의 땅으로 만드는 데 큰 에너지가 되기 위함입니다.

지역 문화유산 가치 재발견,
역사문화수도로 도약하자

이종근 한국문화 스토리 작가 (새전북신문 편집부국장, 고창 인문기행의 저자)

저 멀리로 불어난 문수사의 계곡물은 가람을 에두르고, 물이끼는 돌의 이마에서 한층 짙푸릅니다. 시나브로, 계곡의 청량한 바람은 맑고 청아해서 꿈길을 걷는 듯 행복한 새벽길을 펼쳐놓습니다.

그대여! 행여 시린 마음 달래려거든 '하늘 닮은' 사람들의 희망, '하늘 담은' 고창 사람 유기상 작가에게 눈길 한 번만 주시기를!

엄동의 인천강으로 물줄기가 향할지라도 윤슬은 더 찬란하고 이내 삶은 뜨거워집니다. 지금, 비릿한 바다 내음과 술 취한 어부들의 한탄 소리, 무장 동학군들의 창의 외침 소리, 소금기 어린 선비들의 글 읽는 소리, 선술집의 소란스러운 소음까지도 한 폭의 정지된 그림으로 유기상의 〈높을고창 사랑가〉 속에서 되살아나고 있습니다.

비바람에 찢겨져 흩어지느니 차라리 목을 꺾는 고창 사람들의 비장함에 이내 맘도 푸르게 푸르게 언제나 떨리며 흘러가는 오늘입니다.

선동리 청보리밭에 보리 물결이 출렁이면서 상념에 찌든 마음도 어느새 맑아집니다. 파란 꿈으로 수를 놓고 있는 희망도 종달새 지저귐과 더불어 여물어만 가는 여기는 높을고창입니다. 보리 피리를 잘라 고창에서 하룻밤만 묵어도 천년의 세월입니다.

문화정책 전문가 유기상 박사는 민선 7기 고창군수 시절 지역 내 역사적 의미와 보존 가치가 뛰어난 문화유산을 자원화하려 남다른 노력을 기울였습니다. 과거 역사의 발자취인 소중한 유산의 가치가 더 빛날 수 있도록 문화 콘텐츠의 의미를 더 연구하고 되새기며, 그 가치를 많은 사람에게 알리는 데 노력해야 합니다. 그가 민선 7기에서 꿈꾼, 품격 있는 역사문화관광수도 도약을 위해 숨겨진 문화 유적지를 인정받고자 노력했던 결과가 앞으로 이어져 그 가치가 더욱 빛을 발하기를 바랍니다. 이번에 발간한 책자의 행간 행간마다 고창을 세계인이 찾는 역사문화 관광도시로 만들 열정가임을 다시금 확인할 수 있었습니다.

그를 통해 고창의 숨은 역사·문화적 가치와 위상을 높이는 문화유산 발굴과 활용 등에 지속적으로 노력해야 하며, 과거 역사에 남아있는 훌륭한 기억들을 되살려야 합니다.고창의 과거가 유기상 작가를 만나 햇볕에 비추면 역사가 되고, 달빛에 젖으면 신화가 됩니다.

목
차

제1장

한반도 첫 수도 고창을 읽는 역사의 창

제2장

해와 달이 머물고 싶은 고창 땅의 인문학

제3장

예향고창, 의향고창을 빛낸 사람들

제1장

한반도 첫 수도
고창을 읽는 역사의 눈

여시뫼는 있어도
호산봉은 없당게라우

고창학을 고창사람이 해야할 이유

요즈음 고창학, 정읍학, 익산학, 전북학 등 지역학이란 용어가 자연스레 들린다. 그간의 역사연구 경향을 보아도 종래의 왕조사 위주, 중앙사 위주, 경제사 중심의 흐름에서, 지역사, 생활사, 여성사를 중시하는 새로운 흐름으로 변화하고 있다. 지방화 세계화의 조류와 지방자치 시대를 맞이하여, 지역의 정체성을 상징하는 지역의 역사문화 조사연구의 중요성이 커지고 있다. 광역 지방정부의 전북학, 강원학, 충북학, 제주학 등이 출범했다.

도내에서도 고창, 정읍, 익산, 전주 등에서 지역학을 자리매김하려 다양한 시도를 하고 있다. 민선 7기 고창군청은 고창학 전문학예사를 채용하고 매년 고창학 학술대회 개최, 군민 대상 고창학 아카데미 강좌와 답사를 시작했다. 2021년 11월에는 전북학 연구센터가 있는 전북연구원과 고창군이 고창학 학술 교류 업무 협약을 체결했다. 이 협약에 따라 양 기관은 공동연구 수행과 학술행사 공동 개최, 학술자료, 출판물, 지식정보, 인적자원 등의 교류, 공동캠페인, 교육과 조사 프로그램 등의 개발과 시행 등 다양한 분야에서 상호 협력체제를 구축하기도 했다.

서울 숭배, 지역 비하 의식에 따라 지역의 향토사나 역사문화 연구에 평생을 바친 연구자들이 있는데도, 서울 소재 유명 대학교수들께 자문을 청하는 어리석은 일들도 다반사였다. 그런 과정에서 현장의 문화적 토양을 전혀 모르는 외지 전문가들이 엉터리 궤변을 늘어놓은 용역도 많았다. 평생토록 고창학 연구에 매진하신 이기화 전 문화원장, 백원철 고창문화연구회 창립회장보다 고창을 잘 아는 명문대 교수나 연구자가 누가 있었겠는가? 고창에서 20여 년간 고인돌 연구에 매진하여, 3천기 이상의 고인돌을 직접 청소하며 조사한 후, 선인들이 천문지리 원리로 고인돌을 설계했다는 '이병렬의 법칙'을 정립한 고창문화연구회장 이병렬 박사를 능가할 서울의 교수가 누가 있겠는가?

산능선의 가야금 소리도 듣게 하는 '애향심'

향토문화 전자대전이나 여러 학술연구 기록 등을 살피다가 보면 토박이 고창 사람에게 물으면 쉽게 알 수 있는 일을, 애향심이 없는 노동자로 참여한 외부 연구자가 책상에 앉아서 태연히도 오류를 범하는 일이 많다. 그렇기에 지역학 연구는 지역을 사랑하는 마음으로, 지역 사람들이 열정을 갖고 하는 게 바람직하다. 서울대 교수가 지역학도 잘 알 것이란 생각은 착각이다. 토박이 언어로 읽으면 쉽게 밝힐 사안을 먹물 문자에 꽂혀서 탁상 연구하려다 범하는 몇 가지 오류 사례를 살펴보고자 한다. 애향심을 가진 지역 문화 일꾼들과 주민들이 지역학의 주역이 되어야 할 까닭을 강조하고 싶어서다.

고을의 역사문화도 모르는 자가 자리를 욕심내면 반드시 재앙이 온다. 돈 주고 벼슬을 사 온 선출직, 마음이 콩밭에만 있는 조병갑이 민초들의 마음의 소리를 들으려고나 하겠는가? 고창읍 산정마을과 온수동 사이에 가야금처럼 길고 평평한 능선 하나가 있다. 산줄기 이름이 심무청이다. 〈고창의 마을, 월산리 편〉을 보면, "필봉에서 산정마을 입구까지 이어진 준령의 끝자락인데, 조양임씨 선산으로 급경사가 있어서 심무청이라 했다"는 엉뚱한 지명 풀이가 나온다. 온수동과 노동리 사이 가장 높고 둥그런 봉우리가 옥녀봉이다. 이곳은 옥녀가 가야

금을 타는 모양의 명당이라는 '옥녀탄금혈'이다. 심무청이 바로 옥녀의 가야금에 해당한다. 본디 이 가야금 소리는 마음이 없으면 들리지 않는다 하여, 무심무청(無心無聽)이었다가 심무청으로 와전된 것이다.

누군가가 옥녀탄금혈 이야기와 《대학》에 나오는, "마음이 있지 않으면 보아도 보이지 않고 들어도 들리지 않으며, 먹어도 그 맛을 모른다"는 구절을 압축한 사자성어 무심무청(無心無聽)을 산 이름에 붙여 놓은 것이다. 마음이 고창에 있지 않은 서울대 교수가 용역비 두둑이 준다고 해서, 우리 고향 땅 역사문화의 빛을 찾을 수 있겠는가? 진정성과 열정을 가진 토박이가 서울대 교수 열 명보다 더 나을 수 있는 분야가 바로 지역학 연구라고 생각하는 이유다.

여시뫼와 호산봉 사이의 거리

동학농민혁명의 발상지이자 전봉준의 고향, 조선 최대의 동학교도를 거느린 손화중의 활동 무대였던 고창지역은 동학농민혁명사 연구의 중심 공간이다. 구수내 무장 기포지에서 소숙재를 거쳐서 무장읍성으로 가는 동학군 진격로 과실재 인근에는 동학군 훈련장이 있다. 갑오년 4월 9일부터 4일간 부대를 정비한 숙영지인 여시뫼(151m)가 그곳이다. 무장면 신촌 뒷산과 공음면 신대 동편 산,

동학농민혁명 홍보관으로 쓰던 옛 신왕초등학교 뒤 나지막하고 둥그런 봉우리가 여시뫼다. 풍수상 여우 꼬리 모양 산이라서 여우의 고창 방언인 여시뫼라 불려왔다. 먹물 문자로는 임금이 날 기운이 있다 하여 왕제산(王帝山)으로 불러온 산이다.

이곳은 151m의 나지막한 산이지만 영광 함평과 무장 흥덕을 연결하는 전라우도 서해안 핵심 교통로를 끼고, 평야지 사방을 조망하고 감시할 수 있는 전략적 감제고지다. 무장 기포지인 구수내와는 직선거리 5리 정도 떨어진 거리다. 구수내와 여시뫼 인근 신촌마을의 김성철 접주 집에서 1894년 2월에 전봉준, 손화중, 김개남, 김덕명, 서인주 등 13명의 지도자가 거사를 모의한 곳이다. 이후에도 무장 기포 준비, 군사훈련, 진지구축 등이 이루어진 핵심 장소인 것이다. 그런데 정부군이나 일본군 측 기록인 각종 사료에는 여시뫼를 한자로 의역하여 호산봉(狐山峰)이라 기록한 것이다. 초창기 동학 연구자들이 무장지역에 가서 호산봉이 어디냐고 물었으니, 토착민들이 알 턱이 없었다. 여시뫼라고 했으면

누구나 금방 알려주었을 텐데 마을주민들은 여시뫼, 애시뫼, 외지 연구자는 호산봉이라 각각의 언어로 따로 부른 것이다. 이때 호산봉과 여시뫼, 왕제산이 하나임을 곧바로 알 수 있는 연구자는 바로 고향을 사랑하는 고창 사람일 가능성이 훨씬 클 것이다.

고창은 아산 반암의 최초의 청자 가마터부터 용계리 청자요지, 수동리, 용산리 분청 요지, 구한말 광복 이후 고수자기까지 한국 도자사에서 빼놓을 수 없는 한국 도자 문화의 수도다. 세종실록지리지 흥덕 현조에 "도기소가 둘이니, 모두 현의 서쪽 윤현동(輪峴洞)에 있다"라고 기록되어 있다. 한편, 전라감사를 지낸 점필재 김종직(金宗直)의 문집인 《점필재집》 시집 21권에 "7월 25일에 흥덕현의 관문을 나와서 큰비를 만났는데, 윤현을 지나자 골짜기 물(아마도 인천강 사신원으로 추정)이 모두 말의 배까지 차오르므로 마침내 물에 막혀서 안덕사를 찾아가 묵었다."는 기록을 토대로 초기 도자사 연구자들이 윤현동을 찾았으나 고창군 어디에도 윤현동은 없었다.

윤현동은 없어도 수레너미는 있다

두 기록으로 추정하여 흥덕 굴치재와 인천강 사이, 안덕사 근처 어드메로 추정해 왔다. 요새도 이 추정설을 복사하여 퍼나르는 외부 연구자들이 많다. 부안면이 외가인 필자는 수레냉기, 술냉기, 수레너미란 지명을 이미 알고 있었으므로, 윤현동은 토속이름 수레너미를 한자로 수레바퀴윤, 고개현을 취하여 윤현(輪峴)이라 의역한 것을 바로 알 수 있었다. 무장현과 흥덕현의 옛길인 사신원 용계 도요지 지나 아산 용계리와 부안면 용산리를 가르는 고개가 방고개(소굴치)이다. 용산리 분청사기 요지는 조선초 《세종실록, 지리지》에 흥덕현 서쪽 수레너미 고개마을(輪峴洞)에 도기소 2개소가 있다는 기록이 얼마나 정확한가를 보여주는 진귀한 사료이기도 하다. 수레너미는 부안 창내와 용산리를 넘나드는 고개로 오늘날도 술냉기, 수레냉기, 수레너미 등으로 불리고 있다.

이 수레너미가 윤현의 토박이 지명이므로 흥덕현 윤현동 자기소는 용산리 용흥과 연기동 요지임을 쉽게 알 수 있다. 훗날 동학군의 진격로도 이 옛길을 따라 소굴치, 굴치, 맹간다리, 뒷개를 거쳐 고부로 진격한다. 옛길과 민초 언어, 먹물 기록을 함께 알 수 있는 지역민이 풀어야 쉽게 풀 수 있는 보기다. 비슷한 사례로 아산면 월성 쪽에서 도솔암 참당암 선운사 가는 지름길은 희여재다. 선운산 가는 흰옷 입은 사람이 줄을 이어 하도 많아서 희여재라 했다고 한다. 이를 한자 의역하여 고지도에는 토박이말 희여재를 한자 백치(白峙), 백여치(白餘峙), 백야재(白也岾) 등으로 표기했다.

조선 시대 고창현에 있었던 공영숙소인 역원 중 하나인 반룡원의 위치를 현재 남아있는 지명인 신림면 반룡 지역으로 잘못 추정한 기록이 버젓이 전자대전에 실려있다.《신증동국여지승람》기록에 있는 모양성 아래 "고창현 서쪽 2리에 있다"는 기록과도 전혀 다르다. 또한 신림면 반룡은 홍덕현에 속했고 방위도 모양성의 북향에다 거리도 5리가 넘는다. 무엇보다도 모양성에서 고창천 다리를 건너서 반룡원 거쳐서 사슬치를 넘어 홍덕현 가는 옛 길목의 첫 다리가 바

로 반룡교라는 이름으로 현재까지도 지명이 이어져 온 것을 모르는 외지 연구자의 한계다.

현재도 오거리 중앙 당산과 농협 군지부 사이 다리 이름이 반룡교라고 새겨져 왔다. 우리 아버지 세대만 해도 읍내 사람들은 반룡교 유래를 다 알았을 터이다. 반룡교 다리 이름을 아는 고창 사람이 이 문헌 사료를 읽었다면, 지금 석교 마을 가는 옛길 근방에 반룡원이 있었다고 쉽게 추정할 수 있었으리라. 실제로도 일제강점기 1918년 지도에는 석교리 바로 서쪽에 반룡리가 명확히 표기되어 있다. 고향을 사랑하는 마음으로 보아야 고향의 역사문화도 더 사랑스럽다. 고을을 함께 살리려는 마음을 모아 울력할 때만 지역은 지속 가능한 미래를 보장받을 수 있으리라. 외지 사람 외지 자본으로 철 지난 테마파크 한탕 크게 벌인다고 해서 어디 소생할 지역이더냐?

고창읍성, 무장읍성 당호에 새겨진
목민관의 마음가짐

이 땅의 선인들은 함께 잘사는 사상인 홍익인간, 밝은 문화의 빛으로 세상을 깨우치려는 광명이세 같은 아름다운 생각을 공유하고 살아왔다. 그런 겨레의 바탕 사상이 있었기에 백범 김구도 항일 게릴라 전쟁 한복판에서도 아름다운 '문화강국론'을 정립할 수 있었으리라.

그런 전통에서 조선 시대 모든 행정기관의 현판이나, 개인의 집이나 정자에도 웅숭깊은 뜻을 담은 집 이름, 당호(堂號)가 걸려 있었다. 이런 측면에서 보면 요즈음 정치인들의 교양과 인문학 수준이 천박하기 이를 데 없다. 외래어로 지은 알 수 없는 이름의 아파트, 평수 큰 집에 사는 것이 마치 교양이고 계급인 것처럼 행세하는 숫자 사회 한국의 어두운 그늘이다. 명문대 졸업과 화려한 간판, 정당 색깔만 보고 뽑아준, 공공심과 시대정신은 하나도 없는 선출직 부부가 완장 놀이, 사이비 종교 놀음하다가 얼마나 나라를 망치고 말았는가?

정치 논평도 마치 조폭 언어를 구사하는 막말 경연대회장 같다. 공천만 사 오면 잠바 색깔만 보고 찍어주는 양당 정치의 폐해로 패거리 충성경쟁뿐인 천박한 정치판이 되고 말았다. 국민 주권 정부라면 마땅히 당리당략을 떠나 대한민국 대개조, 제7공화국 헌법개정, 정치와 선거제도 혁신을 시급히 해내야만 나라와 지방이 산다. 말로만 지방 자치라 해도 부활한 지 30년이 지났다. 여전히 지방 정부의 장이든 의원이든 값비싼 공천장을 받으려고 줄만 서다 보니, 사람은 없고 겉옷 색깔만 보이는 위기의 지방 자치다.

고향에 대한 애정과 고민, 치열한 열정과 철학이 하나도 없어도, 서울에서 공천장 하나 사 들고 낙하산 타고 오면 된다는 망상을 깨지 못한다면, 지방자치는 애초에 글렀다. 조선 시대 중앙과 지방의 모든 관청에는 애민과 선정을 베풀려는 정치 철학을 담은 편액을 걸었다. 조선 왕궁의 유일한 청기와 집인 창덕궁 왕의 집무실 이름은 서양식 청와전이 아니라, 아름다운 문화 정치를 베푼다는 선정전(宣政殿)이다.

알기쉬운 행정을 펴라는 고창 동헌 '평근당'

　지방행정 관아에도 백성을 위해 선정을 베풀라는 유교의 이념을 새겨 걸어
놓고, 목민관의 복무지침과 좌우명으로 삼았다. 지방관아 관찰사 근무지인 감
영 본전에는 선화당을 공통적으로 두었다. 감영 이하 부목군현의 관아에는 동
양고전에서 따온 각각 특색있는 정치 철학을 새긴 편액을 걸어두고 목민 지침
으로 삼았다. 최근 복원한 전주의 전라감사 집무실인 '선화당(宣化堂)'은 '선정
을 베풀어 임금의 덕을 높이고 백성들을 교화하라(宣上德而化下民)'는 관찰사
복무 지침이다.

　고창 모양성의 동헌은 '평근당(平近堂)'이라 하였고, 그 뜻을 잘 풀어놓은 우
암 송시열이 지은 평근당 기문이 걸려 있다. 고전 종합 누리집에서 검색해 보니,
경상도 창원부와 언양현 등 고창현 외에도 6개 군현에 평근당 당호가 보인다.
평근당은《사기 노주공세가》에 나오는 '가장 평범하고 알기 쉬운 정치를 해야
백성들이 다가온다는 주공의 평이근민(平易近民)' 가르침에서 따온 당호인 것
이다.

　이 평이근민 정신을 서민들의 눈높이로 목민하라는 데 방점을 둔 '근민당(近
民堂)'으로 쓴 곳도 많다. 전라도 남원부와 장흥부, 경상도 안동부, 장기현의 동

헌 이름이 '근민당(近民堂)'이다. 필자는 이 가르침에 감동하여 민선 7기 유기상 군정 철학을 '평이근민'으로 하고, 고창군청 마당의 한옥 정자 쉼터를 '근민정'으로 명명하였다. 우리는 이토록 속 깊고 아름다운 문화 한국인의 정신세계를 잃어버리고 오늘날 청와대, 종합청사, 시청, 군청 등으로 혼도 없고 멋도 없이 표기하고 있다. 지방정부라 하면서도 지역의 정체성은 어디서도 찾아볼 수 없다.

고창현의 객사 현판은 '모양지관(牟陽之館)'이다. 모양성의 모양은 마한 시대 수도라는 뜻의 우리말 모로비리가, 비슷한 소리인 모양부리로 변한 백제 시대 지명인 모양부리현의 모양을 취한 것이다. 모양부리가 훗날 중국식 한자 지명화되면서 '높고 빛나는 땅 고창(高敞)'으로 바뀌었으니, 한반도 첫 수도라는 뜻이 이어져 내려온 지명들이다. 수령이 집무하는 동헌에는 통치 철학을 담은 편액을 걸었으나, 이방들이 일을 보는 작청, 잡무수발을 들던 관청 등은 별도의 당호를 걸지 않았다.

고창 객사와 동헌의 내삼문 위치에 세운 연회접객 공간인 풍화루(豊和樓)는 백성들의 의식주는 풍요롭게 심성은 화순하게 하라는 뜻이다. 모양성의 북문 누각명은 '공북루(拱北樓)'다. 북녘 한양에 계신 임금님께 두 손 모아 충성을 다짐하는 누각이다. 삼남 지방의 지방관아에서 보면 북쪽에 왕궁이 있으므로, 북

문은 이런 뜻에서 공북문이 아주 많다. 전주 부성의 북문도 공북문이다.

청렴한 수령이 그리운 무장동헌 '취백당'

모양성 동문 누각은 '해 뜨는 집이라는 등양루(登陽樓)', 서문은 '서쪽을 굳게 지키는 곳이라는 진서루(鎭西樓)'라 이름 붙였다. 전주성 동문은 완영(完營, 전라감영 별칭)의 동문이라 하여 완동문이다. 전주가 조선왕조 본향이란 뜻을 담은 별칭 풍패지향(豊沛之鄕)을 따서 전주 객사는 풍패지관, 남문에는 풍자를 붙여 풍남문, 서문에는 패자를 붙여 패서문이라 각각 명명하였다.

조선건국 초기인 1417년에 호남 해안방어 요충인 계획도시로 설계된 무장현 읍성과 관아는, 2003년도부터 복원을 시작하여, 20여 년 간 발굴 시공 동시 진행 방식으로 완공되어 그 위용이 드러났다. 무장현의 객사는 송사지관(松沙之館)이다. 본디 무장현은 고려 시대 무송현(茂松縣)의 앞 글자 '무'자와 장사현(長沙縣)의 '장'자를 결합하여 무장현이 되었다. 현재 성송 대산지역 일대를 관할하며 삼태봉을 진산으로 번성했던 무송현과, 현재 공음 상하 해리 심원 등 해안지역을 아우르며 장사산에 치소를 둔 장사현의 뒷글자를 취하여 무장객사는 '송사지관'이라 한 것이다.

무장동헌은 청백리를 기다리는 '취백당(翠白堂)'이다. 무성한 소나무의 맑고 푸르른 기운과 명사십리 백사장 흰 모래의 밝고 빛나는 기운을 융합하여 취백당이라 한 것이다. 무장현 객사라 하지 않고 송사지관, 무장 동헌이라 하지 않고 취백당이라 한 것은 우리 선현들의 인문학 수준과 품격이다. 무장현의 역사와 지역 특성, 품은 뜻을 당호 하나에 압축하여 표현한 걸작이다.

　　무장읍성 남문은 무장현을 굳게 지키라는 의미의 '진무루(鎭茂樓)'다. 동서남북을 진호한다는 뜻으로 진동문, 진서문, 진남문, 진북문 등의 유형이다. 모양성 서문 진서루, 전주의 사고사찰 북고사인 진북사나 여수의 진남관, 대구읍성의 진동문 등이 이런 유형의 작명이다.

　　아쉽게도 흥덕현 읍성은 현재 복원되지 못했다. 신증동국여지승람이나 고지도를 통해 흥덕현의 치소와 읍성 주변을 개관해볼 따름이다. 현재 복원된 흥성동헌 터는 당초 흥덕 객사로 잘못 알려진 곳인데, 복원 시 상량문이 밝혀져서 동헌으로 확인된다. 흥덕현 객사와 동헌 당호는 아직 사료를 확인하지 못했다. 관련 정보가 있으신 분은 제보해주시면 고맙겠다. 필자는 사견으로 신증여지승람 흥덕현 궁실조에 나오는 '배풍헌(培風軒)'이 정자 명이 아니라 흥덕현 동헌 이름일 가능성이 크다고 미루어 본다.

공공심과 시대정신이 지도자의 마음

    흥덕현 대표적 필봉인 소요산(逍遙山)은 흥덕현의 진산인 배풍산(培風山) 과 짝으로 지은 이름으로 장자의 '소요유' 편에서 따온 지명이다. 배풍산이 흥덕 현의 진산이고 당초 배풍산 읍성 안에 있던 객사나 동헌이 아래쪽으로 이전한 것으로 보이는 점, 무인 출신인 박휘겸의 배풍헌 7언율시 한시를 보면 흥덕현의 풍광과 함께 읍치가 해양전략적 요충임을 읊은 것을 알 수 있다.

〈배풍헌에서〉
박휘겸

우뚝한 산봉우리 높고 정정하구나
저 멀리 봉우리 속 누각은 바람 속에 머물고
이 땅은 봉래산과 삼청의 경계에 있거늘
사람은 소상팔경 가운데 머물고 있구나
구름은 산허리를 잔뜩 감아 돌고
물은 하늘가에 닿아 물안개처럼 흐리고
문득 포구에 돌아오는 돛단배 빠르니
물길은 저 멀리 한강과 통하였구나

    공직을 맡으려는 자, 특히 선출직을 하려는 자의 기본적인 마음가짐은 공공 심이어야 한다. 지역 사회를 아름답게 만들고자 하는 비전과 전략과 함께 사익 보다 공익을 우선하는 공공심을 뼈에 새겨야 한다. 관아의 현판에 정치 철학을 걸고 경계하며 살았어도 수많은 조병갑이가 나온 게 역사적 사실이다. 하물며 지방 자치 시대에도 아예 흑심을 먹고 선출직을 해 먹으러 나온 수장이 있다면 그 고을 꼴이 어찌 되겠는가?

지금이 감히 어느 시대라고 지역 개발을 핑계로 나무를 원수 베듯 함부로 베어버리는 시장 군수가 있단 말인가? 전북의 바다와 어장에는 새만금의 상처가 깊어가고, 한편에서는 간척지에 바닷물을 끌어들여 다시 개펄로 환원시키는 역간척 사업이 시대정신인 시대다. 이러한 시대에 뜬금없이 산 하나를 헐어서 천만년 개펄 소금밭에 흙 장사할 궁리를 누가 했을까? 세계 유산인 개펄과 염전을 파괴하고 사양산업인 골프장 만들어 돈 벌겠다는 망상은 아무래도 시대착오적 대참사다. 시대정신이 대성통곡한다.

해상왕국 마한 백제,
높을고창 모로비리국은 해양국가

바다를 바라보면 열 배가 커지는 국토,
위대한 한국 해양사

5월 31일은 '바다의 날'이다. 동아시아 지중해의 해로를 장악한 해상왕 장보고(張保皐)가 청해진을 설치한 달로 정한 국가기념일이다. 해양시대를 맞이하여 바다와 해양정책의 국내외적 중요성을 국민들과 공유하고자 제정되었다. 동아시아 지중해의 거점 국가이며, 유라시아 대륙과 태평양, 인도양 해양과의 결절점 요충인 한반도는 고인돌 시대부터 바닷길을 통한 주변국과의 문물 교류를 주도하였다. 고대국가인 마한과 가야는 동아시아 무역을 주도한 해양국가였고, 백제는 해상왕국으로 중국 동부 산동 반도 지역, 멀리 필리핀 지역까지 22담로를 두어 경영한 동아시아 지중해의 지배자였다. 남북국시대 대진국(발해)은 광범위한 해상 교역 국가였고, 코리아란 국호를 낳은 고리는 멀리 서남아시아까지 개척한 국제무역 국가였다.

삼면이 바다이며 유라시아 대륙세력과 해양세력이 만나는 지정학적 허브인 우리나라 해양 정책의 중요성이 더욱 강조되는 글로벌 시대다. 종래의 역사연구에서도 소홀히 인식해온 바다를 보다 중시하자는 역사관을 해양사관, 해양과 대륙을 함께 보자는 해륙 사관이란 역사연구 관점이 최근 주목받고 있다. 해륙 사관으로 우리 역사를 바라보자면 열 배는 더 위대한 민족사가 보인다. 해양 중심으로 국가 경영 정책을 펼치면 우리 영역은 네 배는 더 넓어질 것이다. 그러한 측면에서 해양 수산부를 만든 김대중 대통령, 김대중 정부의 해양 수산부 장관을 지낸 노무현 대통령의 해양 수산 안목과 국가 비전은 탁월했다. 필자는 다가올 K-해양 문명 시대를 대비하기 위해, 국토 해양 수산부 장관을 부총리로 승격하고 수석 부처로 하는 정부 개편이 필요하다고 외친다. 국방력 증강 정책도 해군과 해병대를 크게 강화하는 방향으로 나가야 국익을 극대화할 수 있다.

바다는 가슴이 넓은 통 큰 리더를 키우는 자연환경이다. 사람 사는 새 세상을 꿈꾼 동학농민혁명 지도자 전봉준은 키가 작아 '녹두장군'으로 흔히 알려졌지만, 그의 아호는 바다같이 너르고 평등한 세상을 꿈꾸는 해몽(海夢)이다. 후백제를 세운 풍운아 진훤은 오늘날 문경시 가은읍인 경상도 산골 상주 출생이다. 그는 889년(진성여왕 3)에 신라가 서남해안 해로를 장악하기 위해 편성한 '서남

해방 수군'에 입대한 후 공을 세우며 승승장구하자, 바다처럼 통이 커지고 왕을 꿈꾸게 된다. 낙동강 하구인 진주지역 경상도 해상세력, 섬진강하구 순천 광양만 지역 전라도 해상 세력 등을 규합하면서, 백제의 해로를 모두 장악한 뒤에 후삼국의 패자가 된다.

현대 정치사의 양대 산맥인 김대중 대통령과 김영삼 대통령이 모두 하의도와 거제도, 서남해안 출신임도 흥미롭다. 거북선 지폐 그림으로 현대 조선의 신화를 쓴 정주영 회장이 현대 조선과 울산항을 일으키면서 비약적으로 성장한 것도 주목할 일이다. 최근 한미동맹과 통상교섭의 강력한 견인줄 하나가, 미국 해군 전략 자원 획득 필요성과 한국의 조선 산업, 해군 방산의 저력이 부각된 것도 중대한 시사점을 준다. 대한민국은 바다의 주역일 때 역사 속에 크게 빛났고, 다시 미래에도 그러할 것이다.

해상 왕국 마한과 백제 그리고 전라도

　서남해안의 마한과 동남해안의 가야는 당시 동아시아 국제무역을 주도한 해상국가였다. 마한과 가야의 역사유적, 일본과 중국에서 출토되는 유물들을 보면 국제성이 잘 드러난다. 예컨대 고인돌 시대 한반도 문명수도였던 전북 고창은 마한의 수도 모로비리국이 계승한다. 흔히 마한왕릉으로 부르는 봉덕리 1호 고분에서 출토된 고급 위세품 유물들을 보면, 일본과 중국 지배층의 고급 장신구나 위세품이 동시에 출토된다. 특히 '작은 병이 달린 주둥이가 넓은 작은 항아리, 소호장식광구소호(小壺裝飾廣口小壺)'를 살펴보면, 같은 소호인 중국식과 일본식을 그대로 베끼지 않고, 절충하고 변형하여 가장 세련미와 균형미가 돋보이게 재창조한 고창식 소호를 만든 것을 알 수 있다. 이러한 유물 자료를 종합해 볼 때, 고창 모로비리국의 중심세력은 중국과 일본을 아우르는 폭넓은 국제적 교류를 통해 백제 영역화 이후까지도 세력을 확장해 온 것을 알 수 있다.(최완규,《모로비리국의 국제성》)

승자에 의해 철저하게 왜곡된 백제는 동아시아 지중해의 패권 국가였다. 국호인 백제부터가 바다를 건너 세운 나라, 포구 국가, 항구 국가라는 의미다. 십제, 백제의 제(濟)는 '물 건너다'라는 동사이며, 명사로는 '나루터', '포구'라는 뜻의 국호다. 백제가 한강, 예성강, 임진강, 충청, 전라지역 서해안 해상세력들을 중심으로 성장했고, 마침내 한중일 삼국 간 무역을 주도한 동아시아 해상왕국으로 성장했다. 전성기 백제는 중국의 동해안과 산동 반도 지역 일대, 멀리는 필리핀 지역까지 지배했음을 흑치상지 묘지석을 통해 밝혀졌다.

흔히 백제 부흥 운동 지도자로 알려진 흑치상지(黑齒常之) 장군은 현재의 필리핀과 베트남 등 인도차이나 해안지역을 관할하던 흑치국 담로에 임명된 백제의 지방관이자 해역사령관 격으로 보인다. 중국 낙양에서 출토된 흑치상지 묘지석에는, "부군(府君)은 이름이 상지(常之)이고 자는 항원(恒元)으로 백제인이다. 그 조상은 부여씨(扶餘氏)로부터 나왔는데 흑치(黑齒)에 봉해졌기 때문에 자손들이 이를 성씨(氏)로 삼았다"고 한다. 약초를 씹어서 이를 검게 하는 풍습을 가진 흑치족은 중국 남부의 묘족, 베트남의 명족으로 이어온 풍습이다. 이 민족들이 대대로 한민족의 군신인 치우천왕을 섬겨온 것도 백제와 연관되어 주목된다.

고창 지명 속에서 읽는 해양 국가의 '흔적'

고창은 마한 시대 이래 인천강과 칠산바다를 통해 동아시아 지중해의 여러 나라와 교류하며 살아온 포구 도시, 항구 도시였다. 역사적 사실을 연구할 때 뱃길과 교역로를 살피는 일이 아주 중요하다. 한반도 도자기 문명사의 백화점이 고창이다. 최초의 청자 가마터인 반암리 요지, 용계리 청자 요지, 수동리 분청 요지들도 모두 뱃길이 닿는 곳에 입지했다. 강진이나 부안 등의 청자 가마터도 모두 해로접근성이 필수요건이다. 동학농민혁명의 발상지인 무장 기포지가 왜 구수내였을까? 바로 인근에 군량과 군수품이 쌓여있는 석교포와 해창이 있었기 때문이었다.

고인돌 시대에는 현재보다 해수면이 10~20m 정도 더 높아서, 오늘날의 내륙 깊숙한 곳까지 수운이 가능했다. 이와 같은 해수면 고도 차이로 오늘날 저지대에는 고인돌이 발견되지 않는 것이다. 해발 고도가 가장 낮은 곳의 고인돌 위치를 당시의 해수면으로 추정해 볼 수 있다. 일제강점기 이후 쌀 증산을 위해 염해방지용 방조제 공사와 간척사업으로 연안의 바다가 대규모 논으로 바뀌었다. 그러다 보니 현재 지형에서는 상상하기 어렵지만, 고창읍 매산리 고인돌군 지역 모로비리국 중심지까지도 뱃길이 닿았다. 대산 와탄천 수계나 공음면 칠암리 마한 시대 막로국 왕릉으로 추정되는 전방후원분 지역까지 법성포 와탄천의 뱃길이 이어졌다고 보인다.

고지도와 《여지도서》 기록을 보면 조선 시대까지도 고창지역에는 15개의 포구가 활발히 가동된다. 흥덕현에는 선운포, 사진포, 장수포 3개소가 나온다. 무장현에는 세십포, 검당포, 경포, 금물여포, 구시포, 고전포, 고리포, 소응포, 장사포, 석교포, 동백정포 등이 있었다. 〈신편 송사지〉에 의하면 특히 고리포는 세종조에 전함 건조기지까지 있었다 한다.

그밖에도 항구와 나루터의 흔적 지명들이 많다. 고부천 수계에는 성내면 조동리의 앞뜰 배정(舟停)골, 성내 칠성제 동쪽 정주(停舟)골이 있다. 갈곡천 수

계에는 부안면 뱃말(舟村)이 있다. 천연기념물 수동리 팽나무는 옛날 배를 매던 나무였다. 주진천 수계에는 배나루 주진, 나분개, 넓은개(廣浦), 무장 만화리 박산(泊山), 성송 낙양마을 낙포에도 배를 맨 팽나무가 남아 있다. 대산천 수계에는 대산 세장리 세장포, 세장개, 갯터, 무송현 현치가 있던 성송 고현의 해창인 남창 등의 지명이 있다. 현재의 육지 한가운데 마을 개천가의 포구와 나루 지명을 보면, 당시의 해로와 활발했던 수운을 짐작해 볼 수 있을 것이다.

세월호의 아픈 사연으로 유명해진 진도 팽목항은 상징수인 팽나무가 있다고 해서 팽목항이다. 팽나무는 소금기에 강해서 바닷가에서도 잘 자라는 특성상 해안지역 포구의 선박 고정목이나 당산목으로 많이 쓰인다. 수동리 팽나무나 낙양마을 낙포 팽나무처럼 저지대 물가의 팽나무도 포구의 흔적일 가능성이 높다.

다시 해양 국가로 가야 할 대한민국

장보고가 동아지중해 해상왕이 된 것은 해군력과 함께 수준 높은 조선술과 항해술이 뒷받침되었기 때문이다. 이 해양산업 기술력이 대대로 축적되어, 조선 시대에는 세계최초의 철갑선인 거북선을 발명했고, 오늘날 세계 최고의 조선산업 기반을 이룩했다. 동아시아 지중해의 패자 백제의 흑치상지가 있었기에, 남북국시대에는 장보고가, 조선시대에는 이순신이 나올 수 있었던 것이다. 조선 강국 코리아도 항해술과 조선술이 오랫동안 축적된 자산에다가, 한국인 특유의 창조성과 역동성이 결합한 성과다.

한국은 2023년 기준 국내 총 생산 중 무역 의존도가 60%이고, 2024년 글로벌 수출 6위의 무역 대국이다. 한국은 이미 세계와의 무역 없이는 살 수가 없는 개방된 무역 강국이다. 글로벌 시대 세계가 하나로 이어진 바다를 잘 건너서 소통해야만 번영할 팔자를 타고난 나라다. 중앙 정부나 지방 정부 모두가 해양 자원 중요성을 다시 인식하고, 해양 정책 틀을 근본적으로 바꿀 때다.

고창군에서는 민선 7기에 헌법재판을 통해 닫힌 바닷길을 회복하고, 풍력 발전 부지와 먼바다로 가는 바다 영토를 되찾았다. 구시포 앞바다의 해상풍력 관할권도 확보하였다. 정부의 어촌 뉴딜 정책을 활용하여, 동호, 구시포, 상포, 광승, 죽도, 고리포, 용기 등 어촌의 생활여건을 크게 개선하였다. 고창 갯벌의 세계 자연 유산 등재, 지주식 김의 유기 인증, 바지락 씨조개 양식 연구 사업 등 수산기반 복원에 주력했다.

서해안 갯벌과 염전은 세계 최고의 미네랄을 함유한 소금과 해조류의 보고다. 희귀 이동 철새의 휴식처이고 꼭 지켜야 할 가치가 높은 갯벌이다. 세계자연유산이고 천만년 지켜가야 할 개펄과 염전을 파괴하고 종교재벌회사 골프장을 짓겠다는 발상은 시대착오적 망상이다. 대대로 씻지 못할 천벌 받을 짓이다. 지금 당장 멈추라는 것이 군민의 명령, 시대정신의 외침이다.

이제는 지방정부도 해양시책을 세우고 바다와 갯벌 생태계를 살리고 보존하는 일, 수산자원을 증식하는 일, 어촌을 재생할 궁리를 깊게 해야 한다. 바다의 날 다시 바다를 생각해 본다. 거시적 풍수로 보자면 유라시아 대륙이 한반도의

든든한 주산이다. 일본이 내청룡, 미국 등 아메리카가 외청룡, 중국이 내백호, 인도, 아프리카가 외백호다. 인도네시아, 필리핀, 대만, 오키나와가 안산이고, 호주와 뉴질랜드가 조산이다.

지구촌 한복판 동아시아 지중해의 혈 자리가 바로 대한민국인 셈이다. 오대양 큰물을 건너 뻗어갈 지정학적 강점이 우리 편이다. 한민족은 바닷길을 주도했을 때 크게 흥했던 역사를 썼다. 바다를 중시하는 지도자가 다시 나오면, 숨죽이던 흑치상지, 장보고, 이순신 같은 바다의 영웅들이 줄지어 나올 것이다. 바다의 날을 맞이하여 K-조선 강국, 무역 대국 코리아의 국운을 빈다.

04

이순신과 이원익의 무장읍성
하룻밤이 나라를 구하다

인재를 알아보는 지인지감을 가진 위인들

가끔 충무공 이순신 같은 사람이 조선의 왕이었더라면 하고 부질없는 상상을 해본다. 4월 28일은 충무공 이순신 탄신일이다. 이순신 리더십에 이끌린 필자는 인간 이순신이 매일 하늘에 기도하면서 간절히 천명을 묻던 척자점(간이 주역점)과 이재 황윤석의 주역점 비교한 소논문을 쓴 적이 있다. 알면 알수록 이순신은 존경할 수밖에 없는 큰 사람이고, 세계 전쟁사에 다시 나올 수 없을 불멸의 전적인 23전 23승을, 최악 조건에서도 거둔 하늘이 내린 명장이다.

임진왜란 하면 흔히, 이순신, 유성룡, 곽재우, 김천일, 서산대사, 사명당 등의 이름이 우선 떠오른다. 그러나 이들보다 유명세는 덜하지만, 이 전쟁 지도자들이 영웅이 될수 있게 만든 막후 인물이 바로 당시에 우의정 겸 도체찰사(전시총사령관) 오리 이원익(梧里 李元翼, 1547~1634)이다. 이원익 연구가인 권기석 박사는 한마디로 "출장입상(出將入相, 전선에 나가서는 장수, 조정에 들어와서는 재상 역할을 하는 전천후 인재)이라는 말 그대로 선조의 곁에 있을 때는 여러 방략을 제시한 재상이었지만, 조정을 떠나 현장에 가면 전투지휘와 병력과 군량을 모집한 장수였다. 이렇게 일인 다역을 고루 수행하여 끝내 전란을 승전으로 이끈 인물은 역사상 유례를 찾기 드물다"고 평가했다.

선조 임금마저도 "조선에는 오직 오리 한 사람이 있을 뿐"이라고 그를 무한 신뢰했다. 그러한 왕의 신임과 정의감이 있었기에, 홀로 버텨내서 기어이 이순신의 목숨을 살렸으리라. 유성룡이 사람 보는 안목으로 이순신과 이원익을 발탁하고 특별승진시켜 사령관 자리에서 군사를 지휘할 수 있는 기회를 주었다. 선조와 원균의 질투와 왜군의 이간질 계책으로 죽일뻔한 이순신을 이원익이 홀로 살려낸 이야기는 꽤 유명하다. 죽었다 살아난 이순신이 명량대첩으로 위태로운 나라를 건졌다. 이순신의 명량대첩 일기처럼 실로 하늘이 도우신 천행(天幸)이었다.

고창군 대산면에는 산은 낮으나 뜻이 우람한 장자산(將子山)이 있다. 그래서 이 일대가 조선 시대 무장현 장자산면이었다. 현재 대산(大山)면 지명은 통합하면서 대제면과 대사동면의 대(大)자와 장자산면의 산(山)자를 결합한 이름이

李樗室元翼

다. 얼마 전까지 고창군의 최남단 학교인 장자 국민학교가 있었고, 인근에 대장동이 있는 것도 장자산에서 연유한 이름이다. 왜 96미터 높이의 나지막한 뒷동산을 장자산이라 큰 이름을 붙였을까? 고창군 4대명당으로 꼽힌다는 '출장입상형' 대명당이 있다는 예언 덕분이다. 이곳에는 필자가 발견하여 보고한 3중 환상열석형 천제단, 고인돌 시대부터 있었던 장자산 천제단이 잘 남아 있어서 성스러운 산임을 알려준다.

무장읍성에서 의기투합한 두 영웅의 공심 소통

이순신과 이원익이 고창의 무장객사에서 만나 동침한 날이 1596년 9월 15일이다. 충무공이 사지에서 백의종군 후 다시 통제사로 복귀한 후 기적 같은 명량대첩(1597년 9월 16일)을 거두기 꼭 1년 전이다. 왜군들이 이름만 들어도 떨었다는 삼도수군통제사(해군총사령관) 이순신을 이간질시켜 제거해 버린다. 후임 원균으로 사람 하나 바뀌자마자 칠천량해전의 대패로 세계최강 조선 수군은 궤멸하고 정유재란(1597년)이 일어난다. 《난중일기》와 《선조실록》《오리집》을 아울러 살펴보면, 정유재란 1년 전인 1596년 여름부터 도체찰사 이원익과 통제사 이순신은 서남해안 전투 준비 태세 현장점검 순시에 나섰다. 이순신은 1596년 9월 12일부터 4박을 무장객사에서 묵었다.

9월 15일 합류한 이원익과 무장객사에서 대책을 논의하고 함께 동침한다. 오직 백성을 기르고 나라를 지키려는 맑은 영혼을 가진 두 영웅이 우국공심을 나누던 무장객사의 하룻밤 인연이, 아마도 이순신을 살렸으리라. 삼남지역 전투 준비 상황점검을 마친 이원익은 곧바로 상경하여, 10월 5일 선조를 만나 상세한 정세보고를 한 기사의 행간을 보면 짐작된다. 마음속으로는 이순신을 원균으로 바꿔치기하고 싶은 질투 왕 선조가 이순신이 근무 잘하더냐고 묻는다.

이원익이 대답하기를, "이순신은 우직하여 힘써 복무하고 있을 뿐더러 한산도에 군량을 많이 비축하였다고 합니다." 듣고 싶은 대답이 아닌지라 다시 선조가 유도심문하기를, "이순신이 처음엔 왜적을 열심히 잡았는데 그 후에는 태만

하다고 하던데 사람됨이 어떠한가?" 다시 캐물었다. 이원익은 "수많은 장수 중 가장 쟁쟁한 자이고, 그가 태만하다는 것은 듣지 못했다. 경상도 모든 장수 중에서도 이순신이 가장 훌륭하다"고 시종일관 그를 변호한다.(《선조실록》, 1596년 10월 5일)

조선 시대 호남우도의 서해 방어 체계는 나주목을 지휘부로 무안 함평 영광 무장 고창 흥덕 입암산성을 잇는 방어 축선이었다. 이순신의 무장현 방문 전후의 행적을 살펴보아도 나주 진관 체제와 일치한다. 9월 6일 나주 출발 무안 숙박, 7일 다경포에서 영광군수 면담, 8일 임치진, 9, 10일 함평 2박, 11일 영광 1박, 12일 저녁 무장 도착, 13일 이중익과 이광보와 담화, 형편이 궁색하다 하여 입던 옷을 벗어 주다. 15일 무장현에 도착한 이원익과 인사후 대책을 의논하다. 16일 이원익과 동행 고창출발 장성도착, 17일 이원익은 입암산성으로, 이순신은 따로 진원현으로 순시 일정을 계속한다. 서남해안 순시 일정 중 무장읍성에서 이순신이 가장 오랫동안 유숙한 점과 이원익과 합류지를 무장으로 정한 점을 보면, 그만큼 무장현의 동원능력을 말해주는 한 사례일 것이다.

되살아난 호남 방어의 요충 '무장읍성'

무장읍성이 조선 시대 방어 전략 상 요충이었음은 축성 시기를 보아도 알 수 있다. 새로운 국가 건설로 아직 혼란했을 조선 건국 직후 25년 만인 태종 17년 1417년에 최초의 지방계획도시로 설계된 무장읍성이다. 무장객사와 관아, 읍성과 7거리당산 등이 지형에 따라 풍수 원리에 맞게 계획적으로 입지한 것이다. 단종 원년인 1453년에 뒤늦게 축조한 고창읍성보다도 36년이나 먼저 쌓은 것이다.

임진왜란의 삼대첩에서 무장 출신 의병장의 활약상을 보아도 고창이 의향임과 무장현의 중요도를 읽을 수 있다. 진주성 2차 혈전 시 순국한 무장현감 출신 강릉유씨 유한량 의병장, 행주대첩에 군량미를 보내고 참전한 청도김씨 김응룡 의병장, 이순신의 명량대첩을 지원한 함양오씨 오익창 의병장 등이 모두 무장현 출신이었다. 2003년 기본계획수립 이후, 2018년 11월 거의 20여 년에 걸친 무장읍성 복원 사업 마무리 단계인 무기고 주변 발굴조사 과정에서, 조선 시대 무기 발굴 사상 최대 규모의 보물급 유산이 쏟아져 나왔다. 조선 최첨단 시한폭탄인 비격진천뢰가 폭약과 뇌관까지 원형이 잘 보존된 상태로 11발이나 무더기 출토되었다.

　최첨단 무기를 대량 비축한 점도 무장읍성의 중요도를 말해준다. 특히 무장현감(1571년) 출신 유한량과 함께 진주성 혈전에서 순절한 최경회 의병장도 무장현감(1579년) 출신이다. 곤궁한 처지의 자신을 살려준 남편에게 의리를 지키려고, 진주성 의암에서 왜장을 익사시킨 주논개 의부인(義夫人)의 부군이 바로 최경회다. 화순 출신 최경회 장수현감은 곤궁에 처한 양반 출신 주논개 모녀의 목숨을 구해주고 사노비 형태로 부양한다. 이후 무장현감으로 부임 시에도 모녀를 데리고 왔다. 죽을 고비에 있던 주논개 모녀의 사람됨을 알아보고 살려낸 무장현감 출신 최경회 의병장은 공심을 지닌 목민관이었다.

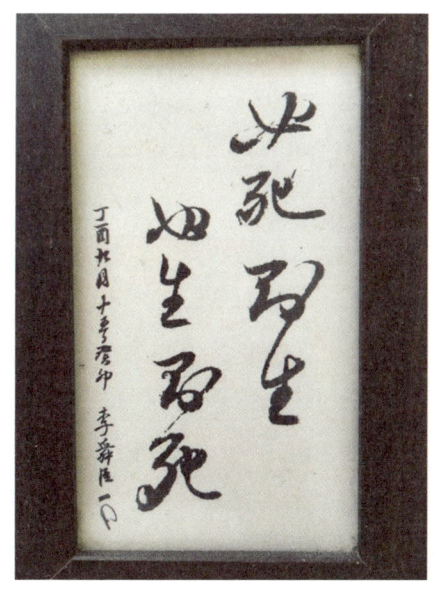

사람만이 희망이다. 풍전등화 같은 조선을 살린 것은 이름 없는 수많은 의병들과 이들을 이끈 소수의 의인이다. 임진왜란 직전 사당(私黨)을 지어, 정여립 난이라는 빌미로 조선 인재 1천여 명을 죽여버렸다. 정적을 죽이려다 나라를 죽일 뻔했다. 의인을 알아보는 안목, 지인지감(知人之感)을 지닌 의인들이 그나마 있어서, 나라의 목숨줄을 이었다. 율곡 이이, 이원익, 이순신, 유성룡 같은 인물이 그들이다. 임진왜란 직전 6계급을 특별승진시켜, 전라좌수사에 이순신을 발탁한 사람이 유성룡이다. 조선 역사 상 최초로 평양 감사를 우의정 겸 총사령관까지 비약 승진토록 이원익을 추천한 사람도 유성룡이다. 전쟁 시에 적재인 이순신과 이원익이 적소인 사령관 지휘봉을 잡았기에 조선이 겨우 살아남은 것이다.

사람에 달렸다… 나라도 고을도 미래도

　이원익이 초급 관료 시절 황해도 도사로서 병적부를 탁월하게 정리하는 것

을 보고, 그를 발탁한 이는 황해도 감사이던 율곡 이이였다. 율곡은 이원익이 재상 재목임을 알아보고, 재상들의 필수보직인 홍문관 관리로 추천했다. 사람을 알아보는 능력인 지인지감은 리더의 필수요건이다. 이 안목은 사심이 없이 공심으로 보아야만 생긴다. 돈으로 빽으로 공천장 사서 의원하고 군수 하는 사람들 눈에, 돈 없고 빽 없는 유능한 공직자들이 보이기나 하겠는가? 이원익은 현장 순시차 전선에 내려와 진주성에서 이순신과 첫 만남을 갖고 대책을 의논했다. 1595년 8월 23일 《난중일기》에 이순신은 군사 상황은 하나도 적지 않았다. 다만 이원익의 사람됨과 공공심에 반했음을 적었다.

"체찰사를 만나보니 차분하게 하시는 말씀 가운데 백성을 위하여 그들의 아픔을 덜어주려는 뜻이 많았다(徃體察處 則從容言語間多有爲民除疾之意)." 공심을 지닌 두 장수가 공심으로 의기투합한 첫 장면이다. 우리 전북에서 아름다운 지인지감 사례로 노무현 전 대통령과 임수진 전 진안군수 이야기도 회자된다. 거센 황색 바람 속에서도 호남 유일의 무소속 도의원에 당선된 임수진의

지역 농촌문제에 대한 진정성을 주목한 노무현 지방자치 실무연구소장은 임수진을 이사로 모시고 동지가 된다. 뒤에 진안군수가 된 임수진은 찬밥신세이던 노무현 부부를 자주 전북에 초청하여 모시면서, 지방자치, 농업농촌 문제를 의논한다. 일찍이 농림부 장관 재목으로 임수진을 점찍은 노무현 대통령은 장관 보임이 여의치 않자 농촌공사 사장으로 발탁했다 한다.

또 선거판이 벌어졌다. 공심으로 일할 의인을 뽑아야만 나라가 산다는 게 역사의 교훈이다. 거짓말에 속아 잠바 색깔만 보고 찍었다가 나라와 고을을 망치고 있다. 세상천지에 사람 속을 아는 게 가장 힘든 일이다. 이순신이 첫 만남에서 이원익의 말을 조용히 듣고 그의 공심을 읽었듯이, 말을 잘 새겨보면 그 사람 속이 보인다. 사서삼경 중 인간관계를 대화체로 가장 잘 표현한 고전이 《논어》다. 논어의 마지막 구절도 사람 알아보기로 끝난다. "천명을 알지 못하면 군자가 될 수 없으며 말을 살피지 못하면 사람을 알 수 없느니라(不知言 無以知人也)." 이원익의 말을 빌려 보아도 마찬가지다.

"사람을 아는 것이 처음과 끝이다. 천하의 일이나 국가의 일은 다만 공이냐 사냐 하는 오직 두 글자에 달렸을 뿐이다. 사당(私黨)이 되면 나라 일은 끝장이다."

오직 공심으로 나라를 살릴 진짜 공당의 공심을 지닌 후보를 잘 가려내서 국운이 무궁하기를 간절히 기도한다.

05

한자의 상형문자로 보아도
고인돌은 천제단

한국사 광복은 일제용어 지석묘를
고인돌로 바꾸는 일부터

을사년 춘분 신새벽에 고인돌 왕국 고창의 향산리 천제단 굄돌 사이로 어김없이 떠오르는 장엄한 해돋이를 떨리는 감동으로 다시 우러렀다. 꽃샘추위로 영하의 날씨인데도 불구하고 참배객이 부쩍 늘었다. 윤정현 신부님과 함께 하는 다석학회, 씨알학회, 빈놀아나키 회원 등 전국의 종교를 초월한 영성 지도자들과 함께 소박한 천제를 올렸다. 한민족의 웅혼한 역사가 광복할 희망의 싹이 자라고 있음을 확인하여 기쁜 날이다.

수천 년 동안 우리 겨레가 하늘을 경배하던 천제단, 천문대 고인돌을 일제강점기 일본학자가 느닷없는 지석묘라는 용어를 날조하여 묘지로 왜곡시켰다. 광복 후에도 여전히 식민사학의 무개념 수용자인 이른바 주류 고고·사학계의 부역으로, '돌로 만든 천제단이란 개념의 돌멘'이란 국제 학술용어에도 불구하고, 세계에서 유일하게도 우리만 일제 용어인 지석묘라 쓰고 있으니 한심하다.

우리 동이족이 만든 사실이 밝혀진 한자(韓字)의 상형과 뜻으로만 톺아보아도 고인돌은 무덤이 아니라 하늘에 복을 빌고 예를 올리던 천제단임이 분명한데도 말이다. 전 세계 고인돌의 7할은 한반도와 요하 지역 등 옛 고조선, 고구리 강토에 있으니, 고인돌은 고조선의 지표유적이다. 우리는 일찍부터 태양 숭배, 거석 숭배를 해 왔고, 조상들이 하늘에 제사하던 제단이 바로 거석으로 만든 고인돌 아니겠는가?

고인돌을 상형한 제천 의식 관련 한자들

한자를 과연 누가 만들었을까? 우리가 그간 한족의 중국 문자라고 잘못 알고 있었으나, 이미 중국의 대문호 임어당(林語堂), 대만대 총장이던 부사년(傅斯年) 등 양심 있는 여러 중국 학자들은 동이족 문자임을 밝혔다. 최근 국내에서도 동이족이 만든 문자임을 여러모로 증거한 책들이 속속 나왔다. 한자(韓字)를 언제 누가 만들었는지는 분명치 않다. 다만, 은나라의 갑골문자인 거북점 관련 한자들이 최초문자로 보이는데, 은나라는 동이족이 세운 나라이고, 기자는 은나라 왕족이었다. 음운학적으로만 보아도 한자는 우리말과 꼭 맞는 글자이지,

중국어와는 음절이 다른 문자다. 모든 한자 한 글자를 우리말은 한 음절씩 발음할 수 있으나, 중국어로는 두세 음절로 소리 내는 글자가 많다.

예컨대 날숨과 들숨인 호흡(呼吸)의 경우, 우리는 날숨인 '호'는 내쉬면서 발음하게 되고, 들숨인 '흡'은 들이쉬면서 발음하게끔 우리말 발음법과 꼭 들어맞는다. 중국어로는 호흡을 '후우씨'로 읽으니, 모두 내쉬는 숨으로만 발음되어 뜻과 발음이 어긋남을 알 수 있다. 동이족 문자를 한족들이 빌려서 써 온 역사적 사실을, 우리의 중화사상, 사대의식과 한자(漢字)라는 용어 때문에 그동안 한족의 글자로 잘못 알아 온 것이다.

아무튼 한자를 만든 우리 조상들이 가졌던 신앙이나 사고체계가, 우리 고조선의 지표유적인 고인돌 조성에도 그대로 반영되었을 터이다. 그런 뜻에서 하늘에 복을 빌고 풍년을 기원하는 의미의 관련 한자들을 살펴보면, 고인돌은 천제단이나 천문대, 첨성대, 점성대 등 해달별을 우러르고 예를 올리며 관측하는 기능으로 세운 것이 자명하다.

하늘의 조짐을 보여준다는 보일시 '示' 한자를 톺아보면, 윗부분 두 이(二)자로 보이는 것은 곧 머리 위의 하늘이고, 아래 세 가지는 하늘의 해달별을 나타낸다. 하늘의 해달별 같은 무수한 별들(天森羅)이 땅의 모든 현상(地萬象)을 관장한다는 사고에서 우주 안의 온갖 것을 뜻하는 삼라만상(森羅萬象)이란 말이 생겼다. 우리 천손 민족은 하늘의 별에서 태어나 지구별로 와서 하늘 뜻(示)을 따라 살다가 다시 하늘의 별이 되는 겨레붙이다. '별 하나 나 하나 별 둘 나 둘'이라는 노래나, 풍수 사상에서 산의 모양을 하늘의 별로 보고 일자문성(一字文星), 삼태성(三台星) 등으로 산 모양에 별 이름으로 부르는 것도 이런 연유이다.

하늘을 경배하는 의미의 제사 사(祀)는 하늘(示)에 인간(아기, 巳)의 화복과 건강을 빌던 제천의식에서 유래한 글자다. 주역 계사전에서 "역이란 다른 게 아니다. 만물을 열어서 일을 성사시키는 하늘의 도를 보여주는(示) 것이다(易, 無他 示開物成務之道也)."는 취지와도 같다. 하늘(示)에 제사하고 복을 빌고 흉사를 막기 위해 기도하는 일(빌축, 祝)은 형님, 우두머리(부족장, 兄)가 할 일이

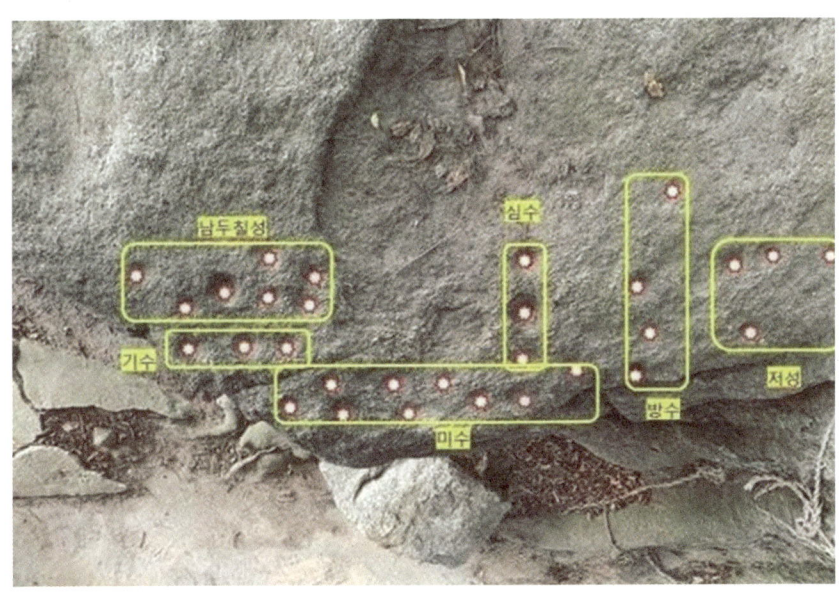

다. 그래서 족장들은 천제단 고인돌을 세웠으리라. 하늘에서 내려주시는 복(福)은 하늘(示)에서 항아리(畐)를 가득 채운 상형이니 풍년 농사다. 재앙 화(禍)는 하늘(示)에서 생선 가시(咼)처럼 쭉정이를 내려주는 모양이므로 흉년이다.

고인돌 시대 이래로 농경 사회의 화복은 농사의 풍흉과 같은 의미였다. 농사를 잘 짓기 위해서는 하늘의 길인 천문을 알아야 했으니, 천문대·첨성대 고인돌에서 천문을 관측하고 천제를 올려 부족의 복을 비는 일이 족장의 대사였음을 볼 수 있는 글자다. 하늘 신을 귀신 귀(神), 씨앗을 관장하는 땅 신을 땅귀신 기(祇)라 한다. 땅귀신의 기(祇)는 하늘(示)과 씨앗을 뜻하는 성씨(氏)가 결합한 것인데 우리말 씨와 소리와 뜻이 같다.

한편, 바르다는 의미의 이 시(是), 옳을 시(是)는 해(日)와 바름(正)이 결합한 문자다. 해가 우리 머리 위로 바르게 뜨는 일이 지당한 일이므로, 춘분, 하지, 추분, 동지의 절기별로 해가 천제단 고인돌에 적중하여 뜰 때 천제단 고인돌에 천제를 올리는 이 일이 바로 옳은 일이라는 뜻에서 유래한다. 하늘의 길이 바른 길이므로, 천도를 따르는 이는 잘살고 천도를 거스른 자는 망한다(順天者存 逆天者亡)는 명심보감의 경구가 여기서 나온다.

고인돌 천문대는 '농사 달력'

도마기, 책상 기(丌)자는 탁자식 고인돌을 상형한 한자다. 돌멘, 돌로 만든 책상, 석상(石床)이란 뜻이다. 고인돌을 제단으로 보았다는 글로벌한 인식을 확인할 수 있는 한자다. 콩 두(豆)자는 제사상 모양이나 고인돌 위에 제물을 올린 형상이다. 콩은 원산지가 고조선 땅인 만주지역이고, 함북 회령의 청동기 유적에서 콩이 출토된 사실을 살펴보면, 고인돌 시대 대표 작물 중 하나가 콩임을 확인할 수 있다. 콩 두 자와 머리 혈(頁) 자가 결합하여 머리 두(頭) 자가 된다. 빌 축(祝)처럼 고인돌 조성과 제천의례는 우두머리의 일이란 뜻이다. 어찌 기(豈) 자는 신성한 천제단 고인돌(豆) 위에 산(山)이 무너져 덮였으니 어찌할까 몹시

놀랄 일이다. 풍년을 뜻하는 풍성 풍(豊)은 제기나 천제단 위에 풍성한 예물을 쌓은 모양이고, 예절 예(禮)의 뜻은 하늘(示)에 대한 천제단 고인돌(豆) 위에 옥처럼 귀한 예물을 쌓아놓고 올리는 제천의식을 상형한 것이다.

고인돌 시대 해와 별의 운행 법칙을 아는 일은 가장 중요한 생활의 지혜였다. 농경에서 가장 중요한 지식은 씨뿌리고 거두는 시기, 비가 많고 적은 절기와 온도, 기후 등에 관한 천문정보일 것이다. 이러한 정보를 가장 많이 가져야 하는 부족장이 천문대, 첨성대, 점성대 기능을 하는 고인돌을 만들기 위해 애쓴 까닭이다. 보다 세련된 천문운행 법칙을 역법(曆法)이라 부르게 되었고, 해마다 관상감에서는 새로운 책력(冊曆)을 발행한다. 역법의 역(曆)자를 파자하여 풀어보면, 고인돌 천문대는 농경문화의 상징글자임이 확인된다. 책력 력(曆) 자는 농경지나 고인돌이 놓인 언덕을 나타내는 민엄 호(厂)에, 곡식을 대표하는 벼화(禾)자가 두 개 있고, 벼농사에 필수적인 일조량과 천문을 뜻하는 해(日)가 결합하여 만든 글자다. 태양의 운행 법칙, 역법은 농사의 풍흉을 결정하는 필수요소이기에, 고인돌 천문대와 첨성대를 통해 천문의 기초자료를 관측한 것이다 (이병렬,《하늘의 길 고인돌에 새기다》).

이 같은 사실은 고수면 무실마을 첨성대 고인돌에 새겨진 별자리가 주로 농사철인 봄여름에 관측되는 동방칠수 별자리인 각항저방심미기 성혈이, 고인돌의 동쪽 부분에 정확히 새겨져 있는 데서도 알 수 있다. 고인돌이 보여주는 고조선 시대 우리 겨레 천문지식의 높은 수준에 새삼 감탄할 따름이다.

고인돌 연구의 '지동설'… 이병렬의 '고인돌 원리'

오늘날 보편적 과학상식인 '지동설'은 16세기 르네상스 시대, 코페르니쿠스가 처음으로 제안했으니, 진실을 밝힌 지가 불과 5백여 년밖에 아니 된다. '지동설' 이전 수천 년간 과학적 사실이 아닌 '천동설'이 진리인 양 행세를 했다. 목숨 걸고 발표한 코페르니쿠스의 새로운 학설을 적극 지원한 갈릴레이와 케플러 같은 용기 있는 학자들이 '지동설'을 입증하는 천문관측 자료와 수학적 증거를 제

시행지만, 기득권 교회와 학계의 거센 조롱에 직면했다. 심지어 갈릴레오는 '지동설'을 옹호했다는 이유만으로 종교재판에 회부당하여 탄압받기도 했다. 오늘날 '지동설'은 현대 천문학과 우주 과학의 부동의 진리로 자리 잡았다.

고인돌은 무덤이다는 일제의 지석묘 주술에 걸려, 백 년 동안 검증도 없이 묘지설에 매몰된 고고 역사학계의 '천동설'을 과감히 깨고, 고인돌은 고도의 천문지리 원리에 따라 조성된 천제단 천문대임을 밝혀, 고인돌연구의 새 지평을 연 고창 문화 연구 회장 이병렬 박사의 고난의 연구 역정에 박수갈채를 보낸다. 그는 고창에서 17년간 3천 여기의 고인돌을 발로 찾아내서 청소하고 측정하며, 새벽이슬 맞으며 별을 보고 성혈 자국을 만지며 고인돌과 대화하면서 마침내 고인돌의 천문지리 배치법칙을 밝혀낸다.

이병렬의 고창 고인돌 천문배치 원리 틀로 보면, 경주 첨성대나 마야 달력의 티칼 천문대도 다 손바닥 안에 보인다. 익산, 부여, 공주, 경주 등 고대국가의 수도 배치원리도 한 꿰미에 다 꿸 수가 있다. 가히 고인돌 연구의 '지동설'이라 할 만하다. 필자도 3년간 발품을 팔며 전국의 고인돌을 대상으로 그의 고인돌론을 종합과학적 방법론으로 검증했다. 앞으로의 한국 고인돌 연구는 이병렬의 고인돌론이 분수령이 되어, 부장품 발굴조사 위주 지석묘 시대에서, 천문지리적 접근을 기본으로 학제적 연구가 보편화하는 새로운 고인돌 연구 시대로 바뀔 것이다. 위대한 한국사 광복의 빛나는 첫 걸음이어라.

06

파리장서 독립운동 주역인
고창의 장흥 고씨 독립운동가

다시 3·1절을 맞으며 역사를 기억한다. 우리 헌법 전문(前文)은 '대한민국은 3·1운동으로 건립된 대한민국 임시정부의 법통을 계승한다'고 명시하였다. 3·1 독립운동의 도화선이 2·8 동경 유학생 독립 선언이고 그 중심에 고창 출신 백관수 선생이 있다. 3·1 독립 선언서에 서명한 33인은 천도교 15인, 기독교 16인, 불교 2인으로 유림이 쏙 빠졌다. 유림이 참여하지 못한 것은, 선언문에 왕정복고가 명시되지 않은 점, 단발과 양복에 대한 거부감 등 보수유학자들의 명분론이 주요인이었다고 한다. 파리 장서 운동을 주도하고 성균관대학을 창립한 심산 김창숙(心山 金昌淑, 1879~1962)은 서명하고자 했으나 모친 병환으로 상경이 늦어져서 선언서 인쇄 이후에 도착하여 탄식만 했다고 한다.

"지금 광복 운동을 선도하는데 3교의 대표가 주동하고 소위 유교는 한 사람도 참여하지 않았으니… 우리들이 이런 나쁜 이름을 뒤집어썼으니 이보다 더 부끄러운 일이 있겠는가"

(김창숙 자서전 상)

가장 큰 세력으로 구한말 의병 운동을 주도하던 유림에서 3·1운동에 적극 참여하지 못한 자책으로, 3월 6일 고창 유생 고석진, 고예진 등 전국 유림 7인과 김백원 평양 목사 등 전국 목사 5인, 모두 12인이 선언 장서에 서명하여 총독에게 통보하고 종로 네거리에서 낭독하고 만세를 부른 선언 장서 독립운동이 일어난다. 이어서 전국의 유림 137인이 연서하여 때마침 3월 22일부터 파리에서 열리는 강화 회의를 통해 외교적 독립운동을 벌인 것이 유림의 파리 장서 독립운동이다.

유림들의 대대적인 '파리 장서 독립운동'

3·1운동 이후에도 줄기차게 항일 독립운동이 전개되었으니, 유림들이 주도한 선언장서, 파리 장서 독립운동도 그 한줄기였다. 유교계는 1905년 을사, 1906년 병오창의 의병운동에 이어, 3·1운동보다 7년 앞서 1912년 고종의 밀명을 받아

대규모의 비밀 의병조직 독립의군부 독립운동을 꾀하였다. 그러다가 유림이 참여치 못한 3·1 만세 운동이 일어나자, 유림들은 다시 대대적인 파리 장서 운동을 일으켜 이에 호응하였다. 이것이 바로 프랑스 파리 강화 회의에 보내는 대한 독립을 청원하는 긴 편지라는 뜻의 파리 장서(巴里長書) 독립운동이다.

국제 외교 무대에 불던 민족 자결주의의 바람을 순풍으로 타고 한국의 독립을 선포하여, 열강들의 외교적 호응을 얻어 독립을 꾀하려는 시도였다. 전국 각지 137명의 유림 대표가 전문 2,674자에 달하는 장문의 한국 독립 청원서를 3월 말에 열린 '파리 강화 회의'에 비밀리에 보낸 것이다. 이 장서는 심산 김창숙이 짚신으로 엮어서 감추고 상해 임시정부로 전하는 데 성공했다. 임시정부에서는 이 장서를 영문 등 4개 국어로 번역하여 한문 원본과 같이 3천 부를 인쇄하여 파리 강화 회의, 중국, 그리고 국내 각지 향교, 서원 등에 배포하였다. 장서 운동이 발각되어 면우 곽종석(俛宇 郭鍾錫, 1846~1919)을 비롯한 수많은 유림들이 체포되어 투옥되었다. 뒤이어 1925년 김창숙과 서울 지역 유생들이 참가한 유림

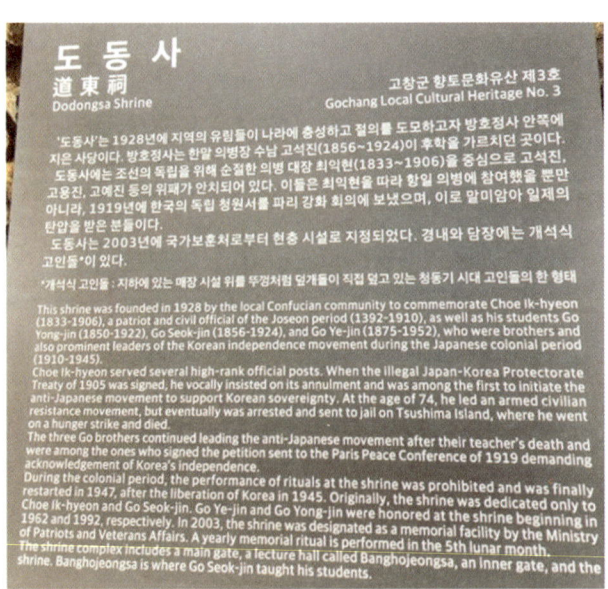

단 2차 운동이 이어졌다.

"우리는 함께 죽을지언정 결코 일본의 노예가 되지 않겠다"

파리장서는 장석영이 기초하고 곽종석이 증보 완성하였는데, "우리는 함께 죽을지언정 결코 일본의 노예가 되지 않겠다. 우리 2천만 생명만이 홀로 전 세계의 조화로운 질서에서 제외될 수 없다. 대표 여러분께서 대책과 방법을 세워 주시기 바란다"는 취지가 담겨 있다. 전국팔도에서 137명의 유림 지도자들이 참여하였는데, 137인 중 전라도가 총 10인(전북 6인, 전남 4인)이고 그중 고창이 4명이다. 장흥 고씨 집안인 수남 고석진(秀南 高石鎭, 1856~1924), 송천 고예진(松川 高禮鎭, 1875~1952), 만취 고순진(晩翠 高舜鎭, 1863~1938), 죽계 고제만(竹溪 高濟萬, 1860~1942) 네 분의 애국지사다. 모두 구한말 최익현의 을사의병에 투신하였고, 독립의군부에서 참모장 등 중추적 역할을 하다가 파리장서 독립운동을 이끌었다.

파리 장서의 실무적 주도는 김창숙이 했고, 영남 유림 영수인 면우 곽종석이 제1서명자, 호서 유림 영수인 지산 김복한이 제2 서명자, 세 번째 서명을 수남 고석진이 한 것과 독립의군부 참모총장직을 수명 받은 것과 수남이 파리장서 직전 선언 장서에도 참가한 사실을 아울러 살펴보면 고석진이 호남 유림의 영수 격이었음을 알 수 있다. 파리장서 서명자 이외에도 고용진, 고제남, 고제천 등 수많은 장흥 고씨 일족들이 의병과 독립운동에 앞장섰다. 장흥 고씨는 일찍이 임진왜란 때도 맹활약한 고경명 의병장의 후예이다. 임진 정유왜란 당시 고창 흥덕현에서 일어나 충의를 실천한 흥덕면 송암 출신 여곡 고덕붕(麗谷 高德鵬) 의병장의 공적도 우뚝하다. 고덕붕은 흥덕 남당회맹단에서 92 의사, 5백여 의병과 함께 혈맹을 맺은 회맹의 맹주장이었고, 의병장 채홍국의 장인이다.

본디 고창의 장흥 고씨는 고려의 사헌부 장령이던 장령공 고직(高直)이 벼슬을 사직하고, 영광을 거쳐 흥덕현 고려곡에 은거하며 입향조가 되었다. 두문동 72현처럼 고려왕조에 의리를 다하고자 조선 백성이 아닌 고려 백성의 마을이란 뜻으로 고려곡, 여곡(麗谷)이라 불렀고, 오늘날 흥덕면 송암리 인근이다. 고덕붕 맹주장의 호 여곡도 조상의 뜻을 받들어 충절을 지키고자 한 것이다. 현재는 송암마을 어귀에 있는 고예진, 고순진 지사의 기념비 곁에 여곡 표지석이 옮겨져 있다.

의리와 절개의 가문 고창의 장흥 고씨는 임진왜란 의병장 고경명, 흥덕현 남당회맹단 맹주장 여곡 고덕붕에 이어, 일제강점기 파리장서에 서명한 네 분 독립지사 이외에도 고제남, 고용진, 고제천 등 수많은 독립지사를 배출한 의리와 충절의 명문가이다. 전북 시·군 중에서 독립유공자가 가장 많은 고창에서도 유공자가 가장 많은 집안이다. 조선 시대 유학자로 요은 고여흥, 옥호 고우열, 방산 고한벽, 옥산 고시학, 구한말 유학자 매헌 고제구, 초남 고헌진, 담우 고관상 등 쟁쟁한 유학자들을 배출한 집안이기도 하다.

"역사에서 교훈을 얻고 역사를 바로 세워야만 희망이 있다"

고창이 의향인 것은 국난기마다 나라를 위해 목숨 바친 의사들이 계셨기 때문이다. 독립운동사의 빛나는 한 마당인 파리 장서 독립 운동 호남 거점 고창과 장흥 고씨의 공적이 본고장에서도 묻혀 있었다. 다행히도 고예진 지사의 손자 고석상(高錫相, 전 성균관 부관장)의 간절한 발원과 이강수 군수, 임동규, 오균호 도의원, 지역유림들의 노력으로 추진위원회가 결성되어, 늦었지만 2014년 3월 고창읍 새마을 공원에 파리장서 독립운동기념비가 세워졌다. 퍽이나 늦었지만 그나마 다행이다. 자랑스러운 역사를 제대로 기억해야만 자랑스러운 역사를 다시 쓸 수 있기 때문이다. 치욕의 역사를 처절하게 기억해야만 치욕의 역사를 반복하지 않겠기 때문이다.

3월 하늘을 다시 바라본다. 역사에서 교훈을 얻고 역사를 바로 세워야만 희망이 있다. 요즈음 나라의 국격도 국익도 없고, 해방공간처럼 이념과 편 가르기로 상대 죽이기, 양극단 정치가 판을 친다. 국익 우선 국제 외교나 대화와 타협은 오간 데 없다. 목숨 걸고 파리장서를 상해로 운반한 애국지사 심산 김창숙은

광복 후에 도리어 반민족행위자에게 평생을 핍박받다가 집도 없이 살다 가셨다. 정의가 불의를 이겨야 독립운동 선열들이 꿈꾼 아름다운 나라 대한민국이 될 수 있다. 더구나 의향 고창인 바에야….

07

포용과 상생 문화 전통의 높을고창, 대한민국

편 가르기, 내로남불은 공동체파괴의 죄악

을사년 신새벽에 대한민국의 화합과 국운 융성을 간절히 빈다. 지구촌의 구석에는 오늘도 빈곤과 기아, 전쟁으로 고통받는 사람들이 여전하다. 다행히도 한국은 역사상 물질적으로는 가장 풍요롭고 평화로운 삶을 누린다. 그러나 대화와 타협이 실종된 내로남불 양극단 정치로 편 가르기, 집단 이기주의, 빈부 격차, 승자독식의 숫자 사회의 폐해가 공동체를 무너뜨릴 위협 요소가 되고 있다. 요즈음 뜨는 한류로 우리 겨레의 문화적 잠재력이 모처럼 빛을 보기 시작하여 퍽 다행이다. 한국인의 고운 마음씨가 낳은 지구 상생 사상이 담긴 한류, 탁월한 전통 문화의 가치가 한동안 불행한 역사의 그늘에 가려져 있었다.

일제강점기 식민지배의 도구로써 빼어난 우리 문화를 미개한 것으로 왜곡시킨 데다가, 뿌리 깊은 중화 사대의식, 서구 우월주의의 최면에 걸려 우리 스스로도 자기 비하의 식민 역사관 학습을 강요당해 왔기 때문이다. 한류 하면 으레 케이팝부터 한국 소리, 음식, 한지, 한옥, 한복, 태권도 등 이른바 한스타일을 말한다. 그러나 한류의 끝판왕은 소멸 위기 지구를 살릴 환경 생태 사상인 천지인 합일 사상, 지구촌을 함께 잘 살게 할 자리이타의 홍익 상생 사상 같은 한국의 아름다운 뿌리 사상이어야 한다. 천지 자연 만물을 생명체로 인식하는 천지인합일 풍수 사상은 온난화로 생존위기에 처한 지구를 살릴 대안 사상이다.

건국 이념과 교육 이념을 홍익인간으로 내건 나라가 고조선이고 대한민국이다. 상생 문화의 아름다운 힘으로 나와 함께 널리 인간을 이롭게 하자는 고상한 건국 이념, 교육 이념을 가진 나라가 지구상에 어디 또 있었는가? 우리 고대 국가의 지도자를 뽑는 방식은 편 가르기식 선거가 아니라, 숙의와 토론을 통한 만장일치제 추대 방식이었다. 여러 부족 세력들이 대화로써 양보와 타협을 이루어내서 공동체의 결속을 유지하던 탁월한 통치제도였다. 고구리의 제가회의, 백제의 정사암회의, 신라의 화백회의 같은 중도타협 협상 정치 덕분에 삼국은 수백 년간씩 국가를 유지할 수 있었다. 가장 대립이 극심할 사상 종교문제까지도 우리는 늘 다른 생각, 다른 종교를 너그럽게 포용하고 서로 장점을 배우면서 유불선회통, 유불선합일의 상생 관계를 유지해 왔다.

구한말 문화적 배경이 근본적으로 다른 기독교가 들어왔을 때도 문화적 충돌을 회피하고자, 한국인 특유의 포용과 창의 문화로 슬기롭게 해결한 아름다운 사례가 ㄱ자 교회의 슬기다. 서양식 가방에는 규격에 맞는 물건만 들어가지만, 전통의 한국문화는 모든 사상과 종교까지도 감싸주고 융합하는 품이 너른 보자기문화, 포용문화다. 고인돌 시대 한반도 문명 수도였던 고창은 시대를 초월하며, 다양한 사람과 문화를 받아들이고 포용하면서 다문화를 절충하고 재창조하는 전통을 이어왔기에 한반도 문명의 요람이 될 수 있었다.

고창식 고인돌, 포용 상생 문화의 결정체

고창의 별칭으로 '한반도 첫 수도 고창'이라 부르는 첫 번째 증거가 세계 최고의 고인돌 유산이다. 지구촌 고인돌의 약 7할이 한민족이 만든 것이라는데, 호남의 고창군에 가장 수도 많고 다양한 양식들이 있다. 현재 지정 또는 비지정, 조사 보고된 고인돌이 대략 2,000여 기이고, 미조사 고인돌, 개발 과정에서 중장비로 파묻어 버린 고인돌이 1,000여 기 정도로 추산되므로, 대략 총 3,000여 기로 추정된다. 이토록 많은 고인돌을 남긴 것은 그만큼 사람이 많이 살았다는 증거이고, 사람이 많이 모여든 까닭은 먹을거리가 많았을 터이고, 이방인을 너그러이 받아들이는 고창의 포용문화 덕분이었으리라.

타 지역에 없는 양식인 이른바 고창식 고인돌, 고창 사람이 고창식으로 재창조한 독특한 양식의 고인돌이 많은 연유가 바로 포용성이다. 이른바 해양식, 남방식은 남쪽 해양문명권 사람들이, 대륙식, 북방식은 북방문화권 사람들이 함께 살면서 각자가 자기 종족이 하던 방식으로 축조했을 것이다. 고창 사람들은 각지에서 모여든 여러 종족 사람들을 배척하지 않고, 함께 살면서 그들의 장점들을 취하고, 고창의 풍토에 알맞게 절충하고 재창조하여 다양한 유형의 고창식을 만들어 낸 것이다. 다양한 고창식 고인돌은 다문화의 포용 흡수와 문화 재창조 역량의 결정체라 할 수 있다.

바다와 내륙을 통해 수입한 다양한 문명을 포용하는 고인돌 시대의 전통은 마한 시대로 계승된다. 고창 고인돌 집적지인 봉덕리, 매산리 일대를 중심지로 세운 나라, 마한의 수도라는 뜻을 지닌 고창 모로비리국은 동아시아의 국제 해상국가였다. 흔히 마한왕릉으로 부르는 봉덕리 1호 고분에서 출토된 고급 위세품 유물을 보면 동아시아 지중해의 칠산바다와 인천강을 잇는 뱃길을 통한 한중일 교역의 중심지가 고창지역이었음을 웅변해준다. 특히 '작은병이 달린 주둥이가 넓은 작은 항아리, 소호장식광구소호 小壺裝飾廣口小壺'를 살펴보면, 같은 소호인 중국식과 일본식을 그대로 베끼지 않고, 절충하고 변형하여 가장 세련미와 균형미가 돋보이게 재창조한 고창식 소호를 만든 것을 알 수 있다. 이러한 유물자료를 볼 때, 봉덕리 주변의 마한 분구묘와 집 자리를 축조했던 모로비리국의 중심세력은 중국과 일본을 아우르는 폭넓은 국제적 교류를 통해 백제 영역화 이후까지도 세력을 확장해온 것을 알 수 있다.

노사, 면암, 간재학파가 상생하는 '화이부동'

　고창의 포용 문화 특성은 고창 유학의 화이부동과 일제강점기 남고창 북오산으로 드날리던 고창고보의 학풍에서도 볼 수 있다. 조선 후기 고창지역의 유학은 타지역처럼 하나의 주류학파가 주도하지 않고, 크게 보아 노사 기정진, 면암 최익현, 간재 전우의 삼대 유학자의 학풍이 각각 들어와 전승되어 온다. 각 학파의 특성은 지켜나가되, 서로 배척하지 않고 신의로 교유하면서, 고창식으로 절충하면서 각자의 방식으로 지행합일을 실천해 온 것이다. 19세기 이후 호남 유학의 산맥을 이룬 노사학맥으로는 노사의 수석제자(고제, 高弟)로서 스승 노사와 함께 고산사에 배향된 고창읍 석정 출신 동오 조의곤(東塢 曺毅坤, 1832~1893)을 비롯하여 손자인 흠재 조덕승, 한말 의사인 용오 정관원, 일광 정시해 등으로 의병참여가 많았다.

　면암 학맥으로는 신림 도동사에 배향된 신림면 가평 출신 수남 고석진(秀南 高石鎭 1856~1924)을 비롯하여 파리장서 서명한 송천 고예진, 지은 최전구 의사 등으로 의병과 파리장서 독립운동에 참여했다. 간재학파로는 간재를 시종하여 모신 6인 제자에 포함되는 고창읍 주곡 출신 현곡 유영선(玄谷 柳永善, 1893~1961)의 현곡정사를 중심으로 간재 학맥이 이어져, 홍종호, 신사범, 유호석 등이 이었다. 《고창의 유학(유풍연 대표 집필)》에 수록된 유학자 중 3대 학파는 노사 학맥이 29인, 면암 학맥 17인, 간재학맥 11인 등으로 나타나고 여타는 송시열, 윤선거, 송병선, 연원 불명 등으로 다양하게 나타난다.

　다양한 사승관계로 여러 학파의 학문이 함께 고창지역에 수용되었지만, 군자의 사귐인 화이부동으로 고창 유학을 발전시켰다. 여러 학파 포용 융합과 화이부동 문화가 고창 유학의 특장점이라 할 수 있다. 고창 유학의 포용적 학풍이 일제강점기 민족사학 고창고보에도 이어졌다. 초창기 졸업생 출신지를 보면 절반 이상이 전북 이외의 함경도, 평안도, 경기도, 경상도 등 전국에서 유학을 왔다. 특히 타지역에서 민족운동으로 퇴학당한 학생들도 다 받아주었다. 1937년에는 신사참배 거부로 폐교당한 전주 신흥학교 전교생 200여 명을 흔쾌히 수용하기도 했다. 당시 고창고보도 재정 시설여건이 어려웠지만, 같은 항일운동을 했던 학생들을 대승적으로 포용한 것도 고창의 포용문화 발로의 일환이다.

을사년 새해… 함께 잘 사는 나라, 포용하는 대한민국 되길

판소리의 발상지 고창은 동리 신재효 이전부터 농촌과 무가에서 전승되던 영무장 농악이 꽃피던 땅이었다. 최근에 사라질뻔한 고창농악을 살려내서 문화재로 지정받아 명맥을 잇고, 고창농악전수관을 호남 우도 농악 으뜸 배움터로 자리매김한 것은 이명훈 관장의 피땀 어린 헌신 덕분이다. 이명훈 상쇠에 의하면 호남 농악 중에서도 고창농악은 간이 잘 맞아서 감칠맛이 난다고 한다. 북녘의 바삐 달아나는 빠른 가락인 익산농악과 남녘의 늘어 터진 목포농악의 중용을 취하고 절충하여 맛깔나게 고창식 농악으로 재창조한 덕분이다.

고창은 조경업계에서 소나무 조경수의 수도로 꼽힌다. 고창의 첫인상을 품격있는 소나무 가로수길과 명품 소나무 풍경을 꼽는 이가 많다. 사실 청와대 녹

지원 소나무도 고창산이고, 서울의 주요건물 상징 소나무 중 상당수가 고창산 소나무다. 서울시가 남산지역을 정비하면서, 애국가에 나오는 철갑을 두른 듯 바람서리 불변하는 '남산 위의 저 소나무' 상징을 찾아 전국을 뒤진 끝에 고창 소나무를 선택한 이야기는 유명하다. 미네랄과 유효 미생물이 많은 황토와 해풍 덕분에 고창 소나무는 생명력이 강하여 잘 살고, 고창농악을 듣고 자라서 멋들어지게 휘어진다. 특히 호남의 중간지역이라서 남녘이든 북녘이든 전국으로 시집간 고창 소나무는 현지 적응력이 뛰어나서 잘 살아남기에, 조경전문가들이 선호한다고 한다. 중용과 포용의 고창 땅을 닮은 고창 소나무의 덕성이다.

좌든 우든 치우침이 극하면 망하는 게 하늘의 이치다. 정치와 타협과 협상은 서로 양보하며 가운데서 만나는 게 비결이다. 나와 다른 생각을 가진 사람을 포용하지 못하면 민주시민이 아니다. 획일적 일사불란을 강요하는 정당은 나치즘 파시즘이지 민주 정당은 아니다. 라이벌은 죽여야 할 적이 아니라 나에게 긍정적 변화를 주는 진정한 친구다. 나와 신념이 다르거나 중도협상 주장을 했다는

이유로, 사쿠라로, 수박으로 낙인찍어 갈라치고 편 가르고 혐오하는, 양극단의 팬덤 정치를 끝내지 못한다면 정치 발전은 요원하다.

이장이든 군수든 대통령이든 공직을 맡은 자가 선거 공학으로 편 가르기 하는 것은 공동체를 깨뜨리는 가장 큰 죄악이다. 뭇 생명도 이종교배가 건강하게 살아남고 순혈주의는 결국 도태된다. 한민족의 빛나는 상생 문화, 고창의 절충과 포용 문화가 국가 대개조의 호기인 을사년 새해에 한껏 발휘되어, 함께 잘 사는 나라, 포용하는 대한민국 높을고창이 되길 간절히 기도한다.

08

동짓날, 끝도 시작도 없이
유구한 고창을 기도하다

역사는 계승 발전하는 것,
전임자 역사를 지우려는 무모함을 경계해야

오늘날 '동지 팥죽'을 먹는 날 정도로만 인식하는 동지섣달의 동지를 또 맞이했다. 동지는 작은 설날(아세, 亞歲)로도 불렸듯이 천문학적인 새해다. 성탄절도 본디 천문학적으로는 서양의 동지 개념의 새해 시작점이었다. 이맘때면 으레 다사다난했던 한 해, 희망찬 새해라는 말로 연말연시를 맞는다. 끝은 곧 시작이라는 생각, 끝도 시작도 없이 우주와 역사는 영원하다는 개념은 동서고금을 초월하여 한 가지다. 한국 전통 문화의 뿌리 사상인 '천부경'이나 '주역'의 시작과 끝이 하나이고, 서양의 알파와 오메가도 그렇다. 졸업과 시작을 동시에 뜻하는 영어단어 커멘스먼트(Commencement)의 어원도 끝과 시작을 함께 말한다는 뜻이다. 인디언 달력 동짓달의 '모두가 다 사라진 것은 아닌 달'은 캄캄한 칠흑의 어둠 속에서도 한 줄기 빛이 들기 시작하는 상태, 밤이 가장 긴 동지 무렵을 상징하는 주역의 '지뢰복(地雷復)' 괘와도 일맥상통한다.

익산 출신 국민가수 최진희는 밴드와 보컬을 거치며 다져진 탄탄한 기본기 위에 호소력 넘치는 폭발적 가창력으로 1980년대 가요계의 정점에 섰고, 수많은 대중 히트곡을 내면서 한국 가요사의 한쪽을 쓰고 있는 명가수다. 그의 인생곡인 〈사랑의 미로〉가 빅히트하면서 1985년에는 1년 내내 가요 톱 텐에 들기도 했다. 대중들의 심금을 울리는 최진희의 창법도 좋지만, 서정적인 노랫말도 감미로운데 절창은 역시 "끝도 시작도 없이 아득한 사랑의 미로여". 후렴 대목이다. 작사가 지명길의 내공이 낳은 명구다. 우리네 인생도 우주도 사랑도 끝도 시작도 없이 아득한 것이란 생각에 미치니, 남북을 초월한 국민적 공감을 얻을 수밖에 없지 않았겠는가?

백제고도 익산 '건자산'과 '알파 오메가'

매년 다사다난한 연말연시를 맞았지만, 특별히 올해 세밑은 온 국민들이 나라 걱정으로 지샜다. 현대사의 또 하나의 큰 불행을 낳을 뻔한 군사 정변을 성숙한 국민들의 연대의 힘으로 막아냈다. 을사년 새해에 끝도 시작도 없이 전개될 온갖 변화를 기회로 만들기 위해서는 소위 정치 지도자란 사람들의 양심과 공

심, 공공심의 발휘가 절실하다. 역사 앞에 늘 바로 서고자 고뇌하던 백범 김구가 해방 뒤 귀국하기 전날 밤에 경구로 쓴 '불변응만변(不變應萬變)'의 마음가짐도 그런 것이리라. 온갖 상황변화에도 불구하고 한 가지 끝까지 지키고 갈 불변의 가치, 공공심, 때에 알맞은 시중(時中), 중화(中和)의 가치관을 확고히 지키면 모든 위기 속에서도 기회를 만들 수 있다는 주역의 마음가짐이다.

마한 54 소국 중 고창의 모로비리국과 익산의 금마국은 지명에 바로 수도라는 우리말 뜻이 담겨있다. 익산은 금마국의 진산인 건자산을 중심으로 좌우로 흐르는 옥룡천, 부상천, 왕궁, 제석사, 고도리, 견우직녀상, 춘포, 봄개 등 주위 지명이 모두 역사상 네 번이나 수도였던 터답게 수도를 상징하는 고품격 인문학 지명으로 되어있다. 특히 금마의 진산인 '건자산(乾子山)은 군의 북쪽 1리에 있는 진산(鎭山)이다'라고 《여지승람》에 기록되었고, 대동여지도에도 건자산으로 분명하게 나타난다.

1872년 지도에는 '건지산(乾支山)'이라 잘못 쓰여 있는데, 건자산의 의미를 잘 모르고 쓴 게 분명한 오기다. 건자산은 처음과 끝, 시작과 끝을 의미하므로 끝없는 우주 순환, 절대 왕권, 수도의 영세 불멸의 뜻을 함축한 것이다. 묘하게도 건자산 바로 앞에 자리 잡은 교회당 건물에도 기독교 상징인 알파와 오메가가 새겨져 있다. 건자산과 교회 탑에 새긴 알파와 오메가, 신약 성경 요한계시록에 나오는 알파와 오메가는 동서고금을 초월한 같은 뜻이다.

건자산의 건은 동양철학 윤도의 24방위 중 마지막 방위인 북북서방인 건해(乾亥) 중 천간인 건(乾)과 첫째 방위인 정북방 임자(壬子) 중 지지인 자를 결합하여 건자산이라 한 것이니, 끝과 시작점 곧 태극을 의미한다. 희랍어 알파벳 첫 글자 알파(A)와 끝 글자 오메가(Ω)는 창조주께서 자신을 지칭하신 말씀이다. 성경의 '알파와 오메가'는 우리가 세속에서 쓰는 '시작과 끝'보다 더 신앙적이다. '주 하나님이 이르시되 나는 알파와 오메가라 이제도 있고 전에도 있었고 장차 올 자요 전능한 자라 하시더라'(요한계시록1 · 8). 고조선 준왕의 기준성, 마한 금마국, 고구리 보덕국, 백제 무왕 시대의 왕도로서 역사상 네 번이나 수도를 했던 금마의 진산 건자산이나, 성경속의 알파와 오메가가 끝도 시작도 없이 아득한 역사를 말한다는 사실은 흥미롭기만 하다.

끝도 시작도 없는 '주역'의 마음

동양 고전의 우주론과 철학사상을 압축했다는 책 주역의 끝과 시작도 한가지다. 우주 만상의 변화 모습을 상징하는 주역 64괘 중 첫째 괘는 하늘을 형상하는 건괘다. 하늘 땅이 있기에 만물이 생긴 까닭이다. 천지창조다. 마지막 63은 수화 기제(水火旣濟), 64는 화수미제(火水未濟) 괘로 끝난다. 수화기제는 물이 불 위에 있는 형상으로 요리도 할 수 있고, 다리는 따뜻하고 머리는 차니 건강에도 좋고 성공하는 형세다. 그러나 성공에 자만하다 보면 곧 어려움이 닥친다. 그러므로 지도자는 잘나가는 태평 시에 미리 대비하여 미래의 환란을 예방해야 한다고 경계한다.

그다음 64번째 마지막은 변화의 요소인 물과 불의 위치가 결제가 잘 이루어지던 수화기제괘와 반대로 바뀐 화수미제괘이다. 성공하는 기제에서 결제가 안되는 미제, 사건이 해결이 아니되는 미제괘를 끝에 놓은 것이다. 공자는 "어떤 일도 끝까지 지속되는 법은 없다. 그래서 좋은 환경인 기제 다음에 어려운 상황인 미제괘로 끝맺음 한다"고 했다. 하나를 이루었다고 자만하지 말고 새 마음으로 새출발하라는 교훈이다. 불이 물위로 바뀌는 화수미제괘는 항상 나쁜 것인가?

아니다. 지도자는 상황판단을 신중히 하고 질서 있게 정돈하라는 가르침이다. 결국 좋은 일도 나쁜 일도 고정된 것 없이 영구순환하기 마련이다. 위기 속에 기회도 있고, 슬픔 속에서도 기쁨을 찾을 수 있다. 하늘을 감동케 할 만큼 항상 올바른 마음가짐을 가지고 정성을 다하여 노력하는 사람을 하늘은 돕는다는 것이다. 한 해의 끝에서 각자가 있는 위치에서 하늘 마음으로 제 할 일을 다하는 것이 하늘의 도이자 사람의 길이다.

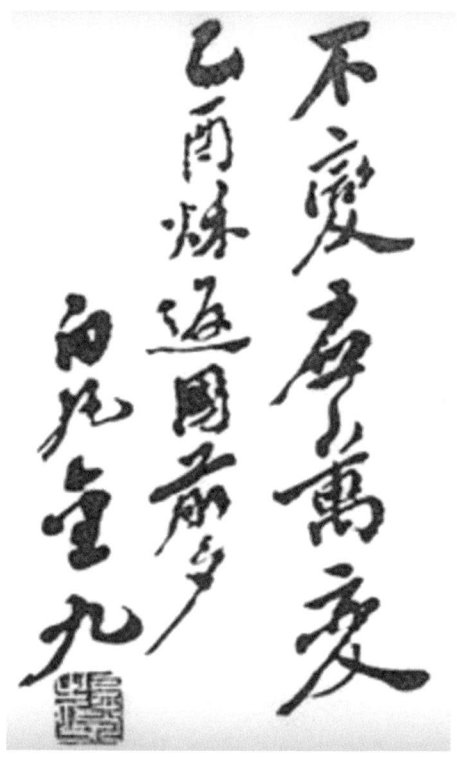

끝도 시작도 없는 '천부경'의 겨레 마음

　우리 겨레의 지혜 경전이자 한국 전통 철학사상을 압축한 《천부경》은 가로 세로 아홉 글자씩의 한 상자 속에 81자로 새겨져 전승되었다. 숫자 1로 시작하여 숫자 1로 끝나는 신비로운 천지인 경문이다. 이렇게 하나의 도표로 표현한 것은 시작과 끝의 각각의 1이 하나로 연결되면서 전체 상자가 마치 두 마리 용이 서로 꼬리를 물고 이어지듯이, 뫼비우스의 띠처럼 안과 밖도, 끝도 시작도 없이 우주는 순환한다는 상징이다. 첫 구절은 없는 데서 시작하는 시작(일시무시일, 一始無始一)으로 시작하여, 마지막은 다함도 없는 다함(일종무종일, 一終無終一)으로 끝난다. 일시무시일이 알파라면, 일종무종일은 오메가다. 천지인 만물의 상생과 무궁무진한 우주 속에서, 유구한 우리 역사의 한 모퉁이 갑진년 세밑에 사는 우리는 어떻게 살아야 할까?

서양의 이분법적 사고 틀인 대립과 투쟁 구조의 서구사회학이 만들어 낸 폭력적 군중과 정부의 제도적 폭력도, 한민족 특유의 양심과 윤리적 연대의 태극 사상이 녹여버렸다. 속희 가무의 민족답게 노래하고 춤추기를 즐겨 하던 한민족 특유의 역동성과 신바람 난 빛과 응원봉으로 총칼과 어둠과 불의를 한꺼번에 날려버린 2024년 12월이다. 한민족의 본성인 태양처럼 밝은 마음들이 빛나기 시작하자, 노나메기 문화의 전통이 차와 빵 김밥 온기 나눔으로 홍익세상을 꽃 피운다. 어릴 적 마을의 경조사 때 온마을 사람들이 울력하여 축제를 벌이던 시절이 겹쳐지는 눈물겨운 환희의 겨울 축제 모습이다.

인생사나 국운이나 마음먹기 달렸다. 불행한 비상계엄이었지만 엄청난 동방예의지국의 품성과 자신감을 세계에 드러낸 기회였다. 우리 모두 태양처럼 빛나는 겨레의 밝은 양심을 되찾고, 공공심으로 울력하면서 긍정의 힘으로 국운 상승의 새해를 기도해보면 좋겠다. 부끄러움과 염치를 아는 이들, 진정 나라와 고향을 사랑하는 이들이 정치 지도자가 될 수 있는 홍익인간·도덕 국가를 다시 세우는 을사년을 간절히 염원한다.

09

당촌, 서당촌, 서당물,
밥상머리 교육이 그리운 시절

한국사의 가장 빛나는 한쪽을 쓴 동학농민혁명 지도자 전봉준은 서당 훈장이었다. 전봉준의 부친 전창혁은 고창읍 죽림리 당촌마을에서 서당 훈장을 지냈고, 고부 고을로 이사한 뒤에는 고부향교 장의를 지냈다고 전해진다. 유년 시절 13세까지 고창에서 성장한 전봉준은 먹고살 길을 찾아 완주, 순창, 임실, 태인 등 풍수길지를 찾아 떠돌다가 고부에서 때를 만나 동학농민혁명의 불을 지피게 된다. 전봉준은 세 마지기 농사가 있었지만, 생계를 위해 서당 훈장도 겸하면서 풍수 지관, 한약 업도 겸했다. 전봉준은 요즘 유행하는 말로 다직업인, 엔잡러였지만 주업은 훈장으로 보인다.

그의 출생지 당촌도 서당이 있었다고 해서 서당촌이었는데, 줄여서 당촌이라 불렸던 곳이다. 이곳에서 재를 하나만 넘어가면 또 하나의 당촌인 신림면 벽송리 서당촌이 있다. 구한말과 일제강점기 근대교육제도가 도입되기 이전에는 마을마다 고을마다 서당이 있었다. 그 시절 전형적인 지역사회 풀뿌리 교육제도인 서당과 서당 훈장의 모습을 전봉준 부자의 삶에서 읽어낼 수 있다. 서당의

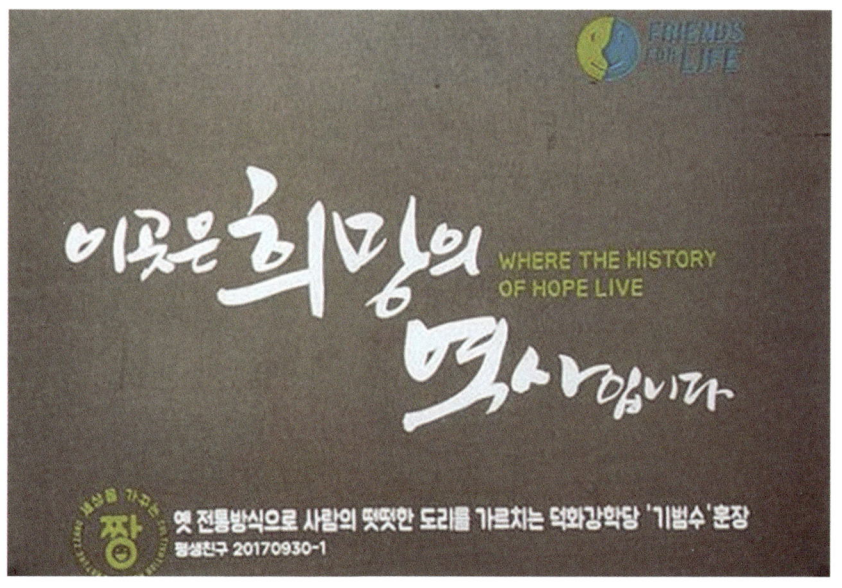

유래를 고구리시대 경당으로 보면 2천 년, 고리 시대로 보아도 적어도 천년 이상 우리 민중들의 글공부 배움터가 서당이었다. 유교 이념 실현과 과거 제도와 관련하여, 유교 교육 제도가 중앙 집권화 과정에서 확립되었다.

고리의 국자감, 조선의 성균관 등 중앙의 최고학부, 한양의 4부 학당 등은 신분상 제약으로 사실상 귀족이나 명문가 양반 자제에게만 기회가 주어졌다. 조선 초기 모든 군현에 관학으로 지방향교가 설치되어 통치이념인 유교 교육 장려를 의무화했다. 그러나 전국적으로 다양한 계층 자녀를 교육시킨 친근한 사립 교육제도가 바로 서당이었다. 조선 후기 들어 사림들이 낙향하면서, 유력 집안, 고명한 학자들이 세운 서원, 정사, 강학당 등도 지방의 교육기관 구실을 하였으나, 주로 같은 집안, 학맥 연고를 따라 출입하는 관례상 서민들에게는 벽이 있었다. 서민 대중들에게는 글방이라고도 부르던 마을 서당이 가장 친숙한 학교였다.

지명으로 남은 자랑스러운 서당촌, 서당물

잘 알고 보면, 고리와 조선은 세계 최고의 인문학 국가였다. 고려사 연구의 필독서인 서긍의 《선화봉사고려도경》 기록을 보면, "서민들 집이 늘어선 누추한 거리에는 서당과 책을 파는 서점들이 두셋씩 마주 보고 있다. 이곳에서 미혼의 자제들이 공동 합숙하면서 선생에게 경전을 배운다. 조금 더 장성하면 동지들끼리 무리 지어 절간이나 도교의 사원에 가서 강습을 한다. 아래로는 평민의 코흘리개 아이들도 마을 선생에게 배운다"고 했다.

송나라 사신의 눈에 비친 책 읽고 공부하는 인문국가 고리의 모습이다. 조선 말 병인양요 때 강화도 침략군인 프랑스 장교 쥐베르의 기록을 보면, "놀라운 일은 조선은 아무리 가난한 집이라도 집집마다 책(아마도 서당 교재인 천자문, 동몽선습, 명심보감, 족보류 추정)이 있는 광경이다. 문맹자가 거의 없으며 글을 모르면 주위의 멸시를 받는다. 이 기준을 모국 프랑스에 적용한다면, 프랑스에는 멸시받아야 할 사람이 부지기수다"고 조선의 학구열에 감탄했다. 고리보

다 선진국으로 알던 중국 송나라보다도, 조선 시대 개화 선진국 유럽의 프랑스보다도 앞섰던, 세계 최고의 인문학 나라를 만든 풀뿌리 학교가 바로 한국의 서당인 셈이다.

천년 동안 우리 겨레의 아이들 배움터인 서당마저도 일제강점기 1918년에 일제가 "서당규칙"을 제정하여 규제하고 폐쇄를 종용했으나, 광복 후에도 이어져왔다. 몇몇 유서깊은 서당은 오늘날도 전통 문화 전승의 요람이 되고 있다. 한문 교육, 고전 번역의 역군을 길러내는 민족 문화 추진회, 한국 고전 번역원의 초기에 활약한 교수진들도 전통서당 출신들이 많았다. 필자도 초등학교 시절 겨울방학이면, 사랑방 손님으로 오시는 집안 당숙뻘 유상훈 훈장님께 또래 동네 학동들과 천자문, 추구, 명심보감, 습자 등 서당 교육을 받은 일이 평생토록 인생의 큰 자양분이 되었다. 이웃 마을 월산에는 일재 정홍채 선생이 강학하시던 월산서당이, 선생이 졸하시기 전인 1980년 초까지도 명맥을 잇고 있었다. 일재 선생은 흠재 조덕승, 강재 조석일을 이은 노사 학맥으로, 흠재, 강재, 일재를 고창 삼재라고도 부른다.

현재 고창에는 전통 유학교육, 서당교육을 지켜내는 갱정유도인 자녀들이 중심 학동이 되어 꾸려가는 신림면 덕화강학당이 전통 서당교육의 맥을 잇고 있어서 참 다행이다. 이러한 친근한 서당이 웬만한 마을이면 거의 있었다. 마을에 공부하는 글방이 있음을 자랑스럽게 여긴 주민들이 마을 이름을 서당촌, 당촌, 서당물, 서당골, 서당말, 학당골 등으로 불러온 것이다. 현재도 고창군의 마을명, 도로명으로 전승된 서당촌도 많다. 고창읍 죽림리 당촌, 신림면 벽송리 서당촌, 부안면 중흥리 서당촌, 부안면 선운리 서당물, 아산면 상갑리 서당촌, 상하면 용정리 서당촌, 심원면 연화리 서당촌 등이 현행 지명으로 살아있다.

고창서원, 정사, 강학당… 역사 되살려 줘

부안면 서당물은 소요산 기슭에 있던 평해황씨의 집안 서당인 귀암 서당이 있었던 사실에서 유래하여 서당마을, 서당물이 되었다. 흥덕 방향에서 보면 빼어난 문필봉인 소요산 기슭에 거북바위(귀암, 龜巖)를 보고 귀암 서당을 세웠는데, 조선 후기 영정조 시대 호남 3 천재, 호남 3대 실학자로 불리던 이재 황윤석과 걸출한 유학자들이 귀암 서당에서 배출되었다. 다행히도 서당마을 전 이장이던 고 노태환 선생의 노력으로 귀암 서당 터와 이재 정자 등 서당유적이 정비되고 표지석이 세워져 서당물 역사를 되살려주니 감사할 일이다.

조선 후기 이후에 서원과 정사, 강학당 등의 이름으로 강학과 선현의 제사, 추모 기능을 겸한 명문 사족들의 교육 공간이 줄을 이었다. 대원군의 서원 철폐로 없어진 서원들이 일제강점기는 물론이고, 광복 이후까지도 다시 세워졌다. 고창지역의 유명한 서당으로는, 김삿갓이 방문하여 한시를 남긴 스무재 서당이다. 상하면 검산리 소재 스무재에 있던 청도김씨 서당은 뒤에 계산서원으로 확대되어 강학당과 제사 공간을 두루 갖추었다. 성내면에 있던 한때 사액 서원으로 격이 높았던 동산 서원은 끝내 복원되지 못하였다. 그밖에도 현재 남아 있는 주요 강학당은 고창읍 평산 신씨 동리 신재효가 판소리 공동체를 이루어 후학들을 기르던 동리정사, 안동 김씨 도산 서당, 고흥 류씨 현곡정사, 조양 임씨 월암 서원, 고수면 광산 김씨 김기서 강학당, 아산면 평산 신씨 기산서원, 무장면 진주 정씨 용호정사, 신림면 장흥 고씨 도동사, 고흥 류씨 만화서원, 공음면 광산 김씨 화동서원, 안동 김씨 도암서원 등이 있다.

제사 공간 명칭과 강학당 명칭을 혼용하거나 혼동하여 쓰다 보니 문화 유산 표기가 잘못된 경우도 많다. 예를 들면 용오 정사는 전체를 아울러 통칭으로 용오 정사로 부르지만, 추모공간은 덕림사, 강학 공간은 경의당, 부속 기숙 생활 공간인 흥의재와 상운루 등으로 구성되어 있다. 신림 도동 서원의 경우도 제사 공간은 도동사, 강학당과 전체는 방호정사, 도동서원으로 불리운다. 한옥 집단 건축에는 각각의 건물마다 뜻에 맞는 당호를 따로 붙이는 법이다.

더욱 그리운 인성교육, 밥상머리 교육

요즈음 인륜을 거스르는 끔찍한 범죄들이 인간의 존엄성을 의심케 하는 일이 많다. 학생이 선생을 구타하거나, 최고 학부를 나온 법조인이 법률 지식을 악용 협박하여 자녀의 선생을 죽음으로 내모는 사례 등을 보면서, 우리 사회의 그늘을 되돌아보게 된다. 인성영재학교가 생겨나고, 인성교육, 전인교육, 가정교육, 밥상머리 교육이 절실히 요구되는 시절이다. 인사 예절, 식사 예절 등 소소한 행동거지와 충효 우의 등 인성을 일상생활 속에서 익히는 도제식 서당 교육의 효용성을 다시 생각하게 한다.

고창 방장산 기슭에는 선비들이 차지해서 덕으로 세상을 교화할 터라는 유점(儒占)과 덕화(德化)마을이 있다. 지명 예언대로 유교의 덕성으로 세상을 바르게 살고자 한 갱정 유도인들이 이곳에 터를 잡았다. 생태적 농사를 생업으로

하면서, 주경야독하며 유교의 정신을 실천하는 아름다운 공동체를 가꾸고 있다. 한복과 두건, 댕기머리 등 전통생활 양식을 지키면서 자녀들은 서당 교육을 시키고 있다. 서당교육은 전형적인 사람만들기 인성교육이다. 무학년, 무학급, 수요자 맞춤형 교수법으로, 아이들끼리 선후배간에도 서로 배우고 익히게 하고, 서로 배려하고 존중하는 예의와 도덕교육을 기초로 한다. 훈장과도 서로 침을 튀기는 거리에서 온몸으로 언행을 체득하며 교화된다. 물질문명 만능의 천민자본주의를 극복할 인문학 리더와 배운 자의 책무를 다하는 차세대 지도자들을 많이 배출하길 기대한다.

현재 덕화강학당에는 23명의 학동들이 배우고 있다. 대개 7세부터 20세까지 수학하는데, 한복 두루마기 정장과 댕기머리 차림으로 전통예절을 익힌다. 한자기초, 사자소학, 추구, 학어집, 계몽편, 명심보감, 소학을 떼고 나서, 사서삼경까지 배우는 20세 경에 각자의 진로를 찾아간다. 요즈음 잘 지어진 한옥인 서원, 사당, 제각 등이 주인을 잃고 폐허가 되고 있어서 안타깝다. 그 안에 담긴 우

리의 전통문화와 정신까지 폐허가 될까 두렵다. 천년 동안 동방 예의 지국, 세계 최고 인문학 나라를 일궈온 전통의 서당 교육, 인성 교육, 지행 합일의 도덕 교육을 되살리면 좋겠다. 우리 겨레의 교육 목표처럼 나도 좋고 남도 좋게 하는 홍익인간 사상으로 호연지기를 기른 착한 사람 키우기를 갈망해 본다.

10

높을고창의 빛과 소금,
선운사 보은염의 문화사

천만년 소금밭을
종교재벌 골프장으로 만들겠다니요?

인류 문명사는 소금과 철의 역사였다. 태초부터 사람 살이에 못 먹으면 죽는 게 소금이고, 도구를 만드는 데 가장 쓸모있는 물질이 쇠였다. 그러기에 천하 통일한 진나라가 값비싼 소금과 철을 틀어쥐고 국가재정을 채우려는 염철 전매 제도를 시행한다. 서양에서도 비싼 소금을 월급으로 주었다고 해서, 월급을 뜻하는 로마자 샐러리(Salary)가 소금 솔트(Salt)에서 생겼다는 말이 있을 정도다. 하물며 고창과 선운사는 소금으로 창건한 역사다. 고창의 역사에서 소금을 빼버리면 싱거운 역사가 아니고, 역사의 보석원석을 통째로 버리는 어리석은 짓이다.

고창을 모르는 이도 선운사는 알 만큼, 미당의 시로, 송창식의 노래로, 기돗발 좋은 치유성지로 선운사는 사랑받는 절집이다. 특이하게도 백제 위덕왕 때 세운 선운사 창건설화는 검단 선사의 소금 이야기다. 검단 선사는 선운사를 세우면서, 인근의 도적들을 선도하여 양민으로 살게 하려고 일자리와 생업을 제공했다. 대대로 먹고살 생업으로 소금을 만드는 신기술을 전수해준 것이다.

천일염 양대 산맥… 고창 삼양 염전, 신안 비금 염전

한국의 전통적인 소금 제법인 달인 소금, 자염(煮鹽) 만드는 방법을 전해주었고, 선운산 너머 심원 사등마을 주변에는 조선 시대 기록에도, 염정, 약수정 등 자염과 소금 목욕장을 일컫는 지명이 많다. 검단 선사의 유래로 검단마을, 검당포 등의 지명이 전승되었고, 소금 마을 사람들은 검단 선사와 선운사에 감사하는 뜻으로 해마다 소금 두 가마를 선운사에 공양을 했고, 이 소금을 보은염이라 했다.

한국사 최초의 여성 명창 진채선의 고향 사등마을과 선운사는 검단 선사와 염부들의 아름다운 보은염 이야기를 소재로 선운 문화 축제와 보은염 운반과 공양 이벤트행사를 이어오고 있다. 새로운 사찰도 짓고 주민들 영구적인 생업을 마련해 준 검단 선사는 선운산 산신이 되어 선운사와 도솔암 내원궁 산신각에 모셔져 있다. 흔히 사찰 산신각에는 산신과 범이 모셔지는데, 특이하게도 창건주 검단 선사와 의운 화상을 산신으로 모신 것이다.

그만큼 백제 시대 7세기 무렵 검단 선사의 소금 기술은 소중한 신지식이었다. 자염 시대를 끝내게 한 일제강점기의 천일염은 1911년 경기도 주안염전이 시초였다. 해방 후에 천일염 양대 산맥이 1947년에 조업을 시작하고 1949년에 첫 출하한 고창 삼양 염전과 신안 비금 염전이었다. 직영에서 임대제로 바뀐 90년대 초까지 한국 소금의 대명사가 삼양사 소금이었다. 전성기에는 삼양 염업 근로자가 4백여 명이나 되어, 월급날이면 해리 시내에 활기가 넘쳤다.

영원한 불로초 소금… 천하 제일 미네랄 함량의 고창 소금

세계에서 가장 질 좋은 미네랄 보고인 고창 천일염이 한때 그 가치를 모르고, 싸구려 저급 수입산에 밀려 고전했다. 금이라 불리던 소금의 굴욕이었다. 잘못된 서양의 맹목적 의학 정보로 소금이 심혈관계 질환의 범인이란 누명을 쓰기도 했다. 성경에서도 말하듯 영원히 썩지 않을 천연방부제가 빛과 소금이다. 소

금이 없이는 요리를 할 수도 없다. 자연에서 보면 분명한 건 소금이 불로초라는 것이다. 소금을 많이 먹는 바다거북이나 고래류는 2~3백 년이나 살고, 초식동물들도 소금을 먹어야 오래 산다.

소금이 만병의 근원처럼 잘못 알려진 의학 교범은 서양인이 만든 서양 소금 기준 이론이다. 광물질 암염이나 서양 천일염은 우리 천일염보다 짠맛은 3배에서 30배나 강하지만, 미네랄 함량은 거의 없다. 수천 년 먹어 온 해산물인 소금을 식품이 아니라 광물로 분류한 것도 서양의 광산에서 캐는 암염 사례를 따라 베낀 웃기는 한국법령이었다. 소금을 광물에서 식품으로 바로잡은 이도 고창 출신 정운천 농식품부 장관이다. 호주산은 고창산에 비해 소금의 주요미네랄인 칼륨, 칼슘, 마그네슘 함량이 2백분의 1 수준이고, 서양의 최고급 미네랄 소금이라고 최고가로 팔리는 게랑드 소금도 우리의 3할 수준 함량이다.

다행히도 세브란스 병원에서 14만여 명을 대상으로 10여 년간 실행한 실험 결과를 작년에 국제 학술지에 발표하여 진실이 밝혀졌고, 그동안 살인자로 소

금이 누명을 썼고 주범은 설탕으로 드러났다. 사망자를 대상으로 소금 주성분인 나트륨, 칼륨 섭취량을 기준으로 사망과 심혈관계 사망에 미치는 영향을 살핀 결과, 나트륨의 섭취는 심혈관계 사망률과 관련이 없었으며, 오히려 소금에 함유된 칼륨 섭취가 많은 그룹은 총 사망률은 21%, 특히 심혈 관계 사망률은 32% 낮았다. 좋은 소금의 적량 섭취는 건강 장수에 오히려 좋다는 결론이다. 이것이 한국 병원에서 한국 의사들이 밝혀낸 한국 천일염의 진실이다.

　세계 최대 미네랄 함유 고창 소금을 사업화하기 위해 고창군과 해리 농협이 손잡고, 위생적인 첨단시설에서 깨끗하고 질 좋은 소금을 먹기 좋은 다양한 신제품으로 출시하여, 전국의 하나로마트와 일반 시판, 미국 등 해외 수출길에 나섰다. 이러한 성과를 인정받아 2025년 4월에는 농협 중앙회가 농식품 가공공장 경영 대상을 수상하기도 했다. 2025년에는 이재명 대통령 추석선물로 고창 구운소금이 선정되었고, 대형유통점에도 납품되면서 높을고창 소금의 명성을 높이고 있다. 소금 찜질과 해수탕은 치유 목적으로 옛날부터 활용되었고, 조선 시대 기록에도 치료목적으로 무장현의 소금 목욕장을 찾은 기록이 있다. 최근까지도 동호해수욕장 모래찜질, 뒷개의 해수탕 등이 유명했고, 구시포 해수탕은 얼마 전까지도 운영되다가 코로나 시절 문을 닫아 안타깝기만 하다.

　고창은 한반도 도자 문화의 수도답게 초기 청자부터, 조선의 백자, 최근의 고수자기까지 도자 문화를 꽃피운 곳이다. 이 도자기를 초벌 구울 때 황토 그릇에 천일염을 구워서 먹으면 불순물은 사라지고, 부드럽고 몸에 좋은 소금이 된다. 도공의 후예들이 도자기 가마에서 구워내는 황토 구운 소금도 고창 특산물이다. 사찰에서 비전된 죽염은 천일염, 황토, 대나무, 송진이 빚어내는 신비한 물질이 최근 과학적 임상 실험 결과 항암 항염 효과, 건강 유효성분 등이 속속 밝혀지면서, 자연 치유 식품으로 각광을 받고 있다. 전북무형문화재 죽염장 혜산스님 이수자 죽염 장인이 만드는 삼보죽염, 가족 기업인 선운산 죽염도 다양한 죽염 제품을 출시하고 있다.

알래스카를 사들이던 미국의 심정으로 사들인 60여만 평 소금밭

　　이러한 역사문화 자원으로서의 가치와 세계 최고급 미네랄 소금의 가능성을 확인한 고창군은, 2018년부터 스마트 염전과 첨단산업화, 브랜드화를 시작했다. 과학적 근거를 통한 브랜드 작업을 제대로만 하면, 고창 소금은 최고급 식품이며 돈벌이 소금이 된다. 현재 2만 원 대인 20킬로 1포를 게랑드 소금 수준으로 팔면, 100배인 2백만 원이 된다. 고창보다 주요미네랄이 3분의 1 수준인 소금이 브랜드 효과만으로 우리 소금보다 백배 비싸게 팔리는 게 현실이다.

　　전통의 삼양사 염전이 태양광업자들의 표적이 되어 사라질 위기가 있었다. 민선 6기, 7기 들어 전국의 염전들이 태양광의 광풍에 사라진다. 가장 넓은 신안 염전, 염산 염전의 절반이 사라졌다. 고창염전에도 태양광 허가신청이 쇄도했으나, 고창의 미래가치를 위해 갯벌과 염전을 보존하는 게 바람직하다고 판단되어 염전을 지켜냈다. 계속해서 행정소송이 들어오고 태양광개발 시도가 이어지니, 염전을 제대로 보존하려면 고창군이 매입하는 게 최선이라는 판단이 섰다. 60여만 평이라는 큰 땅은 아무리 돈이 많아도 쉽게 구할 수도 없는 무한한 가능성이 있고, 소유자의 상속자가 급속히 늘어나므로 신속히 사지 않으면 매입이 힘들다는 판단에서 일부 기채를 해서라도 시급히 매입하기로 했다.

의회에서도 난상토론 끝에 매입승인과 예산편성에 동의하여, 고창군 역사상 가장 큰 땅을 사들였다. 땅 살 돈으로 선심성 사업했으면 선거에 도움이 될 텐데 멍청한 군수가 정치를 모른다고 비아냥대거나, 반대하는 의원과의 문답에서, 필자는 "미국이 알래스카를 구입한 것처럼, 엄청난 잠재가치를 고창군 미래에 안겨줄 것을 확신한다. 10년 후, 50년 후 이 땅의 가치를 지켜보고 누가 옳았는지 보자"고 답변했다. 군수가 뒷돈 받고 비싸게 사주고 쓸모없는 땅 사줬다고 온갖 모함을 한 정치꾼들도 많았지만, 다수 군민은 잘한 일이라 했고 진실은 늘 역사 앞에서 승리한다고 확신한다. 매입과 동시에 전문가와 주민들과 함께 거버넌스를 만들어, 친환경적 세계유산 갯벌 생태 체험 학습, 노을 갯벌 치유 문화 중심의 큰 그림을 그렸었다.

천만 년 소금이냐, 30년 골프장이냐?

듣자니 요즈음 군에서 염전에 골프장을 만들려고 사업자에게 30년 임대해 준다는 소문이 나돈다. 좁은 소견으로는 사실이 아니라면 참 좋겠다. 땅은 제 고유의 성질이 있다. 세계유산인 고창 갯벌은 갯벌로 활용할 때 생명이 있다. 한국 소금의 역사를 고스란히 품은 고창의 마지막 소금밭을 없애는 일은 고창과 선운사의 역사를 송두리째 지우는 만행이다. 백번을 양보하여 골프장이 세 개씩이나 있는 고창에 또 하나의 골프장이 죽어도 필요하다고 하더라도, 비싼 돈 들여 만든 소금판을 없애지는 말고, 인근 농지를 제공하면 더 좋을 일이다. 일조량이 가장 많은 염전은 소금생산에는 최적지나 골프놀이터로는 부적합한 땅이다. 대규모 염전이 사라진 한국의 염전은 이미 희귀 자원이다.

선운사 검단 선사가 백제 시대 최고의 신지식인이었다면, 오늘날 우리는 이 시대의 새로운 문화를 고창식으로 창조해야 한다. 아무래도 타지에서 검증이 이미 끝난 철 지난 테마파크나 골프장으로 버리기엔 너무나 아까운 갯벌이다. 조선말 판소리의 수도이던 높을고창은 오늘날 신재효 문학상을 재창조했다. 제1회 당선작은 판소리 소재 어류명창 허금파 이야기, 제2회 신재효 문학상 당선작은 소금을 글감으로 쓴 박이선 작가의 염부다. 소금과 진채선 고향 사둥마을에서 피어난 국경 없는 사랑, 소금꽃처럼 변치 않는 사랑 이야기다.

공음 청보리밭 어귀에 가수 진성의 보릿고개 노래비가 있다. 그의 가슴 시린한의 노래가 보릿고개와 최근의 히트작 소금꽃의 직접 쓴 가사가 된 것이다. 그를 키운 고달픈 어린 시절이 에너지가 되어 한국적 정서와 한을 녹여낸 명가수 진성을 키웠다. 진성은 유소년기를 고창 고수면 은사리에서 할머니 품에서 서럽게 보냈다. 그랬기에 아버지 등짝의 소금꽃을 볼 수 있는 가슴이 생겼으리라.

소금꽃은 거짓 없고 진실한 일꾼의 등에서만 피어나는 영원히 변치 않는 꽃이다. 착한 염부의 고단하지만 건강한 삶은 이렇게 노래로도 피어난다. 진실한 노동의 가치를 알아주는 소금꽃 피는 높을고창을 계속 보고 싶구나! 소금밭이 영원히 읽힐 불후의 고전이라면, 골프장은 한번 읽고 쓰레기통에 버릴 삼류 신문기사 종이 쪼가리다. 빛과 소금은 사람과 지구를 썩지 않게 지켜줄 하늘이 주신 선물이다.

11

한국 도자문화수도 고창,
한국 청자의 첫 가마

고창은 역사문화의 보고다. 한국 도자사를 잘 아는 연구자들은 고창을 빼면 한국의 도자기 역사를 쓸 수가 없다고 한다. 한국 문화의 정수인 고려청자 최초 가마터가 아산 반암리 청자 요지인 사실에서 알 수 있듯이, 한국 도자사의 축약판이 고창의 도자기 역사다. 그 흔적으로 고창 곳곳에 도자기와 가마와 연관된 지명이 남아 있고, 모양성 한옥마을에도 고창 자기 체험전시장을 운영한다. 그간 조사된 청자, 백자 가마터 외에 2021년부터 2차 발굴 조사를 통해 반암리 초기 청자 아파트형 벽돌가마와 진흙가마 여러 기가 동시 출토되어, 도자미술계의 시선을 고창에 집중시켰다.

가마터는 선사시대부터 토기, 도기, 자기, 기와, 벽돌, 숯 등을 소나무 불을 때서 구워내던 곳이다. 왜 이렇게 고창에는 삼국시대부터 현재까지 시대별로 종류별로 한국 도자사의 연대기를 보여주는 도자기 유물유적이 많을까? 천혜의 도자기 산업 필수 요건을 잘 갖춘 도자기 제작 최적지이기에 도자 산업이 성했던 것이다. 자기를 만들 점토, 세사, 장석, 석회 등 풍부한 원료, 가마를 불 지필 연료인 소나무, 개경이나 한양으로 운송할 뱃길 수로가 필수적인 가마터 입지요건이다.

이러한 요건을 두루 충족하는 고창은 서해안 연안 항로로 연결하는 인천강 유역에 시대별 가마터가 밀집해 있다. 불과 30여 년 사이에 소비성향 급변으로 고수자기의 명성은 사라지고, 고수자기를 계승한 자기 명인들이 미네랄 보약인 고창 천일염을 자기기술로 가마에 구워내서 유효성분을 증가시키는 건강 소금, 황토 구운 소금을 개발하여 새로운 지역 특산품으로 출시했다.

후백제·고리 초기 청자의 산실, 반암리·용계리

한국 최초 후백제 청자 유적이 있는 곳이 전북 고창과 진안이다. 고창 반암리, 용계리에서 숙성된 최고급의 세련된 청자 기술이 주류포만을 건너 부안 진서리 유천리에서 청자 문화를 꽃피운 전북은 고려청자의 종갓집이다. 도자 역사의 한반도 수도인 고창에 전통 도자기를 보존 전승하는 문화재를 살려내고,

도자기 연구조직, 고인돌 박물관과 신축할 미술관에 고창 도자기 특별전시관을 두었으면 참 좋겠다.

군산대 곽장근 교수에 따르면, 한국 가마터 중 초기 청자만을 굽다가 후백제가 망하여 수요자가 없어져서 문을 닫은 중국식 벽돌가마가 고창 반암리와 진안 도통리인데 모두 다 후백제 영역이다. 청자 기술 원천을 후백제와 교류하던 오월국 기술 전래로 보면, 후백제 시기가 9세기 후반 10세기 중반이므로, 반암리는 가장 이른 시기 청자 요지로 확인되었다. 후백제 시기 초기 청자 기술이 고리 시대로 전승되어 가는 과정을 보여주는 핵심유적이 반암리의 아파트식 가마터인 셈이다.

기존에 벽돌가마는 시흥 방산동, 용인 서리, 진안 도통리 등에서 확인된 적이 있으나, 고창 반암리 청자요지에는 최소 2기 이상 존재한 것으로 밝혀졌다. 특히 벽돌가마 상층에는 3호 진흙 가마가 위치했고 그 위로 4호 진흙 가마가 들어선 중첩양상 구조, 이른바 특이한 아파트식 가마터 구조. 학술적 중요성을 인정하여 2022년 초에 전북도 기념물로 시급히 지정했으나, 추후 추가적인 연구 조사를 거쳐 국가사적으로 승격해야 할 가치가 있다. 이곳 반암리의 초기 청자 기술이 계명산을 넘어 운곡습지 들머리인 용계리 청자 요지로 옮겨가 승계 발전한 것으로 짐작된다.

운곡저수지 수몰 대비 구제발굴조사로 1983년 실체가 확인된 국가 사적 용계리 청자가마에서 해무리굽 청자완과 태평 임술 2년(1022년) 글씨가 새겨진 생선뼈무늬 기와 조각이 청자 편과 함께 발견되어, 고리청자 전기의 연대 추정과 지방요 발전 단계를 확실히 밝혀주는 유력한 자료가 되었다. 현재 유럽 연합 선정 최우수 지속 가능한 관광지로 선정된 운곡 습지와 연계 관광을 위한 용계리 가마터 정비 사업이 진행 중이다.

조선 분청사기 가마터, 수동리·용산리

부안면 수동리 용고갯마루 옆 솔숲에 있는 분청사기 요지는 조선 전기 대표

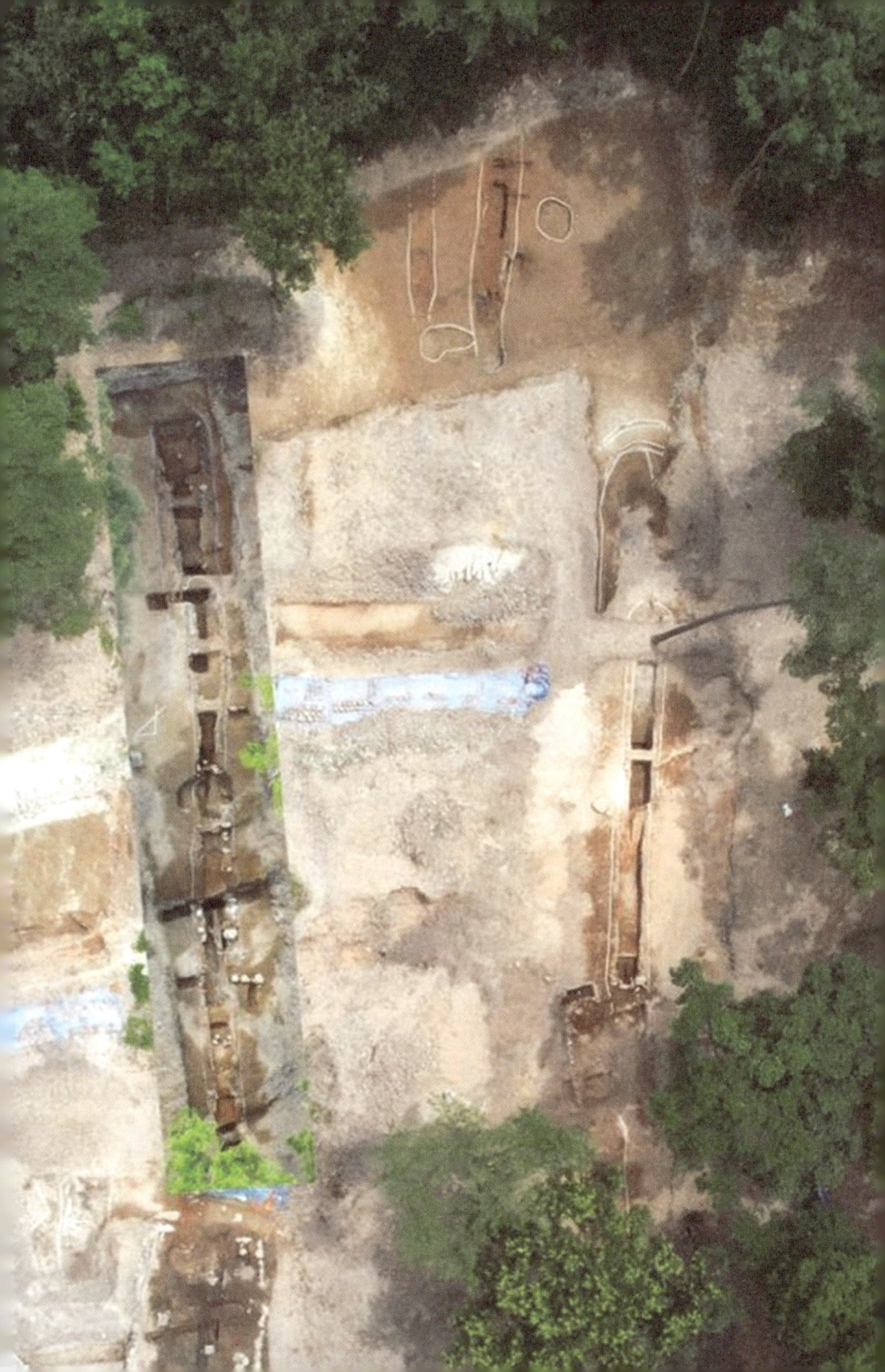

적 분청사기 가마터다. 지표 조사 후에 1977년에 이미 사적으로 지정되었으나 방치되어 훼손 우려가 있었고, 향후 유적 정비를 위한 2015년 추가발굴조사 결과 분청사기 가마 6기, 공방, 퇴적물을 조사하여 정확한 가마의 성격을 밝힐 수 있게 되었다. 조선 초의 상감, 인화, 조화, 귀얄 기법 등으로 장식된 15~16세기 분청사기가 주종이었다. 그릇의 종류는 대접, 접시, 잔이 주류였고, 또한 전라도 지역 분청사기 가마에서 흔히 확인되는 '내섬(內贍)'이란 글자, 요즘 말로 바꾸면 조달품이라 새긴 조각들이 출토되어, 관청납품용 분청사기 가마터임이 드러났다.

용산리 분청사기 가마터는 연기제 저수지 공사로 2001년부터 발굴하였고, 학술적 중요성이 인정되어 전북도 기념물로 지정되었다. 가마 4기가 발굴되었는데, 흑유가 많이 나타나는 분청사기 가마의 천장구, 계단형 소성실 등은 귀한 유적으로 평가된다. 특히 조선 전기 분청사기, 백자, 흑유자기의 변천 양상을 밝히는 소중한 연구소재다. 특기할 만한 것은 국보 178호로 지정된 '분청사기 음

각어문 편병', 쉽게 풀면, '분청사기 기법으로 만든 물고기 무늬 파서 새긴 납작 술병'이 바로 이곳 용산리 가마 제품이라는 사실이다.

1974년 국보 지정된 이 납작 술병은 그간 생산지 불명으로 알려졌었다. 용산리 요지 발굴에 입회하고 박물관 소장 유물 편 등을 여러 차례 감정한 고수자기 동곡요 출신 자기명인 김종한 대표는 "제작 기법이나 문양, 재질로 보아 국보인 납작 술병과 똑같은 자기편들이 다수 출토된 고창 용산리 생산품이 분명하다"고 한다. 고창 향토 문화 연구회 오강석 회장은 이것을 공인받기 위해 전국의 박물관장과 도자 연구가들을 설득하려 애쓰신다 하니 감사할 따름이다.

특히, 고창의 용산리 분청사기 요지는 조선초 《세종실록, 지리지》에 흥덕현 서쪽 수레너미 고개마을(輪峴洞)에 도기소 2개소가 있다는 기록이 얼마나 정확한가를 보여주는 진귀한 사료이기도 하다. 수레너미는 부안 창내와 용산리를 넘나드는 고개로 오늘날도 술냉기, 수레냉기, 수레너미 등으로 불리며, 무장현과 흥덕현을 잇는 주요 길목이었다.백제시대 토기 가마는 용산리, 용계리에서도 보이고, 고리 시대 청자가마는 반암리, 용계리, 운곡습지 용계리 인근에 있었던 덕암소, 분청사기 가마로 수동리, 용산리 대표유적에서 보듯이, 시대를 초월하여 도자 문화를 꽃피운 고창이다. 그 마지막에 피운 찬란한 불꽃이 고수자기다.

일본을 강타한 고수자기 '찻잔' 바람

15세기 초 《세종실록지리지》에 의하면, 전국에 139개의 자기소와 179개의 도기소가 있고, 전라도에는 70여 곳이 있었다. 고창현의 현재 운곡습지 오방골에 덕암소와 도성부곡이 있었고, 고수에 대량평부곡이란 도자기 전문 특수마을이 있었다. 고수면 소재지 부곡리란 지명도 여기서 유래한 것이다. 부곡, 사동, 와촌, 옹기로 등 지명들이 고수의 도자 문화를 대변한다. 고리 말부터 고수 땅에 둔 대량평부곡에서 고려청자를 비롯한 조선 말의 술병과 술잔, 일제강점기 막사발 등을 생산하는 도자 기술이 천년을 넘어 면면하게 전승되고, 서민들의 사랑받는 생필품이 되었다.

골동품 업계에서는 흔히 고창 가마라고도 불리는 고수자기 중 회백색이며 모양이 깔때기꼴인 '눈백이사발'이 유명하다. 고수자기는 일제강점기에 고스이 야끼(古水燒)라는 이름으로 일본 차인들 소장 희망 1호 품목이었다. 일본 미술 품수집가인 야나기무네요시가 고창 인근 장성 황룡장 막걸리집에서 수집했다 는 고수자기 막사발을 1927년 동경 고미술 협회에 보고한 것을 계기로, 일본 다 도인들 사이에 고스이야끼 찻잔 사재기 바람이 분 것이다.

고수자기의 6대 승계 명인 나희술이 부친인 5대 나만동에게 들은 이야기로 는, 일본에서 고수자기 붐이 일자 당시 사이토 총독이 지방순시중에 고수자기 를 직접 방문하였고, 총독의 지인인 정수성찬(한자나 일본 이름 불명)이란 일본 인을 보내 나만동에게 고수자기 기술을 배우게 했다고 한다. 이런 연유로 1972

년 일본 삿포로 올림픽 공식 찻잔도 고수자기였다 한다. 현재는 고수자기 나희술 명인이 고수에서, 고수 동곡요 류하상의 전승을 받은 김종한 명인의 선운요가 선운사 입구에서, 류하상의 아들 류춘봉 명인이 모양성 앞 도자기 체험관에서 고수자기의 맥을 근근히 잇고 있다.

고창 옹기는 5백 년 전통의 고수 장암 고창옹기에서 7대째 계승한 배수현이 대학에서 도자기를 전공한 후 가업을 이어서 다행이다. 최근 식초 문화 도시 추진과 함께 식초 전문 초항아리를 특화 생산하여 호평이다. 장류 문화의 필수품인 항아리에 발효시킨 고창 발사믹 식초는 유럽의 오크통 발효 식초보다 산도가 두 배나 높아서, 식초 발효에는 고수 항아리가 가장 좋은 그릇임을 입증하고 있다.

이밖에도 고창에는 아산 독곡, 아산 동촌, 성송 사내, 대산 지석, 부안 용흥마을 등에 요지가 있다. 석정온천 동남쪽 사기점골처럼, 점촌, 사기점골, 옹구점골, 와막, 가맛골 등 번성했던 도자 문화 수도 고창을 웅변하는 지명도 무수하

다. 이런 고창에 전통 도자 문화를 잇는 무형 문화재 한 분이 없고, 고창 도자사를 연구·전시하는 곳이 없어서야 될 말인가? 내친김에 한일 양국의 지정 문화재 등 유명 도자기 문화 유산 속에 숨어있을 고창 도자기 찾기도 시작해보면 재미있겠다.

제2장

해와 달이 머물고 싶은
고창 땅의 인문학

12

인문학의 한반도 수도를 실천하는
책 문화 나눔 고수들

고창 서점 마을, 책마을해리,
책이 있는 풍경의 위대한 도전

대한민국은 바야흐로 문화강국의 문턱에 들어섰다. 요즈음 이재명 대통령은 여기저기서 김구의《문화강국론》을 애창하시고, 국정 핵심 과제로 꼽았다. 얼마나 기다리던 일이었던가? 필자는《백범일지》의《문화강국론》을 읽으며 전율을 느꼈다. 끼니 갈망도 못 하던 그 시절에, 나라를 찾기 위해 이국에서 떠돌던 그 난세에, 백정기, 윤봉길, 이봉창 3 의사를 독립 폭탄으로 쓰시던 항일 무장투쟁 게릴라 전선에서 이토록 아름다운《문화강국론》, '세계평화론'을 정립한 백범은 테러리스트가 아니라 세계에서 가장 위대한 정치 사상가다고 확신한다.

그날 이후 필자는, 〈전주한옥마을 지방 문화 거버넌스 사례연구〉, 〈한스타일 산업의 육성 방안〉 등 문화 관련 논문이나 칼럼을 쓸 때마다 서문에서 백범의《문화강국론》을 인용하곤 했다. 한민족의 바탕 사상인 홍익인간, 광명이세 사상이 바로 세계에 수출할 문화 입국론, 지구촌 상생론이자 K-컬처의 혼이다. 김대중의 문화 시장 개방, 한류와 케이팝의 세계 주류 편입 등 글로벌 문화 시장에서는 K-컬처가 눈부시게 비상해 왔으나, 대통령이 국정 과제로 백범과《문화강국론》을 공식화한 것은 늦었지만 퍽 다행이다.

이러한 철학에서 필자는 지방 살리기의 묘책도 농생명과 문화에 있다고 확신한다. 농생명 문화 살리기, 인문학 수도 고창, 책 읽는 도시 고창, 자식 농사 잘 짓는 교육 시책 등이 고창의 백년 대계 포석이다. 내 고향을 살려야 할 이유, 시대정신과 미래의 세상 흐름을 알게 하는 지혜, 돈보다도 정신의 힘이 귀하다는 생각이 바로 인문학의 위력이다.

지역소멸 시책이라며 천만년 유산인 갯벌과 염전을 없애고, 사양 산업인 골프장으로 종교재벌과 협잡하여 떼돈 벌겠다는 시대착오적 망상은 자신과 지역의 미래까지도 송두리째 망치는 초대형 참사다. 지역 문화를 살려 지방을 소생시킬 당위성, 내가 살아가는 정체성을 확실히 하는 일이 사람과 지방을 살릴 뿌리 힘이기 때문이다. 인문학 수도 고창 만들기는 돈 한 푼 안 들이고 울림은 컸다. 군청 전략회의에서 간부들이 시낭송을 시작하자 군정 분위기가 바뀐다. 면

단위 행사에서도 시 낭송이 자연스럽게 확산되며 생각이 건강해졌다. 고창도서관과 유교 문화 체험관의 고전반은 사서와 주역, 노자, 장자 강좌까지 하고 있어, 광주나 전남지역에서도 부러워하며 글 배우러 고창에 온다. 과연 '문불여고창'이 현실이 되었다.

　민간에서의 인문학 도시 고창 만들기에는 인문학 선구자들의 헌신이 있었다. 문학평론가 박영진이 자비로 운영하는 신림면 입전 마을 '책이 있는 풍경'과 해리면 나성리의 문 닫은 학교를 책마을과 지역 출판사로 살려낸 지역 출판 운동가 이대건 촌장이 만드는 '책마을해리'는 전국적인 명성을 얻은 인문학 성지다. 연중 관광객이 찾는 생활인구, 관계인구 증가의 핵심고리다. 세상은 말한 대로 이루어진다더니, 이번에는 과연 인문학 수도다운 발상, 한국 최초의 서점 마을이 대산면 고인돌마을에 들어섰다.

품격있는 사람 살이, 인문학 지역소생의 꿈… 고창 서점 마을

문화강국 코리아 시대 고창식 농생명 문화 살려 지역 살리기 모델인 고창 서점 마을의 실험은 주목받기에 충분하다. 고인돌 왕국 고창에서도 북두칠성 고인돌로 둘러싸여 마을 이름도 고인돌마을인 대산면 지석리에 다시 북두칠성 서점이 들어섰다. 6개의 독립서점과 공유도서관까지 북두칠성처럼 7개 서점이 만드는 '고창 서점 마을'이란 샛별이 떴다. 품격있게 누리는 시골살이 즐거움, 인문학으로 지역 살리기 성공모델이 될 조짐이 떡잎부터 보인다. 시절 인연을 만나자 대한민국은 문화강국 문턱에 들어섰고, 높을고창은 인문학 수도 주춧돌을 튼실하게 놓았으니 이 아니 기쁜 일인가?

지난 7월 5일 소멸 위기 지역인 한국의 변방 고창 대산면 고인돌 마을에서 인문학 지역 살리기 모델로 주목받는 '고창 서점 마을'이 세상에 모습을 드러냈다. 사람 하나 구경할 수 없는 시골 구석에 서점이, 그것도 온통 서점만 있는 마을이 생기다니 그 발상과 도전이 놀랍다. 도시 말고 시골에서도 품격 있는 인문학적 삶 놀이가 가능하다는 믿음을 가진 마음결 고운 여섯 전문가들이 모여서 상큼한 생각을 현실로 바꾸어놓은 현장을 보기만 해도 배가 부르다. 성공회대 전 교수인 철학자 이윤호 촌장과 글로벌 컨설팅 전문가 이준호 사무국장과 각계 전문가 6인이 서점으로 공동체를 꾸렸다. 각자 좋아하는 장르의 서점과 살림집, 프로그램, 손님방을 짓고 새 문화 놀이판을 벌렸다.

시골 마을에 느긋하게 살면서 서점을 열어 놓고 고객들, 길동무들과 차 한잔, 곡주 한잔도 마시며 인생과 책을 이야기하다가 밤하늘의 별을 보고 싶은 나그네는 손님방에서 숙박도 청할 수 있는 신세계 인생 놀이다. 천지인이 함께 노니는 서점 문화 생태계라는 기발한 발상을 실현한 마을이다. 온통 책방뿐인데 각자의 취향과 전문성에 따라, 철학, 생태, 여행, 윤동주 시집, 그림책, 만화, 독립출판물, 중고 서적 등 다양한 주제를 기반으로 한 7곳의 이른바 화이부동 서점이다. 지석마을 고인돌의 북두칠성 성혈처럼, 각자의 빛으로 제각각 빛나면서, 북두칠성으로 별자리 마을을 이룬 하늘의 칠성을 땅에서도 구현한 인문학 문화 공동체 마을의 유쾌한 실험이 즐겁다. 촌장이 운영하는 서점 '세발자전거'는 철학과 인문학, 직접 볶은 커피도 일품인 서점 카페다.

이준호 사무국장의 'NO.9'는 만화 전문 서점과 위스키 바, 북 스테이를 결합한 복합 문화공간이다. '목수의 서점'은 직접 느리게 집을 짓고 서점을 만든 주인이 여행, DIY, 라이프 스타일 도서와 북 스테이, DIY 워크숍도 운영한다. '초롱이와 쑥'은 윤동주 시와 독립 출판물 중심으로 감성 취향 부부 서점이며, 수공예 굿즈와 함께 하는 공간이다. '맹그로브'는 나무의사 부부가 생태와 환경을 주제로 한 서점으로, 생태 텃밭과 지속 가능성을 생활 속에 실천하는 공간이다. '고릴라 그림책방'은 전 세대를 위한 그림책 서점으로, 팝업북 전시와 그림책 낭독회를 통해 아이부터 어른까지 그림책의 매력을 전한다. '리북'은 공유형 중고책방으로, 큐레이션을 통해 다시 읽히고 사랑받을 책들을 선별하여 순환시키는 서점이다. 사람과 책, 활자와 삶이 공존하는 콘텐츠 자생력을 갖춘 문화 생태계이자, 독자가 소비자가 아닌 문화향유자이며 창조자이기도한 지적유희의 인문학 놀이터다.

신장개업 전문 신장식 변호사의 유쾌한 첫 북토크를 시작으로 우선 독자들을 만났다. 마무리 덧손질을 마치고 정식 개장은 10월 11일에 하였다. 서점 마을은 향후 책잔치 놀이와 지역 문화 축제 등을 통해 문화공동체로서 지역주민들과도 소통해나갈 계획이다. 준비과정의 열정과 진정성을 보면, 세계적인 책마을로 알려진 영국의 '헤이온와이(Hay-on-Wye)'를 능가하는 K-서점 마을의 본보기가 되리라 확신하며 박수갈채를 보낸다.

책마을해리와 이대건 촌장의 위대한 도전

해리면 나성리 월봉마을에는 전국적으로 유명한 '책마을해리'라는 인문학 명소가 있다. 이곳을 책과 인문학 공부 명소로 가꿔낸 출판사 대표이자 인문학자인 이대건 촌장 부부는 조부가 세워 기부한 60여 년이 넘은 나성 국민학교가 2006년에 학생이 없어 폐교되자 망설임 없이 바로 사들였다. 부부가 귀향하여 구석구석을 손질하고 되살려내 2012년 2월 마침내 '책마을해리'라는 출판사 겸 도서관, 마을 학교, 지역 문화 중심 공간으로 재창조해 낸다. 책마을해리는 지역명 해리면과《해리포터》의 해리를 겹친 표현으로 동양 최초의 책 마을이다.

'누구나 책, 누구나 도서관'이라는 슬로건은 남녀노소 누구나가 책 마을의 주인공, 저자와 독자가 된다는 표현이다. 책마을해리의 다른 이름들인 책 학교 해리, 책방 해리, 도서관, 박물관, 출판 캠프, 부엉이와 보름달 학교, 책 감옥, 책 마을에서 펴낸 책, 출판사 기억, 북 스테이 해리, 해리 책 영화제, 제3회 한국 지역 도서전 등은 책마을해리의 여러 얼굴과 성과들이다.

2013년에 책마을해리 출판 캠프, 부엉이와 보름달 작은 축제, 2014년 '토요 방과 후 마을 학교' 행복원, '생각의 싹 틔우기' 프로그램, 문화 예술 교육 지원 사업 '한 권의 책 한 개의 도서관', 어린이 시인 학교 운영, 어머니 학교, 마을 학

교 등 다양한 교육 출판 사업을 벌이고 있다. 특히 "밭매다가 딴짓거리"라는 마을 학교의 어르신들이 한글을 깨우치고 그림을 배워 80대에 출판한 그림책이 베스트셀러가 되고, 어르신 그림책 출판 붐을 일으킨 일은 유명한 일화다. 그밖에도 청소년 동학 캠프, 청소년 인문 건축 학교, 청소년 자서전 함께 쓰기, 〈마을신문 해리〉 창간, 어린이 책학교, 청소년 만화 학교를 운영한다.

2017년에는 한국 최초의 책 영화제를 개최하였고, 2019년에는 제3회 지역출판도서전을 개최하였다. 지역 출판을 장려하고 응원하기 위해서 설립한 '한국 지역도서전'을 제주, 수원에 이어 세 번째로 유치한 것이다. 군단위 소재지도 아닌 면 단위 소재 책 마을해리에서 '고창 한국 지역 도서전'을 개최한 것은 지역도서전 역사상 가장 독특하고 의미가 큰 행사라고 참석자들의 호평을 받고 있다. 이대건 촌장은 책 마을 이외에도 고창 향토사 조사 연구, 고창 오거리 당산제와 고창 문화재 야행, 동학농민혁명 선양 사업 등 다양한 문화사업의 기획자로 재능기부 하고 있다. 고창이 인문학 수도, 문화 치유도시로 가는 길목에서 이

대건 촌장과 책마을해리의 헌신과 이바지가 이정표가 되었으니 감사할 일이다.

방장산 용추골 책풍에서 비룡승천하는 박영진 촌장

《옥룡자유세비록》이란 풍수 비결서에는 방장산 용이 승천하기 위해 여덟 개 앞발을 모으고 있는 형상의 대명당 용취팔각이 있다고 한다. 신림면 갓밭등 신선봉과 노적봉 아래 용추폭포나 용추골이 용취팔각의 와전이다. 이곳 용추골에 5만 권의 장서를 베고 누워, 전국의 작가들과 문학 애호가들을 불러들여 신선놀음하는 박영진 문학 평론가가 생애를 바쳐 이룩한 인문학 대명당이 '책이 있는 풍경', 줄여서 '책풍'이다. 고창 사람들은 다 모를 수 있지만 전국의 작가들과 문학도들 사이에는 잘 알려진 문학체험 명소다. 작년에 정지아 작가가 책풍에서 북 콘서트를 하고 나서 《아버지의 해방일지》가 대박 난 사건 이후에, 앞으로 방장산 책풍에서 북 콘서트를 해야만 뜨는 작가가 된다는 유머가 생겼을 정도로 작가들 사이에는 인기 있는 문학 명당이다. 책풍 작가들 모임도 있고 회원제도 정착되었고, 문학 강좌 외에도 미술, 사진, 서예 등 다양한 문화향유 프로그램이 연중 운영된다.

고창 공음면 출신 박영진 책풍 촌장은 일찍이 문학 평론가로 등단한 후 사업을 벌이다 망하여 어려움을 겪었다. 가장 어려운 시절에도 책을 놓지 못하고, 오천 권 책을 싸들고 전주 서신동에서 북카페를 열기도 했다 한다. 이 고난의 시절 자신을 살려준 게 책이었단다. 다행히 사업에 재기하자 책에 감사하는 마음으로, 버는 돈을 다 털어 집을 짓고 책을 늘려가며 책풍을 열고, 책과 쉼이 필요한 이들에게 무료로 제공한다. 규모는 작은 도서관인데 뜻과 통은 큰 대 인문학당 책풍인 셈이다.

2013년부터 매년 전국의 인문학자와 예술가들이 울력하여 북 콘서트를 진행해 오고 있다. 다양한 인문학 강좌와 북 콘서트, 문학 기행들을 수시로 벌이고 있다. 특히 지난해부터는 '책이 있는 풍경'이란 종합문예지를 창간하고, 이를 기념하기 위해 '책풍에서, 글꽃이 오롯하게 피어나다'를 주제로 저자사인회, 북토크 및 축하 공연, 회원의 밤 행사 등을 했다. 어렵게 번 돈을 이렇게 귀하게 써야만 사람의 무늬 결대로 아름답게 사는 삶, 인문학적 삶이란 걸 몸소 보여주시는 문학평론가 박영진 촌장님께 경배를 드리고 싶다. 이리도 아름답게 헌신하고 재능과 돈을 나누고 기부하는 박영진 선생과 책풍 작가들, 회원들, 인문학을 사랑하시는 아름다운 군민들께서 함께 손잡고 울력하니, 사람 농사 잘 짓는 인문학 수도 고창은 결코 멀지 않으리라.

인문학의 힘이 농촌 소생의 저력

지역소멸 대책의 기본은 우리 사회의 가치관을 정립하는 일, 인문학이 시작이다. 그러므로 인문학의 맑은 힘으로 탐욕과 오만의 마음 밭을 씻어내는 일이 국가 개조, 지방 살리기의 기본이 되었으면 좋겠다. 청년 떠나고 사람 떠난 시골 버스터미널을 번쩍거리는 1천억 원 짜리 건물만 새로 짓는다고 청년이 돌아온다는 게 누구의 배부른 하품 소리인가? 공무원 이장들 괴롭혀 주민등록 옮긴다

고 어디 늘어날 인구더냐? 대산면 서점 마을에는 자발적인 13명의 정주 인구가 늘었다.

북토크 참가하러 서울, 광주 등지에서 50여 명의 생활 인구가 찾아왔다. 18만 군민에서 4만명 대 4분의 1로 인구가 급감했으나, 인구가 줄지않는 고창 농촌의 오직 한 마을을 아시는가? 덕화강학당에서 천도와 인륜, 인의예지신을 배우고 실천하는 삶, 마을공동체가 울력하는 삶, 농생명 문화를 숭상하며 사람답게 잘 사는 덕화마을이다. 입만 열면 영어로 이에스지 경영을 말하면서도 생태환경이, 인문학이 밥 먹여 주냐고? 골프장이 돈벌어주지,라고 하는 자들에게 경고한다.

동양사상의 뿌리인 주역은 "천문으로 때의 변화를 살피고 인문으로 천하 사람들을 아름답게 교화해야 한다"고 깨우친다. 갯벌 염전을 다 없애고 종교재벌 골프장 짓는 만행은 때의 변화를 모르고 시대정신을 역행하는 만행이다. 책마을해리, 책이 있는 풍경, 고창 서점 마을, 신림 덕화 마을이 지속 가능한 고창 살리기, 인구 늘리기의 실증하는 본보기가 아닌가? 두고두고 고창군민의 부담이 될, 쓰잘데기없는 버스터미널 신축비 1,900억 원의 1할만이라도 떼어내서 인문학적 지역 소생 사업에 투자해 보길 제안해 본다.

13

고창 상원사 11층 석탑은
어디로 날아갔을까?

고창의 불교 문화유산, 가람고에 나오는 옛 절들

5월 5일은 부처님 오신 날이다. 우리 어머니 세대들은 사월 초파일로 부르다가, 공휴일 지정되면서 석가탄신일을 거쳐 오늘날 부처님오신날로 자리 잡았다. 불기 2,569년이나 되는 불교는 삼국시대 4세기 말 이 땅에 들어와서, 지금까지 우리 정신문화에 많은 영향을 끼쳤다. 특히 고리 시대 5백여 년간은 불교가 국교로서 국가의 통치이념이었다. 불교가 이토록 오랫동안 영향력을 발휘한 것은 상생의 생명존중, 자비보시 등의 지혜실천과 함께, 전통적인 우리의 고유 사상을 잘 받아들이고 함께 융합해온 데 있다고 본다.

절의 대표적 전각인 대웅전은 개국 시조 환웅을 모신 환웅전과 불교의 융합이라 한다. 산신각이나 칠성각은 겨레의 고유 사상인 산신 사상, 칠성 사상을 사찰 속에 잘 융합시켜 상생해 온 사례다. 천주교의 도입 초기에 인간의 생명에 비해 사소한 제례 문제의 문명 충돌로 수많은 순교자를 낸 것과 대비된다. 십자군전쟁 등 종교 분쟁으로 수많은 사람을 죽인 비극은 안타깝기만 하다. 우리의 천신숭배, 지모사상, 단군숭배, 천지인합일 등 고유사상과 유교, 불교, 도교 등 외래사상들도 유불선합일, 유불선회통이란 이름으로 사이좋게 어울리며 정신문화를 발전시켜 온 것이다.

특히 우리 전북 서해안은 중국에서 바닷길로 문물이 들어오는 길목이다. 불법을 들여온 성인의 땅이란 지명인 영광 법성포(法聖浦), 동진의 불교를 전해준 마라난타가 지은 첫 번째 으뜸 절이란 뜻의 불갑사가 그 사례다. 영광과 옆 동네인 고창 등 인근 서해안 지역부터, 백제 시대에 불경과 불상 등이 전해진다. 고창 선운사(577년창건), 김제 금산사(599년), 부안 내소사(633년), 익산 미륵사(639년) 순으로 사찰이 세워지며 불교 국가가 되어간다. 불교가 융성하면서 삼국 시대, 남북국 시대에도 국왕의 통치 도구로서 불교가 활용되다가, 고리 시대에는 국교가 된 것이다.

고창은 몰라도 선운사는 안다?

고창은 몰라도 선운사는 다 안다. 선운사와 고창은 한 몸으로 공생해 온 역사다. 선운사는 생명을 살리는 사람 살리는 절이다. 검단 선사의 창건 설화부터가 도둑들에게 소금 만드는 법을 가르쳐서 안정된 일자리로 도둑들을 살리고, 은혜 갚는 보은염으로 공생 상생하는 특이한 창건 설화다. 하늘 땅 지옥의 뭇 생명을 다 참회시켜 구원하고 살려내려는 선운사, 참당암, 도솔암의 지장 3장 도량이다. 불교신문에서도 죽기 전에 꼭 가봐야 할 사찰로 선운사 참당암 도솔암을 꼽고 있다.

　최근에는 선운사 복지 재단이 고창군의 노인 복지 시설, 다문화 시설 등을 위탁 운영하고 있고, 고창읍에 선운 교육 문화관을 개설하여 군민들의 문화 복지에도 기여하고 있다. 선운사 전 교구장이고 참당암 선원장인 법만 스님은 전국 불교 환경 연대의 상임대표로서 상생의 지혜로 지구 살리기 환경 보전 운동을 이끌고 있다. 지구 환경과 내가 곧 둘이 아니라 한 몸이라는 의정불이(衣正不二)의 부처님 가르침을 실천하는 지구 생명공동체 구원 운동 중심이 바로 선운사인 셈이다. 선운사는 전성기 200여 암자를 거느린 큰 가람이었다. 현재 사내

암자로 도솔암, 참당암, 동운암, 석상암 등이 남아있고, 최근 내원암이 복원되었다.

여암 신경준(旅菴 申景濬, 1712~ 1781)은 고창의 이재 황윤석, 장흥의 존재 위백규와 함께 호남 3대 실학자, 호남 3 천재로 꼽히는 대학자다. 한국 지리학의 아버지로도 불리는 신경준은 유불선 삼교 회통의 대학자로서, 불교 관련 저서 중에 《가람고(伽藍考)》가 전해온다. 가람은 사찰이나 절의 다른 이름이다. 필사본 1책이 전하는 《가람고》는 18세기 중엽 전국의 사찰 520여 개에 관한 자료집이다. 각 도별로 사찰의 이름, 소재 위치, 문화 유산 등을 간략히 기록한 조선 후기 사찰 편람이다.

약 3백여 년 전에 쓰인 이 책 속에는 고창의 사찰 이름 10여 개가 나온다. 흥덕현에는 현치 남15리 방장산 신흥사, 서15리 소요산 수월사, 서20리 소요산 연기사가 있었다. 고창현에는 현치 동5리 반등산 상원사, 11층 석탑이 있다. 남15리 축령산 문수사, 서25리 화시산 안덕사(安德寺)가 있었다. 무장현에는 현치

북20리 선운산 선운사, 선운사 서편 석굴속의 기출암(起出庵), 기출암 동편 도솔암, 현남 30리 고산 남쪽 서봉사(瑞鳳寺)가 있었다.

신경준의 《가람고》와 고지도로 본 고창의 사찰

현재는 흥덕현 3개 절은 모두 사라져 버렸다. 연기사 터는 연기 저수지 주변에서 발굴조사로 확인되었다. 유명한 연기사 사천왕상은 영광 불갑사로 옮겨져 모셔졌다. 수월사는 부안면 용산마을 뒤편 절골에 절터가 확인된다. 방장산 신흥사 터는 필자가 아직 확인하지 못했다. 고창현의 문수사와 상원사는 조계종 선운사 교구의 말사로 잘 보존 전승되어왔다. 상원사에 11층 석탑이 있었다는데 어디로 날아갔을까? 화시산 안덕사는 폐사되어 운곡습지 북쪽 임도 주변에서 발굴 조사로 절터는 확인된다. 점필재 김종직이 전라감사 시절에 관내 순시차 흥덕현에서 무장현으로 행차 중에 홍수로 인천강을 건너지 못하고, 안덕사에서 유숙했던 기록을 살펴보면 꽤 규모가 있던 절인 듯 하다.

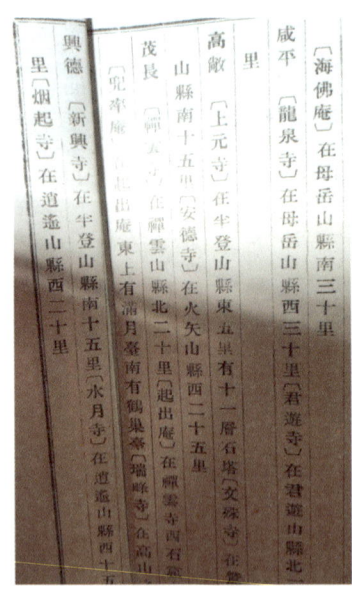

무장현 선운사는 현재 전북도의 남서쪽을 총괄하는 조계종 24교구 본사로 번창하고 있다. 도솔암은 기도발 좋다고 전국에 알려진 암자이고, 참당암은 선운사 이름답게 선원을 운영하고 있다. 현재의 용문굴 속에 있었던 것으로 추정되는 기출암은, 훗날 고지도 상 용문암이란 이름으로 1세기 전까지도 존속한 것으로 보이는데 지금은 사라졌다. 대산면 고산에 있었던 서봉사(瑞鳳寺)의 위치도 불명한데, 대산지역에 큰절이라는 지명 대사동면이 있었던 것을 보면 규모가 큰 절이었을 것이다. 오늘날 고산에는 최근 창건한 법륜종 소속의 법우선사가 있다.

연대별 고지도에 나타난 고창지역 사찰들을《가람고》기록과 비교해 보아도 대체로 일치한다. 18세기 간행《여지도》에는 무장현의 선운사와 도솔암, 흥덕현의 연기사와 수월사가 보인다. 1834년 간행《청구도》고창현에는 문수사, 상원사, 화시산 미타사가 보인다. 미타사는 이 고지도에만 보이고 있는데, 소재지가 화시산인 점을 보면 운곡저수지 수몰지 발굴조사로 밝혀진 미륵사의 오기나 별칭이었을 가능성이 크다.

18세기 간행《여지도》나《지승》등 고지도 흥덕현에는 연기사와 수월사는 계속 보이지만,《가람고》에만 실린 신흥사는 더 이상 나타나지 않는다. 1872년《군현지도》무장현에는 오늘날 선운사 산내 암자인 참당암, 내원암, 동운암, 석상암, 용문암이 실려있다.

소금으로 상생한 선운사, 창건 설화와 '빈자일등'

집보다 사람이고, 절보다 고승이다. 선운사를 창건한 검단 선사는 남방에서 소금 굽는 기술을 가지고 오신 스님이다. 요즘 표현으로 다문화 신지식인 스님이었다. 남방불교를 전해준 검단 선사가 도착한 포구 검당포나 검단은 피부가 검은 검둥스님의 한자표기로 보인다. 선운계곡의 많은 도적들에게 소금 굽는 비법을 가르쳐서 생업과 일자리를 만들어 구제하였다. 사등마을 염부들이 은혜 갚는 보은염 소금 공양 전통이 선운사와 바닷가에 아직도 전해진다. 검단 선사의 신지식 소금으로 세상을 구한 창건 설화부터가 독특한 선운사다. 검단 선사와 참당사 창건주 의운화상은 내원궁 산신각에 산신이 되어 선운사와 불법을 수호하고 있다.

검단 선사 이래 수많은 대덕 고승들이 계셨기에 오늘의 선운사가 있다. 특히 조선후기 추사 김정희가 화엄의 종주, 크게 쓰일 큰 그릇(大器大用)으로 극찬한 백파긍선 대선사가 큰 줄기다. 백파의 불가 증손으로 추사가 지어준 법호 석전을 받은 구한말 소위 조선 5대 천재들의 스승인 석전 박한영, 초대 조계종 총무원장을 지낸 백양 총림 중창자인 만암 송종헌은 한국 근현대 불교 중흥사에 우뚝한 산맥이다.

사리사욕을 위한 패거리 당파 싸움, 철 지난 이념 논쟁, 지역 세대 갈등으로 남북으로 갈라진 나라가 또 내전 상태로 치닫는다. 가장 높은 가르침인 종교마저 종교를 팔며 이념 갈등을 부채질하는 데 앞장서고 있어서 국민들 걱정시키는 시국이다. 오랫동안 외래 종교인 유불선이 겨레의 전통 사상과 상생 공생하

며 문화를 꽃피워 온 나라다. 새로 들어온 천주교나 기독교도 다른 종교들과 사이좋게 공생했으면 좋겠다. 절집에 아기 예수 탄생 축하 걸개가 걸리듯이, 올 초파일에는 교회마다 부처님 오신 날 축하 플래카드가 주렁주렁 걸렸으면 얼마나 아름다울까?

돈 많이 내는 사람이 절이나 교회에서까지 대우받고 산다는데, 부처나 예수는 어디 가셨을까? 왕과 부자들의 화려한 등불이 다 꺼진다 해도, 가난한 여인이 정성껏 공들여 바치는 초라한 등불, 빈자일등(貧者一燈)만은 세찬 바람에도 꺼지지 않는 세상에 부처나 예수가 계실 것이다. 가난한 과부의 약소한 헌금이 부자들의 큰돈보다 값진 것(누가복음 21)을 알아주어야 예수 아닌가?

주위가 어둡다고 탓만 하기 전에 가난한 작은 등 하나라도 켜고 볼 일이다. 올 초파일에는 일체중생이 인드라망으로 얽힌 한 생명임을 깨우치고 지구 환경 살리기를 실천했으면 좋겠다. 부처님의 상생의 지혜로 모든 종교와 생각을 포용하고 함께 공생하는 대한민국을 위해 기도하는 날이면 좋겠다.

14

한 샘물 먹어야 같은 마을,
고창의 샘과 물 문화유산

요즈음 예술의전당에서 세계 진출 목표로 제작하여 이달 말 초연될 창작 오페라 〈물의 정령(The Rising World)〉이 문화계 화제다. 호주의 대표 작곡가인 메리 핀스터러는 한국의 전통사상 속의 물의 정령과 물시계를 소재로, 사람과 물과 시간이라는 인류 보편의 상징적 주제를 풀어냈다고 밝혔다. 세계시장 진출을 목표로 영어로 노래하는 오페라 소재가 한국 전통 속의 물시계와 물귀신 이야기라니 퍽 반갑다. 반주에는 거문고의 선율도 들어가고, 소품도 소쿠리와 물통 등 한국 전통공예품 일색이다.

K-컬처 확장의 또 다른 변신이자 한류 문화 자신감이 표출된 상징적 작품이다. 이 기쁜 문화계 소식을 들으면서 문득 어머님의 간절한 염원을 담은 정화수와 정신을 맑게 한다는 고창 모양성 약수터인 길영천(吉靈泉), 아름다운 고창사람 들샘 고 하관수 선생이 겹쳐 떠오른다. "만물의 근원은 물이다"는 탈레스의 한 마디로 서양 철학이 시작되었다 한다. 만물 생성의 필수 요소라는 지수 화풍 4대의 하나가 물이다. 대부분 세포의 7할이 물이라고 하니, 생명 세포와 생명체의 근본 물질이 바로 물이다.

서양 종교 의식인 영세나 세례도 물로 영혼을 맑게 씻어내는 의식이다. 자연주의 무위 사상을 대변하는 도가 사상의 원조로서, 만물을 이롭게 하면서 다투지 않는 물의 미덕을 예찬한 노자는, 가장 으뜸인 선은 물과 같다(上善若水)고 한다. 주역에서 물을 상징하는 감괘(坎卦)는, "물은 흐르되 가득 채우지 않고 험난함 속에서도 그 믿음을 잃지 않는다"는 가르침을 준다. 물의 미덕과 사람살이와 물을 비유한 경구들이 많게 마련이다. 물이 없으면 사람이 살 수가 없다. 그러므로 사람들이 모여 사는 마을의 어원도 물이나 한 가지다. 한자로 마을 고을을 나타내는 고을 동(洞)자도 삼수(水)변에 한 가지 동(同)자를 결합한 글자다.

곧 마을은 같은 우물을 먹는 사람들이 모여 사는 곳이란 뜻이다. 일본어로 마을을 뜻하는 무라도 물에서 받침을 풀어서 표기한 것이다. 마을 성립의 필수 요소가 바로 샘이고 우물이고 물인 것이다. 고창 지역 방언에서도 산정물, 동산물,

대사물 등처럼 지금도 마을에 물을 붙여 부른다. 좋은 물은 몸에 약이 된다는 인식에서 샘터를 약수터라고 불렀다. 서울에도 약수동이 있고, 정읍은 샘고을이고, 장성 백양사가 있는 마을도 약수리다. 고마운 물을 약수로 알고 마셔온 방방곡곡의 마을마다 약수터와 약수리가 많게 마련이다.

물과 사람과 마을의 풍속

이 소중한 하늘의 물기운 수기(水氣)가 땅에 모이는 근원이 샘이다. 고창의 젖줄인 인천강도, 한 방울씩 샘솟는 명매기 샘에서 발원한 한 방울 물이 모든 골짝의 샘물들을 가리지 않고 다 껴안고 품었기에 큰 강을 이루고 마침내 칠산바다를 만날 수 있다. 마을 공동체의 유지에는 공동 우물을 마르지 않게, 깨끗이 관리하는 일이 가장 소중한 일이었다. 우리 지역에서는 정월 대보름에 용알뜨기, 음력 2월 초하루에 물 다리기 세시 풍속이 이어졌다. 대보름날 새벽에 마을 우물에서 첫 번째로 물을 길으면 용의 알이 있어서 만사형통한다는 풍습이다.

이 청정한 정한수를 떠다가 성주와 조왕신에게 올리고 가내 평안과 자손 번성을 빌었다. 이 물을 마시거나 밥을 지어 먹으면 더위 먹지 않고 건강하다는 속설이 있다. 농사 준비가 서서히 시작되는 음력 이월 초하룻날은 머슴날, 영등절, 중화절, 콩 볶아먹는 날 등으로 불려왔다. 필자의 고향인 고창읍 산정 마을에서는 마을 청년들이 장대에 거꾸로 매단 호리병 입구를 솔가지로 막고서, 장군봉 새똥재 산속의 옹달샘에서 떠온 샘물을 조금씩 흘리면서 마을 가운데 큰시암까지 이어주면서 우물을 대청소하고 샘제를 지낸다. 공동우물을 깨끗이 관리하자는 다짐과 샘물이 마르지 않기를 바라는 세시풍속이었다. 물 달아오기, 물길

잇기, 물 이어대기 등으로 불렸는데, 심원면 두어리 샘제는 계속 이어지고 있다 한다.

좋은 샘물은 땅의 정기가 어린 성스러운 기의 응축으로 보았다. 풍수 사상에서는 천 리를 달려온 용이 명당에 혈을 짓고서 남은 기운으로 만든 샘을 진응수(眞應水)라고 한다. 모양성 평근당 동헌자리 앞에 나오는 석간수를 정신을 맑게 하는 뜻의 길영천이라 부른다. 길영천(吉靈泉) 오르는 돌계단에는 돌 속에서 샘솟는 물은 땅의 지령의 정기(石裡湧泉 地靈精氣)라는 글귀가 새겨져 있다. 조선의 문화판을 바꾼 동리 신재효의 동리정사, 삼정승 명당으로 정운천 장관과 인촌 김성수의 생가, 고수 세한정 안채 부엌, 고부 조소리 전봉준 고가 앞에도 어김없이 진응수가 확인된다. 독립지사 석주 이상용 선생 생가 임청각, 삼성그룹 창업주 이병철 생가, GS그룹 창업주 허만정 생가앞 진응수도 필자가 직접 확인했다. 수많은 명문가 종갓집에서도 진응수가 보인다. 살기 좋은 양택 명당에는 약수 샘물이 긴요하다는 이야기일 것이다. 고수 세한정 안채는 진응수 샘을 아예 정지간 안에 들여놓고 집을 지었다. 물긷고 쌀 씻고 밥 짓던 주부들이 얼마나 편리했을까? 조선 시대 기발한 싱크대라고 부를만한 기막힌 발견이다.

샘과 물을 담은 땅이름

고창 지역의 샘 가운데 가장 유명한 곳은 신림면 외화리의 효감천이다. 모양성 객사와 동헌 앞에도 샘이 있었기에 성이 존재할 수 있었다. 동헌 앞의 길영천은 수천 년 그러하듯 지금도 샘 이름처럼 영혼을 맑혀주는 샘물이 솟아난다. 옛 무송 현청이 있었던 성송면 고현 관아 샘물도, 무송현은 없어진 지 오래지만 샘물은 끊임없이 솟아 넘친다. 무장읍성에도 샘과 연지에 물이 넘친다. 저 높은 산에 있는 고산산성에도 샘이 세 개나 있다. 관청과 산성의 입지에도 필수요소가 바로 샘과 물이었다는 증거들이다. 심원 화산의 원불교 성지 소태산 삼매지에 있는 연화정은 소태산 대종사께서 드시고 삼매에 드신 약수로 전해온다. 기도와 깨달음의 영감을 주는 물이다. 성내면 각씨 샘, 신림면 입전마을, 부안면 상굴마을 상굴샘 우물 등도 마을 가꾸기 사업으로 최근 정비되었다.

이밖에도 곳곳에 샘과 우물 이야기와 물 관련 지명들이 전승되고 있다. 샘지명이 가장 많은 공음면에는 해정, 대정, 금정, 마래 샘거리가 있다. 용수리는 돌시암 석정이 유명해서 붙인 지명이다. 청천마을도 물이 맑아서 얻은 지명이다. 고창읍 월곡의 봉황이 먹는다는 예천, 읍성 안의 길영천, 석정온천, 산정, 외정 온수동, 덕우물, 덕정, 지동 등이 물 관련 지명들이다. 성송면에는 고현의 무송 관청샘, 판시암인 판정, 계양마을 들샘 등이 유명하다.

무장면 성내리에는 수절과부 이야기가 있는 통시암이 유명했다. 만화리 사미동도 샘이 좋아 시암동, 새미동이 한자로 와전된 이름이고, 인근에도 효정(孝井)이 있으며, 죽림마을 공동 샘은 지금도 생명수가 넘쳐나고 있다. 대산면 세장의 황샘골, 연동리의 참샘골도 샘지명이다. 성내면 찬시암골 한정, 큰시암골 대정 등이 있는데, 이재 황윤석 집안 선영도 큰시암골, 찬시암골이라 불린다. 성내 대흥리 쪽박시암, 항시암, 수랑골 등도 물 관련 지명이다. 아산면 독곡마을

절터에 있던 관음샘, 독곡마을 우물, 운곡습지 안에 있었던 운곡마을 운곡샘, 안덕마을 안덕샘도 수천년 마르지 않는 오뱅이골의 대표적 샘터였다. 심원면 사등에는 자염 굽던 소금샘 염정이 있었고, 흥덕면 녹사마을과 한림동 우물이 유명하고 현재도 잘 남아있다. 후포리 뒷개의 해수탕에는 용샘이 있었다.

가뭄에도 마르지 않을 포용 문화의 샘을 솟아나게…

필자는 고인돌 시대에 왜 고창 땅에 그토록 많은 사람들이 몰려들어 고인돌 왕국, 문명수도를 일구었을까를 화두로 연구해왔다. 농민 군수 시절 원광대와 전남대의 연구로 과학적 근거 한 조각을 찾았다. 농생명 산업 수도에 특화된 고창 토양의 탁월성이었다. 게르마늄 온천 석정온천에서 시사하듯, 게르마늄 같은 유효미네랄이 전국 평균보다 12% 이상 높은 사실, 청국장균과 방선균 등 사람과 식물에 좋은 유효 미생물이 전국평균 보다 서너 배 이상 높다는 과학적 사실을 실증해냈다. 고창 쌀, 수박, 멜론, 땅콩, 고구마, 인삼, 복분자 등이 맛있고

몸에 좋은 이유가 확실했던 것이다.

일전에 삼시 세끼 오락 티비 방송으로 명소가 된 상하면 송림마을 봉황새 명당 봉강에 사시는 진동규 시인께서 새벽같이 문을 두드리신다. 봉강의 지하수 수질 검사를 해봤더니, 한 가지만 나와도 항암약수라는 게르마늄, 셀레늄, 규소가 유효 함량으로 다 나왔다고 수질 검사소에서 깜짝 놀라더란 희소식이다. 매일 아침 마시는 물 한 모금은 우주 순환의 결정체인 이슬방울이 뭉친 보석이다. 칠산바다 물이 구름 되어 승천하고 방장산 영봉에 걸린 구름이 이슬과 비가 되어 하늘 땅을 영원히 순환하고 있다. 이 장구한 우주순환 속에 잠시 있다가 사라지는 이슬 같은 사람 살이다.

샘이 깊은 물은 가뭄에도 마르지 않고 강을 이루어 바다로 가는 법이다. 손님처럼 잠시 맡은 자리를 깨끗이 하고 조용히 비우고 가야 하는 게 공직이다. 그까짓 것 권불십년 완장 하나 찼다고 편 가르기, 전임자 공적 지우기, 내 편끼리 먹어치우기, 식탐중독으로 살다가 쫓겨나고 감옥 가고 나라 망쳐서야 되겠는가?

내 물 네 물 편 가르고 물 가리다가는 고창 인천강이, 서울 한강이 어느 세월에 큰 강을 이루고 바다로 갈 수 있겠는가?

가장 낮은 데로 흐르는 게 물의 미덕이다. 궂은 일, 험한 일을 솔선해야 지도자다. 모든 생명과 사람을 살리는 물은 뽐내지 않고, 마르지 않는다. 비 올 때 나오는 거짓 샘물 건수는 가물 때 들통난다. 과대 포장되어 자기 과시하는 가짜 일꾼도 어려울 때 건수처럼 바닥이 드러난다.

지역의 미래는 물처럼 편 가르지 않고 만물을 이롭게 하려는 지도자에 달렸다. 겸손하게 물처럼 낮은 데서 험한 데 가리지 않고 헌신하려는 사람에 달렸다. 속이 깊은 참시암 큰시암처럼 깨끗하고 오래가는, 참사람 큰사람을 찾아내서 키우는데 달렸다.

15

호남 최초 국립 고창 숲치유센터와
조림왕 임종국 선생

을사년 식목일이다. 나무를 많이 심자는 식목일인데도 청명 한식 성묘와 겹쳐, 안타깝게도 신불이 가장 많이 나는 날이다. 탄핵정국으로 국민들 애태우던 올봄에는 산불 생중계를 보는 사람들 속까지 타들어가게 했다. 사상 초유의 경상도 의성, 안동, 산청 지역 등 초대형산불로 수많은 인명, 재산피해와 수십 년 가꿔온 숲이 잿더미로 변해버린 을사 산불 참사다. 이 시대의 성자 김장하 어른의 선한 마음이 키운 문형배 재판관의 선한 탄핵 선고에 감동해서인지, 하늘은 식목일에 단비를 내려주신다.

　나무 없이는 사람이 살 수 없다. 사람이 쉰다는 뜻의 한자 쉴 휴(休) 자를 풀어보면 사람 인(人)이 자연의 대명사인 나무(木)에 기대는 모양인 것만 봐도 그러하다. 최초의 한문 시가집으로 기원전 1천여 년 전에 쓰인 시경에는 311편의 시가 있다. 이 가운데 3분의 1인 99편은 나무를 시의 소재로 삼았다. 나무와 인간의 뗄 수 없는 상명(相命) 관계를 알 수 있다. 유대인들의 시가인 구약성경 시편 1편에도 나무의 덕을 칭송하는 대목이 나온다. "그는 시냇가에 심은 나무가

철을 따라 열매를 맺으며 그 잎사귀가 마르지 아니함 같으니 그가 하는 모든 일이 다 형통하리로다".

식민지와 한국 전쟁의 폐허를 딛고서도, 민주화와 산업화를 동시에 이룬 대한민국이 자랑스럽다. 마침내는 K-컬처로 K-문화 발신 국가인 한국의 또 하나의 자랑거리가 녹색 혁명, 조림 기술 선진국, 숲 가꾸기 모범 국가다. 필자의 어린 시절 근처 야산의 이름들이 나무 하나 없다고 해서 빨강산, 민둥산, 민재 등이었다. 현재 고창읍 월산저수지 바로 옆 산이 벌거벗어 온통 붉은 황토만 보이기에 빨강산이었다. 오리나무와 리기다 조림으로 울창한 숲으로 변했다. 현재 한국 100대 명품 숲이 된 문수산 편백숲 조림지 산 능선이 억새만 무성하다고 하여 민둥산, 민재라고 불렸다.

산에는 땔감을 구할 나무도 없어서 솔잎까지 갈퀴로 긁어 왔고, 억새를 베어다 연료로 쓰던 시절이었다. 그런 나라가 한 세대 만에 세계 최우수 조림 축적국이 된 것이다. 국제연합 식량농업기구(FAO) 통계에 따르면 최근 25년간(1990~2015) 임목축적 증가율에서 한국이 단연 세계 1위다. 우리 숲의 경제 가치만 해도 250조원이 넘는다고 한다. 개발도상국들이 한국의 절대 녹화 성공 사례와 조림 기술을 배우러 달려오는 조림 선진국 한국이 된 것이다. 벌거숭이 민둥산을 세계 1위 조림 선진국으로 만든 조림 선구자들을 기리는 곳이 '숲의 명예 전당'이다.

한국의 조림왕… 임종국 선생과 고창 문수산 명품 숲

국립수목원 '숲의 명예전당'에는 조림 영웅 여섯 분을 기리고 있다. 나무 할아버지 김이만 선생, 육종학자 현신규 교수, 박정희 전 대통령, 축령산 조림왕 임종국 선생, 천리포수목원 민병갈 원장, SK 최종현 전 회장이다. 이 가운데 고창 문수산과 장성 축령산 편백숲을 한국 민간 조림 역사의 교과서로 만드는 일을 시작한 큰 위인이 조림왕, 독립가, 나무 심는 사람 춘원 임종국 선생이다.

춘원 임종국(春園 林鍾國, 1913~1987) 선생은 한국전쟁으로 민둥산이 되어
버린 민재라고 불리던 장성 축령산에 삼나무, 편백 나무를 계획 조림하여, 한
국의 조림 성공 가능성을 몸소 보여준 조림 영웅이다. 먹고살기도 힘든 시절인
1950년대 중반, 그의 나이 40대에 장성 덕진에 있던 인촌 김성수 선생 소유의 삼
나무 조림지의 울창한 숲을 보고 크게 감동한다. 그는 바로 축령산 조림에 착수
하여 전 재산과 평생을 바쳐 미래 세대가 기댈 쉼터를 마련한다. 오늘날 우리가
즐기는 문수산 편백숲, 한국 100대 명품 숲, 산림청 선정 '22세기를 위해 보존해
야 할 아름다운 숲'을 선물하신 위인이다.

　　60년대 중반 조림 사업의 식목과 물주기에는 필자의 아버지 등 고창읍 산정,
월산, 화산, 고수 은사 등 많은 고창 주민들이 울력으로 참여하기도 했다. 특히
1968년 고창지역 큰 가뭄 때는 나무를 한 그루라도 더 살리려고 물지게로 물을
져서 산꼭대기 나무까지 물을 주느라 엄청난 고난을 겪기도 했다. 여의도 면적

두 배가 넘는 숲 치유 명소를 만든 임종국은 나무 심는 사람으로 중학교 교과서에도 실리고, 동화책도 나왔다. 장성군에서는 그를 3월의 인물로 선정하기도 했다. 예술단체에서는 그의 공적을 창극으로 제작 공연하기도 했다. 산림청은 그의 업적을 기리기 위해 그가 조성한 숲 가운데 임종국 선생 내외를 위한 수목장을 조성하고 공적비를 세웠다. 이토록 빛나는 공적의 조림왕도 당대에는 자신의 모든 걸 조림에 쏟아붓고, 나무에 미친 사람 소리를 들어야 했고, 말년에 병고와 빚에 시달리며 어렵게 살다 가셨다.

전국 최초 치유 문화도시… 고창, 국립 산림 치유 센터

고창은 치유를 주제로 한 한국 최초의 법정 문화 도시다. 고창군은 민선 7기부터 문화치유의 한반도 수도를 깃발로 문화 예술 이외에도 산림 치유, 농업 치유, 해양 치유 등 농생명 산업을 치유산업으로 확장 승화하는 비전을 세웠다. 산림 치유의 수도를 목표로 전북 최초로 국립 고창 숲 치유 센터를 유치한 것도 그

런 구상의 하나였다. 올해는 전북 문화관광재단에서 선정한 '2024 전북형 치유 관광지'로 꼽혔다. 향후 고창군, 산림청, 숲체원, 고창 치유의 숲이 울력하여 어려운 분들 대상 산림치유프로그램 제공, 산림 자원을 활용한 숲 여행 프로그램 운영, 관광객 편의 증진, 지역사회 소득 창출을 위한 산림 치유 연관 사업을 지속 추진할 계획이다.

특히 고창읍 온수동 쪽의 제1 치유 센터와 주차장을 연결하는 승강기와 전망대를 설치하여, 노약자, 장애인을 배려하는 무장애 접근로를 확보할 계획이다. 이 사업들은 산림청 사업은 당초 계획대로 2022년까지 완공되었다. 아쉽게도 문수산 편백숲 재창조 계획 등에 담긴 고창군 사업인 주차장, 편의시설, 승강기, 스카이워크 조성 등이 기약 없이 늦어져서 안타깝다. 고창지역 숲 치유 명소 문수산 편백숲 이웃에는 국내 최초로 천연기념물로 지정된 300여 년생 자생종 토종인 아기단풍 군락지 단풍나무숲을 비롯하여, 고로쇠 나무, 비자나무, 졸참나무, 서어나무 등 울창한 숲이 장관을 이루는 또 하나의 숲 치유 명소다.

나무를 사랑하고 심는 사람은 위대한 지도자다. 적어도 백 년, 길면 천년 농사인 나무 농사를 지을 안목과 호흡을 갖추어야 미래를 준비하는 수장이다. 최근 전북의 지도자 중 꿈나무 심은 위인들이 김완주 전 전주시장과 장명수 전 전북대 총장이다.

전주시, 무모한 벌목 만행… 천 년의 숲을 꿈꾸고 나무 심는 사람을 보라

1998년 전주시장에 당선한 고창 군수를 역임한 도시 계획 전문가인 김완주 시장의 공약 중에 '60만 그루 나무 심기'가 있었다. 모든 시민이 한 그루씩 나무를 심어 도시 녹화로 전주를 살기 좋게 하자는 취지였다. 취임 즉시 특유의 추진력으로 나무 심기를 몰아 부쳤다. 2년 뒤 간부 회의에서 고창 해리 출신인 당시 덕진구청 이진수 청장이 관내 모든 공한지에 나무 심기를 끝내서 더는 나무 심을 땅이 없다고 보고했다. 김 시장 말이 지금도 귓가에 생생하다. "도시녹화는 아스팔트와 콘크리트를 깨버리고 나무를 심어 녹지로 바꾸는 겁니다". 그의 집념으로 전주 시청 앞 아스팔트 주차장이 노송광장 숲으로, 전북대 병원 앞 백제로 인도 보도블록 가운데에도 이팝나무 숲길이, 팔복동 철길 가에도 이팝나무 명품 숲이 생긴 것이다. 60만 그루 목표를 조기 달성한 김 시장은 목표를 2백만 그루로 상향하여 기어이 달성해냈다.

도시 계획 전문가이자 문화 예술 기획가인 장명수 전 총장은 전북대와 우석대 총장 재직시절에 진안 용담댐 수몰 지역이나, 도내의 도로 공사나 개발 공사로 희생될 나무를 다 살려내서 학교에 이식했다. 오늘날 전북대와 우석대를 숲속 캠퍼스로 만든 위인이다. 도시 계획과 문화에 대한 통찰력을 가진 위 두 분은, 전주의 큰 그림도 그렸고 나무 심는 데 솔선하여 전주시의 품격을 크게 높였다. 도시의 녹화 지수가 살기 좋은 도시의 척도임을 잘 알고 계획적으로 실행해낸 참 지도자들이다. 필자도 민선 7기 고창 군수 공약으로 고인돌 박물관 주변에 모든 군민과 출향인들이 한 그루 나무를 대대로 심고 영원히 가꾸자는 '천년의 숲' 계획을 세웠다. 이 꿈나무가 좋은 나무라면 군민들이 계승하여 계속 심고 가꾸어 가면 얼마나 좋았겠는가?

최근 전주의 무모한 전주천 버드나무 숲 벌목, 고창의 공원 내 30여 년 된 잣나무 숲 벌목 만행으로 언론과 환경단체 등의 몰매를 맞았다. 요즈음 소나무 조경수의 한반도수도인 고창지역 소나무에도 재선충 피해목이 수백 그루가 생겼다 한다. 아침저녁 산책하는 어르신들이 모양성안 노송들이 벌목되어 쌓여가는 모습을 보면서 속이 타들어 간다고 걱정하신다. 나무는 심고나서도 계속 가꾸어 가야 한다. 남이 심은 나무라고 방치하거나 베어버린다면, 우리의 삶터와 기댈 숲은 사라져 버린다.

나무를 심고 가꾸는 일이 고향 사랑, 나라 사랑의 시작이다. 나무를 심는 사람은 꽃다운 이름을 남기고, 나무를 베는 자는 기대어 쉴 곳도 없어 망한다. 산불로 생명과 삶터를 잃은 귀한 분들께 위로의 기도를 드린다. 제발 올해 식목일은 산불 없는 식목일로 기록되길 간절히 바란다.

16

국민가수 진성을 키운
고창의 꾀꼬리 명당

지난주 안타깝게 세상을 떠난 '트로트 4대 천왕' 송대관 가수는 정읍 태인의 꾀꼬리 명당에서 태어났다. 풍수 물형 중에 매미나 꾀꼬리 명당, 선녀가 가야금을 타는 모양인 옥녀탄금혈에서 대 명창 가수가 난다고 한다. 유성기 시대 판소리 스타 이화중선 생가는 매미 명당이고, 고창 출신 김소희 국창은 '옥녀탄금혈'에서 득음했다고 한다.

가왕 조용필 씨 생가 터도 꾀꼬리 명당이라고 한다. 과연 개천에서 용이 되어 가수왕으로 비상한 고 송대관 씨는 꾀꼬리 명당 바람으로 복을 받아 출세했을까? 고인의 고향 태인의 주산인 항가산이 큰 나무의 잎이고, 피향정 주변 너른 들이 뿌리라면 송대관 생가터는 나뭇가지에 매달린 새집 모양의 꾀꼬리 명당터다(김두규,《복을 부르는 풍수 기행》).

'쨍하고 해뜰 날'로 상징되는 가수 송대관, 전라도 사투리가 구수한 서민 가수 송대관의 삶은 온몸으로 산업화시대를 개척해온 한국인의 자화상이다. 가수

송대관의 증조부는 모악산 금광도 경영했던 부자였다고 한다. 독립 유공자인 조부 송영근이 태인 3.1만세 주동한 이후 감옥 살이 후유증으로 돌아가시고, 아버지도 일찍 여의자 집안이 쇠락하여, 어린 시절부터 홀어머니와 고난의 인생길을 가야 할 팔자였다.

다행히 친척의 권유로 꿈을 안고 전주에 유학 와서도 낮에는 이발소에서 일하고, 밤에는 주경야독으로 영생고를 다녔다. 해방 후에도 지속된 독립 투사 후손들의 고난의 인생사를 겪은 송대관 집안 운명이었다. 그는 운명에 굴하지 않고, 꿈을 안고 뛰고 뛰어 역경을 헤치고 노력한 결과, 마침내 인생 곡 〈해 뜰 날〉로 가수왕에 오르는 성공신화는 한국 현대사의 한 장면이다. 자신이 직접 쓴 〈해 뜰 날〉 노랫말처럼, 슬픔도 외로움도 걷어차고 불굴의 의지와 노력으로 꿈을 이룬 송대관의 인생 역정은, 가난한 고학생들이나, 모교 영생고 동문들, 고달픈 가수 지망생 후배들에게 꿈과 희망의 이정표였다.

소리 명당 '앵가리'가 안동으로

우리 겨레는 옛적부터 매미와 꾀꼬리를 동물들의 가수왕으로 여겨왔다. 그래서 꾀꼬리 명당, 매미 명당에서 명창이 난다는 속설이 생겨난 것이리라. 예쁘고 노래 잘하는 꾀꼬리는 옛 시가의 소재로도 자주 등장하는데, 한국사 최초의 한시로서 고구리 2대 유리왕이 지었다고 전하는 〈황조가〉도 꾀꼬리를 노래한 것이다. 고창지역에 전승되는 민요인 화투 타령에도, "정월 송악에 백학이 울고, 2월 매화밭에 꾀꼬리 울고"라고 하여, 화투 그림인 2월 매조도의 주인공 새를 꾀꼬리로 노래한다.

꾀꼬리 앵자를 쓴 꾀꼬리 마을 앵곡(鶯谷), 꾀꼬리 둥지 앵소(鶯巢), 꾀꼬리 노래 앵가(鶯歌) 등이 땅이름에 쓰인 꾀꼬리 명당이다. 완주 이서의 콩쥐 팥쥐 이야기 마을도 앵곡이고, 영광 불갑사 앞마을, 정읍 고부 등에도 앵곡마을이 있다. 유명한 호남 거유 노사 기정진의 할머니 묘소는 노랑 꾀꼬리가 나무를 쪼는 모양 '황앵탁목형'이다.

한반도 판소리 문화수도인 고창에는 소리 관련 명소가 많을 수밖에 없다. 판소리의 아버지 동리 신재효 생가인 모양성 앞 동리정사, 조선 최초 여류명창 진채선을 키운 심원면 사등마을, 국창 김소희 득음처인 아산면 반암 옥녀탄금혈, 김소희 생가터인 흥덕 사포 뒷개는 이미 대명창 배출로 검증된 소리 명당이다. 특히 후포와 해창이 있었던 흥덕 뒷개 마을은 이날치 제자 김토산, 김토산 제자 김성수, 동학 농민군 출신 이화서 명창, 통소 명인 편재준 등 많은 소리꾼을 배출한 판소리 못자리 명당이다.

그밖에도 꾀꼬리 명당이라고 전승된 고창읍 앵가리, 소리꾼들의 산공부터였고 국민가수 진성을 키워낸 문수계곡 은사마을 등이 있다. 높을고창의 지명에 남은 대표적 꾀꼬리 명당은 고창읍 도산리 안동마을이다. 안동은 본디 꾀꼬리 노래란 뜻의 앵가리였다. 필자 세대까지도 안동마을에서 시집온 부인들 댁호를 앵가리 댁으로 불렀지, 안동댁으로 부르지 않았었다. 누군가 행정에서 제멋대로 안동으로 바꿨지만, 여전히 주민들 사이에는 친근한 앵가리로 계속 불러온 것이다. 앵가리 마을 뒷등은 꾀꼬리 둥지란 뜻인 앵소등이라 불러왔다.

문수산 바람타고 보릿고개 넘어 출세한 국민 가수 '진성'

　황윤석이 지은《도산팔경》에도 첫 구가 '도산정에 노래하는 꾀꼬리'인 걸 보면, 지금까지도 천제를 지내온 도산리 천제단 고인돌 뒷마을은 꾀꼬리 명당이라고 전해왔음을 짐작할 수 있다. 앵가리라는 재미있고 독특한 역사적 고유 지명이 일제강점기 행정구역 개편 시에 쓰기 쉬운 편안 안 자 안동으로 바꿔치기해 버린 일은 못내 아쉽기만 하다.

　한국 농촌 경관 농업의 효시인 고창 공음면 청보리밭 주차장 앞에 가수 진성씨의 '보릿고개' 노래비가 있다. 청보리밭에 꼭 어울리는 보릿고개 이야기 노래비이기도 하고, 진성과 보릿고개는 보릿고을 고창 기운이 만든 까닭이다. 진성씨가 유소년기를 보낸 실질적 고향은 고창 고수면 은사마을 꾀꼬리 명당이다. 비록 그의 출생지는 부안군이지만 부모가 일찍 가출하여, 그는 세 살부터 10여년간 고수 은사마을 병든 할머니 품에서 외롭고 배고프고 가슴 시린 유년기를 보냈다.

명예 고창 군민, 홍보대사 위촉, 청보리밭에 진성의 보릿고개 노래비를 세우는 일로 만날 때마다, 그는 필자에게 "부안의 어린 시절 기억은 하나도 없다. 내 유년의 추억은 오롯이 고수 은사리에만 머물러 있다"고 했다. 고모님이 일가인 진의종 총리 댁에도 가끔 출입했었다는 이야기며, 고창 장날 고갯길 넘어 고모님 따라가서 눈깔사탕 하나 얻어먹은 이야기, 옆집 진현 할머니가 주신 고구마, 강냉이 하나 받아들고 문수산에 뛰어올라 노래하고 눈물짓던 서러운 이야기를 생생하게 추억했다. 인생의 가장 여리고 시리던 그 시절에 같은 마을에서 함께 조손가정으로 의지하며 컸던 동네 후배 가수 진현 씨도 살뜰히 챙기면서 의형제의 연을 이어가는 따뜻한 마음도 엿볼 수 있었다.

　　마침 진성 씨의 인격이 형성되었을 고수 은사마을은 노랑 꾀꼬리 명당, '황앵탁목형'이다. 마을 모정 뒤 은사천에 튀어나온 바위가 꾀꼬리 부리이고 앞산이 꾀꼬리가 쪼는 나무이다. 예전에는 여름철이면 고창 소리꾼들이 문수 계곡에서 소리 공부를 하기도 했고, 현재 고창군 판소리보존회 김옥진 회장도 이 마을에

연습실을 두고 있다.

명당 복 받는 비결은 〈해 뜰 날〉 가사 속에

지독한 가난과 외로움, 오랜 무명 생활, 암 투병 등 역경을 모두 스스로 극복하고, 국민 가수로 성공한 진성 씨도 자수성가 인생 칠전 팔기의 주인공이다. 그의 가슴 시린 한의 노래가 직접 가사를 쓴 〈보릿고개〉와 직접 작곡한 최근의 히트작 〈소금꽃〉 속에 한의 정서로 절절히 녹아든 것이다. 그의 마음 바탕을 단단하게 만든 자양분이 된 배고픈 어린 시절이 삶의 원동력이 되어, 한국적 정서와 한을 한껏 승화해낸 명가수 진성을 탄생시킨 것이다. 그러므로 가수 진성을 키운 건 팔 할이 보릿고을 문수산 꾀꼬리 명당 바람이라 할 수 있다.

돈복과 부모 복 하나 없는 외롭고 고단한 환경과 암 투병 등 간난신고를 다 극복해 내고, 기어이 트로트계의 별이 된 진성과 송대관의 자수성가 성공 신화는 개천에서 용이 나는 신나는 이야기다. 같은 꾀꼬리 명당 기운을 받은 송대관과 진성은 과연 명당바람만으로 출세했을까? 송대관도 그의 인생 압축판 같은 〈해 뜰 날〉 가사를 직접 썼다.

꿈을 안고 왔단다 내가 왔단다. 슬픔도 괴로움도 모두 모두 비켜라. 안 되는 일 없단다 노력하면은, 쨍하고 해 뜰 날 돌아온단다…

사람이 가슴속에 꿈을 꾸고 노력하고 또 하면 해 뜰 날이 온다는 신념과 의지가 그를 살린 비결이자 부적인 것이다. 진성의 〈보릿고개〉에 나오는 "아야 뛰지 마라 배 꺼질라 가슴 시린 보릿고개길", 〈소금꽃〉에 나오는 "고독의 몸부림 서러움에 꽃이 핀 아버지 등 뒤에 핀 하얀 소금꽃" 같은 눈대목은, 인생의 짙은 그늘을 스스로 체험하지 않고서는 실감할 수 없는 마음속에 빛나는 보석 상자다. 사람이 역경을 기회로 만들고자 스스로 힘쓰고 쉬지 않고 노력하면(自彊不息), 반드시 하늘이 도와서 안 되는 일이 없다(自天佑之 吉无不利). 이것이 주역에

서 말하는 하늘의 법칙이고, 송대관의 해 뜰 날 가사이고, 명당 발복의 필요충분 조건이다.

없는 집 자식, 촌놈들이 도회지 부잣집 자식들보다 훨씬 많이 물려받은 무한한 생존 에너지 유산이다. 이미 전통의 꾀꼬리 명당 터전인 소리 문화의 수도 고창과 전북에서, 케이팝 전성시대 지구촌 소리판을 주름잡을 대 명창, 국민 가수 스타들이 줄이어 나오기를 간절히 기원한다. 우리들의 허물없는 '이웃 성님' 고 송대관 가수의 명복을 삼가 빈다.

17

고창 팔경, 가꾸는데 천년,
망치는 건 순간

우리 전통 예술 시서화의 소재로 즐겨 애용하는 대표적인 것이 '고창팔경', '전주팔경', '소상팔경' 같은 이른바 팔경 이야기다. 중국 북송 시대 시작된 '소상팔경' 이야기는 고리 시대 이인로의 한시 이후로 문인들의 시와 그림의 주요 소재로 애용되어 오다가, 조선 후기 판소리 가사에 들어가면서 대중적인 화제로 퍼지게 된다. 판소리의 아버지 고창사람 동리 신재효는 좋은 경치를 묘사한 〈수궁가〉의 '고고천변', 〈심청가〉의 '범피중류', 〈흥부가〉의 '제비 노정기' 같은 눈 대목에 '소상팔경'을 활용하였고, 별도로 '소상팔경가'라는 단가나 잡가로까지 발전하면서 자연스레 민중들의 입에까지 오르내렸다.

전주·완주는 본디 '한 몸'

왜 하필이면 명승을 여덟 개만 꼽아 팔경이라 했을까? 동양고전인 주역의 8괘, 8방 사상을 채용한 것이다. 그냥 단순히 숫자 8개만 채웠을까? 필자가 전주 한옥 마을 조성, 전주 국제 영화제 초창기에 전주시 관광 홍보 자료를 만들며 팔경 지도를 그려보았더니, '전주팔경'은 거의 정확하게 주역의 8방위 별로, 45도 각도에 하나씩 배치한 것을 확인하고 경탄했었다. 동쪽 기린봉의 월출부터 한벽당 물안개, 남고사 저녁 종소리, 다가산 활쏘기, 덕진연못 연꽃 놀이, 한내 비비정과 기러기 떼, 막은내의 돛단배, 위봉폭포 순으로 동서남북 시계 방향으로 방위까지 꼭 맞추어 놓은 것이다. 전주팔경만 보아도 일제강점기 행정 구역 분리 이전까지 전주·완주는 본디 한 몸이었다.

기린토월麒麟吐月, 한벽청연寒碧晴烟, 남고모종南固暮鐘, 다가사후多佳射侯, 덕진채련德津探蓮, 비비낙안飛飛落雁, 동포귀범東浦歸帆, 위봉폭포威鳳瀑布

전주팔경만으로는 아쉽다고 남천표모, 곤지망월을 보태서 흔히 전주십경이라고도 한다. 팔경을 그냥 보기 좋은 산수 경치만을 꼽았을까? 가만히 들여다보면 시각풍경뿐 아니라 오감으로 느끼는 풍경과 사람이 만드는 천지인합일의 풍

경이다. 중국 동정호 남쪽 소상(瀟湘) 지역 명승인 '소상팔경'은 산시청람(山市晴嵐), 어촌석조(漁村夕照), 소상야우(瀟湘夜雨), 원포귀범(遠浦歸帆), 연사만종(煙寺晚鐘), 동정추월(洞庭秋月), 평사낙안(平沙落雁), 강천모설(江天暮雪)을 꼽는다. 위에서 살핀 '전주팔경'과 아래의 '고창팔경' 소재와 느낌이 거의 비슷하다. 경치 속에 사람이 들어 있고 눈으로만 보는 경치가 아니라, 오감으로 즐기는 풍경들인 것이다.

역사 속 고창 명승, '도산팔경'과 '노산사팔경'

고창군 대표도서관 이름은 황윤석 실학 도서관이다. 죽기 3일 전까지도 일기를 쓴 최고의 책벌레, 기록 벌레가 황윤석이니 도서관 명칭으로는 제격이다. 도서관 명칭 설명만으로도 아이들에게 큰 교훈을 줄 수 있기 때문이다. 호남 3대 실학자로 한국 역사 상 가장 방대한 개인 기록《이재난고》의 저자가 고창 출신 이재 황윤석이다. 노환으로 병상에 있던 63세 황윤석이 고창읍 도산리에 살던 청풍 김씨 김경로의 간청을 받고 죽기 5일 전에 완성했다는 '도산팔경' 오언절구 한시 8수가 《이재난고, 권46》에 실려 있다.

도산정에 노래하는 꾀꼬리(錦亭流鶯), 고창천에 노니는 물고기(環澳游魚), 모양성의 풍악소리(牟良風角), 문수사 저녁종소리(文殊霜鐘), 오봉의 맑은 달(梧峰霽月), 축령산에 오는 구름(鷲嶺歸雲), 고성봉에 비치는 낙조(古城落照), 서암의 자욱한 안개(西巖宿霧)를 꼽고 있다. 제목은 '도산팔경'이나 실은 옛 고창현 지역의 '고창팔경'을 노래한 셈이다.

한편 고수면 전불재에 있는 김기서 강학당의 돈목재 주련에도 '노산사팔경'이 걸려있다. 문수사 새벽 종소리 (文殊寺之曉鐘), 축령산 쉬는 구름(鷲嶺山之歸雲), 남녘의 귀한 필봉(丙丁峰之貴砂), 전불재 강학당 명당(甲卯龍之明堂), 모양성의 풍악소리(牟陽城之官角), 화산고개의 풀피리 소리(花山峙之草笛), 고리포의 돛단배(古里浦之遠帆), 까치봉의 석양빛 (鵲巢峰之返照)이 8경이다.

황윤석의 '도산팔경'과 '노산사팔경'을 대비하면, 모양성의 풍악, 문수사의 종 소리, 축령산 구름 세 가지는 일치한다. 고창현의 팔경으로 당시 지식인들 간에 어느 정도 공감대를 가졌던 소재임을 알 수 있다.

인천 강변 '호암팔경'과 장사현의 '서호십경'

울산김씨로 아산 반암에 살던 구한말 유학자 호은 김길중(壺隱 金佶中)이 지은 '호암팔경' 한시에서는, 두암초당(草堂), 병바위와 고송(壺岩孤松), 인천 강의 백학(仁川白鶴), 덕산의 밝은 달(德山明月), 정자 등의 물고기 관람(亭池 觀漁), 백사장에 나는 솔개(沙村飛鳶), 앞번 등 구름 낀 들판(朝坪宿雲), 수선 암의 종소리(水庵鳴鐘)이다. 반암마을 하서 김인후 강학 기념 비각 주련에도 이와 거의 유사한 '반암팔경'이 걸려 있다. 우산봉 목동의 피리소리, 인천강 고 기잡이 횃불, 용강 언덕의 쉬는 구름, 옥녀봉 밝은 달, 선인봉 소슬바람, 장수강 돛단배, 선운사 저녁 종소리, 소요산 낙조다. 지명은 약간씩 다르나 소재는 비

슷하고, 변종혁의 《니산유고(尼山遺稿)》에 수록된 〈호암 33경〉에도 대부분 포함된다.

상하면 검산리에 있는 춘화정(春和亭)에는 김수현이 지은 춘화정기가 있다. 이 기문에는 옛 장사현 지역 절경을 뜻하는 '서호십경(西湖十景)'이 기록되었다. '송림산의 밝은 달(松林明月), 장사산에 쉬는 구름(長沙閒雲), 라대에 부는 샛바람(羅帶春風), 가막섬의 가을빛(島泊秋容), 왕수산 소슬바람(旺峀晴嵐), 봉수대의 옛자취(燧燧古跡), 장군봉의 늠름한 품새(將軍威勢), 모암의 밥짓는 연기(帽巖炊煙), 말고개의 저녁 노을(驅峰落照)를 꼽고 있다. 옛 선인들의 시가에 나오는 팔경의 소재는 거의가 '소상팔경' 모티브를 약간씩 변용한 것임을 볼 수 있다.

최근에는 고창 출신으로 전북도립국악원 공연실장을 지냈고 인공지능을 활용한 판소리 앨범 〈머신엑스〉로 국악계의 화제가 된 판소리 기획가 정정원이

대본을 쓴 '국악예술단 고창'의 2012년 기획공연 〈소리로 고창을 그리다_ 고창 8경〉에서 소리로 고창을 홍보했다. 방장산, 모양성, 문수산, 고산, 선운산, 소요산, 고인돌, 동학농민혁명 유적지를 8경으로 본다. 고창 출신으로 KBS 불후의 명작인 〈차마고도〉로 방송 대상 촬영상을 탔고, 방송 화면에 고향의 명승을 자주 홍보하여 애향심이 넘치는 백홍종 촬영감독이 고창홍보 동영상을 만들어 '고창 9경'을 홍보해 주시니 감사할 일이다. 고창읍성, 무장읍성, 운곡습지, 고창 갯벌, 청보리밭, 선운사 일원, 병바위 일원, 고인돌, 죽도를 고창 9경으로 꼽았다.

내 마음속의 '고향팔경'… 사랑하고 가꾸기

선인들의 고견을 반영하고 현재적 가치 평가를 담아서 '고창팔경'과 '고창십경'을 제안해 본다.

1. 방장산 장엄 일출: 백제가요에도 나오는 명산, 중국에서 불로초를 캐러 온 호남의 3신산, 한국의 100대 명산, 고창의 모든 고인돌 천문대의 일출 각이 방장산 지향

2. 문수사 애기 단풍: 전국 유일 고유종 애기 단풍 천연 기념물, 역사적인 고창 팔경, 호남 의병 사령부, 노사 철학의 완성지, 편백숲 산림 치유 센터

3. 모양성 솔숲의 소릿가락: 역사적인 고창팔경, 동리정사와 판소리 성지, 한국 최고의 원형 보존 읍성과 송죽 조경수, 모양성 보존회의 모양성제, 답성놀이

4. 청보리밭과 여백의 길: 농촌 경관 농업의 효시, 농생명 산업의 수도를 상징하는 황토밭과 공제선, 걷기 고수들이 꼽은 한국 3대 걷기 길인 고창 여백의 길

5. 무장읍성과 동학농민혁명 발상지: 조선 초 계획 도시, 호남 방어 거점 읍성 원형복원, 사두혈, 비석거리, 비격진천뢰 등 스토리 풍부, 동학농민혁명 무장 기포지 상징성

6. 운곡습지와 고인돌 천문대: 국내 유일한 유럽연합 선정 지속 가능한 세계 100대 관광지, 유엔선정 세계 최우수 관광 마을, 세계 최대의 고창식 고인돌 천문대 밀집 지역

7. 선운산 동백숲: 역사적 팔경, 지명도 높은 백제가요 선운산가, 보은염, 노래와 시, 이야기

가 많은 명찰, 명승과 천연 기념물, 기돗발 좋은 도솔암 참당암, 4계절 관광지

8. 명사십리 노을과 고창 갯벌: 세계 자연 유산 철새 휴게소 갯벌, 세계 최고의 미네랄함유 고창 소금 염전, 맨발 걷기 명소 명사십리, 구시포항, 동호항의 노을 경관, 야간경관

9. 인천강과 병바위 주변 고창쎄구나: 명승으로 새로 지정된 병바위 일원, 호남 8대 명당이 세 개나 있는 풍수 명소, 영성 수련자들이 '고창쎄구나'로 칭하는 수도처

10. 동림저수지 낙조와 철새떼 비상: CNN이 뽑은 죽기 전에 꼭 보아야 할 세계 10대 광경에 뽑힌 동림저수지의 겨울철 가창 오리 떼 군무 황홀경.

《대학》에서는 마음이 그곳에 있지 아니하면 보아도 보이지 아니하고, 먹어도 그 맛을 모른다고 했다. 고향을 사랑하는 마음으로 찾아보면 고창 100경도 부족하리라. 한물 간 테마파크로 돈 벌자고 하필 세계 최고의 선사 유적인 중도 유적을 깨버리고, 레고랜드로 망쳐버린 어리석음을 남의 일처럼 비웃을 일이 결코 아니다.

세계 유산이라고 입으로만 자랑질해대면서, 천만년 잘 지켜온 문화유산 고인돌, 자연유산인 산천, 습지, 갯벌, 염전을 파괴하고, 개발이란 사탕발림으로 땅 투기, 집 투기, 골프장 투기로 돈 벌 궁리만 하는 사람들에게는 '고창팔경'인들 보이기나 하겠는가? 문화 자연 경관을 가꾸는 데는 천년, 망치는 건 순간이다. 우리 모두 하나밖에 없는 고향, '고창팔경'을 우리 시대에 망치는 죄를 짓지 않도록 눈을 부릅뜨고 지켜내야 한다. 우리 모두 고향산천에 감사하면서, 내 마음속에 꼭 지키고픈 '고향팔경'을 하나씩 품고 살면 얼마나 뿌듯할까?

18

고창여백의 길,
성공 무대 길 주인공은 바로 그대

세상살이 한바탕 깨우치려거든 만권의 책을 읽고 만릿길을 걸어보아야 한다.

명나라의 유명한 서화가 동기창이 그림 그리는 화법의 안목을 논하면서 쓴 말이다.(讀萬卷書 行萬里路). 사르트르는 "인간은 걸을 수 있는 만큼만 존재한다"는 통찰을 남겼다. 그러고 보니 인생살이는 곧 길 걷기이고, 인생은 나그네 길이라는 노랫말도 친근하기만 하다. 동서고금을 막론하고 철학자와 사상가들은 걷기를 즐겼고, 길 위에서 사람들과 교유하며 우주의 변화 원리도 깨달았다.

국내에는 산티아고 순례길에서 착안한 제주 올레길이 화제가 되면서, 해파랑길, 지리산 둘레길 등 방방곡곡에 걷기 코스가 생겨나고 걷기 열풍이 한바탕 불었다. 고창에는 전국의 걷기 마니아들 사이에 인문학 걷기 명소로 은근히 소문난 '고창 여백의 길(별칭 성공 무대 길)'이 있다. 진정한 걷기 애호가들이 언젠가는 걷고자 눈독을 들이고 있다는 길이다. 걷기 학교를 운영하면서 《당신은 아직 걷지 않았다》라는 걷기 교본 책을 쓴 걷기 전문가 정민호 작가와 걷기 애호

가들이 순수한 민간의 힘으로 보조금 한 푼 받지 않고 만들고 살려낸 길이다.

정 작가는 "걷기는 개인과 국가 미래의 흥망성쇠를 좌우할 만큼 중요하다. 걷는 자는 결코 병들지 않는다. 몸은 물론 정신까지. 그리고 끊임없이 성장한다"고 단언한다. 건강전문가들은 공통적으로 걷기가 건강 비결, 장수 비결, 만병 통치약 같은 가장 좋은 운동법이라고도 말한다. 한국의 걷기 바람을 불게 한 도보 답사의 선구자이자 우리땅걷기 이사장인 신정일 선생 덕분에 해파랑길, 변산 마실길, 소백산자락길, 전주 천년고도 옛길 등이 시작되었다. 2009년도 필자가 전북도 문화관광국장 당시에는 한국의 종교 상생 전통을 살려, 기독교, 불교, 원불교, 천주교 등 4대 종단과 함께 만든 종교 상생의 '아름다운 순례길'을 전주·완주·익산·김제 지역 4대 종단의 성지를 포괄하여 만들고 함께 운영하기 시작했다.

걷기 고수들이 사랑하는 '여백의 길'

전북도의 '애향천리마실길' 시책의 일환으로 각 시군마다 마실길, 둘레길 등 걷기 코스 길이 만들어지고 걷기 행사가 이어졌다. 고창에도 군에서 돈 들여 만든 '애향천리마실길', '요강이 뒤집어지는 복분자 길' 등이 있으나, 사후관리 소홀로 안내판도 부서지고 인적이 끊겨 잡초만 무성한 곳이 많다. 다행히도 서해랑길 해당 구간인 41, 42, 43코스가 고창 서해안과 선운사 지역을 통과하는데, 정부의 지속적 지원과 관심으로 사후관리와 정기적 답사 행사가 꾸준히 이어지고 있다.

반면에 보조금 1원도 받지 않고 걷기 애호가들이 푼 둔 모아 재능 기부로 스스로 가꾸며 걷는 '고창 여백의 길'은 토요일 정례 걷기가 2025년 1월에 200회에 이르렀고, 전국 걷기 마니아들의 선망의 길이 되었다. 순수한 민간 재능기부의 힘이자 지속의 힘 덕분이다. 고창군의 해안선권, 북부권, 동부권역에도 이런 길을 가꿔나간다면 고창은 인문학 걷기의 성지가 되리라. 정민호 작가는 대산면 광대리 출신으로 젊은 시절, 80일 동안 3,000km 걷기 여행을 체험하면서 깨우

친 게 많아 마침내 걷기 연구가가 되었다. 오랫동안 '인문학적인 걷기 길'을 찾아 헤매다가, 우연히 2016년 9월 추석 연휴 때 찾은 고향마을 뒤안길을 거닐다가, 고창의 고향산천이야말로 평생 자신이 찾던 바로 그 이상적 길임을 발견하게 된다.

그가 찾던 길의 요건은, 교통사고 위험이 없는 안전한 길, 여성 혼자 걸어도 위험하지 않은 길, 길을 잃어도 걱정 없는 길, 서너 명이 얘기하며 나란히 걸을 수 있는 길, 유명한 풍광이 없어서 걷기에만, 사유에만 집중할 수 있는 생각하는 길이었다. 제주 올레나 다른 경치 좋은 길이 가끔씩 먹는 외식이라면, 고창 여백의 길은 끼니마다 평생 먹어도 물리지 않는 김치와 집밥 같은 길이다.

'여백의 길'은 길목마다 천제단 천문대 고인돌이 반겨주는 한반도 첫 수도 주무대이던 역사 문화 유산 길이다. 눈이 시원해지는 공제선, 파도파도 가도가도 황토밭이 있는 광활한 비산비야 들판인 성송면, 공음면, 무장면, 대산면을 감아 돈다. 네 개 면의 앞 글자를 따서 별칭 '성공 무대 길'이라고도 부른다. 세속적 성

공이 아니라, 현대문명 사회에서 고립되고 박제된 나를 떠나서, 내 마음속의 참 자아를 찾는 성공한 인생길이라는 뜻이다.

농생명 생태 걷기의 표본 '고창 여백의 길'

아름아름 소문이 나자, 2019년 4월에는 TV 다큐멘터리 〈걷기 고수들이 사랑한 길〉에 소백산 자락길, 제주 올레길과 함께 전국 3대 걷기 명소로 '고창 여백의 길'이 방영되면서 화제가 되었다. 이어서 2020년 7월 4일 '여백의 길 탐험대 발대식'을 가졌으며, 매주 토요일 자발적 정기적으로 한 코스씩 걷기를 한다. 1년에 한두 차례는 2박 3일 일정으로 73km 전 코스 다 걷기 행사도 벌인다. 특히 이 행사는 산티아고길 순례에 도전하는 이들의 연습코스로도 자주 활용된다. 고창의 지형지물도 산티아고와 유사하고 하루 20여 km씩 걸으면서, 산티아고 길을 세 번이나 순례한 김영신 선생의 경험과 지도를 전수 받을 수 있기 때문이다.

2020년 12월에는 7인의 여백의 길 사진작가들이 고창 문화의 전당에서 '생명의 땅'이라는 주제로 '여백의 길 사진 전시회'를 열기도 했다. 여백의 길 길라잡이로 재능 기부를 하는 고교 지리 교사 김덕일 사진작가는 2024년 6월 광주에서 '사라진 숲은 어디로 갔을까'라는 환경 사진전을 개최하여 생태 환경 보전 운동가들에게 큰 울림을 주었다. 여백의 길 밭 가운데에 묘지만 남아서 외롭게 지키는 안타까운 환경 파괴 현장, 사라진 숲 대신에 남은 묘지로써 우리에게 사라진 숲을 생각하게 했다.

여백의 길은 이렇듯 하늘 땅 사람이 함께하는 길이다. 걷기 중간에 쉬는 마당에는 시 낭송이나 이업종 교류처럼 다양한 인생 경험들을 서로 나누는 인문학 공부 마당이 벌어진다. 참가자 모두가 사람 책이 되는 열린 인문학당이다. 환경 훼손을 최소화하고 자연미를 살리기 위해 인공적 표지판을 일체 세우지 않기로 했다. 대신에 갈림길에는 리본 달기, 길바닥 방향표지, 기존 전봇대에 점 찍기 등으로 표지하여, 자연경관을 그대로 살리고 있다.

여백의 길은 현대문명에 지친 소외된 이들에게 고향의 '어머니의 품 같은 길'을 걷게 하고 싶다. 힘들고 지친 자식을 위해 어머니가 지어주신 '따뜻한 밥 한 끼 같은 길' 이 '여백의 길'을 만든 운영자들이 꿈꾸는 길의 이미지다. 언제든지 누구든지, 특별히 삶이 힘들고 지친 이들이 이 길을 걸으면서, 마음의 평정과 살아낼 용기를 되찾기를 염원하는 어머니의 비나리가 깔려 있는 길이 되고 싶다.

이 길은 똑같은 길을 매주 걸어도 다른 풍광을 만나게 된다. 고인돌 시대 문명 수도였던 고창은 미네랄과 유효 미생물이 많은 황토와 해풍 덕분에 농생명 산업의 수도다. 주요 농작물 중 전국 10위 이내에 드는 한국 최고 품질의 고창 쌀, 수박, 멜론, 인삼, 땅콩, 고추, 고구마, 무, 배추 경작지의 사계절 변화를 즐기며 걷는다. 무수한 고인돌과 당산과 모정, 여름철 달빛 걷기에서 만나는 별자리와 은하수, 그리고 씨뿌리며 가꾸는 착한 농부들을 만나는 길이다.

19

밥 나오고 떡 나오는 솥 명당,
시루 명당

한국인이라면 역사 시간에 삼국의 정립이란 말을 익히 들었을 터이다. 정립(鼎立)의 정이 솥 정자로, 솥발이 세 개 달린 솥처럼 세 나라가 세력균형을 유지한다는 의미다. 소설 삼국지의 위, 오, 촉 삼국이 천하를 나누자는 천하 삼분지계도 그런 뜻이다. 우리 문화에서 솥과 시루는 하늘, 천자, 천하, 변화와 새로운 가치창조를 함축하는 지고의 가치체계 상징이다. 원시시대 인류가 불을 발견한 것은 엄청난 변화를 가져온 일대 혁신이었다.

 생명의 근원인 물과 여러 가지 먹을거리에 불이라는 기를 넣으면 전혀 새로운 화식 생활의 신세계가 열린다. 물과 불을 중화하는 도구인 시루와 솥을 사용하면, 맛있고 좋은 새로운 음식과 국물까지도 먹을 수 있다. 솥은 인류 식생활 혁명의 귀중한 도구이며 기막힌 발명품이다. 그러기에 솥은 천자, 새로운 세상, 새 나라, 새 회상, 큰 부자의 상징이 되었다. 난리통에도 제일 먼저 챙기는 가재도구가 솥이다. 태평성대를 지나고 나면 하늘을 거스르고, 끼리끼리 해 먹는 반칙과 특권과 혼란의 시대가 극에 이른다. 민중에게 절망적인 세상을 엎어버리

고, 솥에서 곤 국물을 고루 나누는 새로운 세상을 꿈꾸는 사람들이 기존질서를 불 질러 태운다(주역의 택화혁 괘). 이게 혁명이다.

혁명 과정에서 분출되는 다양한 변혁 욕구를 솥에 끓이고 탕평하여 새로운 음식인 새 세상 질서를 만드는 게 솥이다. 온갖 식재료를 집어넣고 불기운을 주면 밥도 나오고 떡도 나오는 게 솥과 시루다. 주역 괘의 순서에서 혁명의 상징인 혁(革)괘 다음에 탕평 중화의 상징인 솥정(鼎) 괘가 나오는 이치이다. 이런 연유에서 "물질이 개벽되니 정신을 개벽하자"는 깃발을 들고, 후천개벽 새 회상을 만드신 원불교 창시자 박중빈 대종사의 법호가 '솥에산(少太山)' 솥이고, 법통을 이은 2대 종사 송규도 솥 정자 정산(鼎山)종사다. 증산도 창시자 증산 강일순도 시루 증자 증산(甑山)을 썼고, 문하에도 솥 정자 아호를 쓰는 제자가 많았다.

새로운 세상을 기다리는 금산사 미륵전의 미륵부처님도 솥으로 된 관을 쓰고 있다. 솥은 모두가 함께 잘사는 희망의 새 나라 메시아의 깃발이다. 옛날 우임금이 9주의 쇠를 모아서 9개의 솥을 만들고 후대 천자에게 9정을 전승했다고 해서, 9정은 천자와 천하를 상징한다. 발이 세 개 달린 제기인 정은 천제나 궁중 제사에 쓰이는 신성한 제기다. 이렇게 귀한 솥과 시루의 뜻과 기운을 받아서 부귀를 누릴 꿈을 꾸는 조상들이 땅이름에 붙인 곳이 이른바 솥 명당, 시루 명당이다.

'솥 바위 3대 재벌'은 왜 한결같이 '별 이름' 회사명을 썼을까?

대표적인 재벌 바위 명당은 의령, 함안 경계 유역 남강의 솥 바위다. 솥 바위 사방 20리 안에 나라를 먹여 살릴 거부 셋이 나온다는 풍수가의 예언은 현실이 되었다. 삼성, 금성(엘지), 효성그룹 창업주 생가가 모두 솥 바위 이십 리 안에 있어서 장안의 화젯거리다. 하필이면 세 재벌가의 상호는 모두가 별 이름 상호다. 꾀는 사람이 내지만 하늘이 도와줘야만 성공한다. 먹고살 만한 부자는 근검이 만들지만, 큰 부자는 하늘이 내린다. 천지인이 함께 공명해야만 큰일을 이룬다. 우주의 기운인 하늘의 별 기운과 솥 명당의 땅 기운, 경영자의 천지인을 통찰하는 혜안과 기업가 정신이 융합할 때만 국부 급 거부는 나올 수 있는 법이다.

  삼성 창업주 이병철 회장은 솥 바위 3 거부 예언의 숫자 3과 삼태성을 따서
삼성이란 기업명으로 한국제일 거부가 된다. 엘지그룹 창업주 구인회는 하늘에
서 가장 밝은 별인 금성을 따서 금성사를 회사명으로 삼았다. 재계의 제일 빛나
는 별이 되고픈 그의 꿈은 '일 등 LG'라는 LG그룹 비전 속에 현재도 살아 있다.
초창기 구인회 상회 포목점의 대표 상품인 구정실의 브랜드가 천하를 상징하는
9개 솥, 구정(九鼎)실이었고, 구정실은 아직도 뜨개질 실의 제왕이다.

  조홍제 효성그룹 창업주도 가장 밝은 별 금성 기운을 따왔는데, 금성의 별칭
인 새벽별 효성(曉星)을 취했다. 천지인이 깨어나는 새벽부터 열심히 일하여 하
늘 복을 받고 싶었으리라. 밤하늘에 가장 빛나는 별인 금성은, 새벽녘 일출 기운
에 밀려난 다른 별들이 빛을 다 잃어갈 때도 마지막까지 홀로 빛나기에 새벽별
효성이란 별칭을 가졌다. 반공 교육 시간에 숱하게 들었던 북한의 '새벽별 보기
운동'도 이 효성이 떠 있는 신새벽을 말한다. 로마신화에서 미의 상징인 비너스
(Venus)신도 이 효성이다. 정읍과 임실 사이 옥정호에도 잘생긴 솥 바위 고인돌

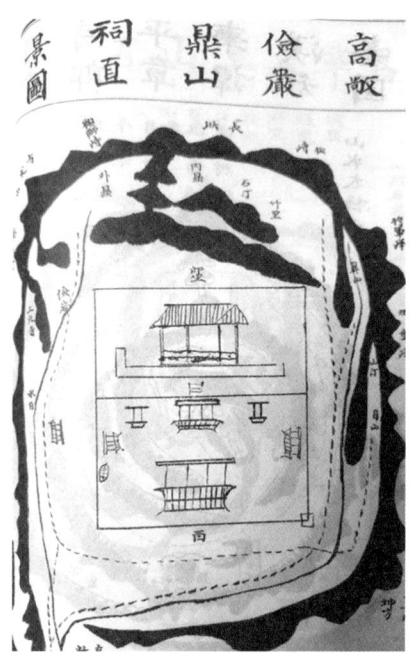

이 놓여 있다. 인공으로 만든 고인돌 첨성대로 보인다. 삼대 재벌이 어찌 솥 바위 기운, 별 기운만으로 쉽게 태어났겠는가? 희망조차 가질 수 없었던 극빈의 식민지 백성들에게 한 줄기 빛이었을 솥 바위 부자 출현 예언을 디딤돌 삼아, 세상과 미래를 읽는 밝은 눈과 탁월한 상인의 감각, 도전적인 기업가 정신을 겸비한 창업주의 치열한 도전의 역사가 성공을 부른 것이다. 세상사는 결국은 천지를 감동케 할 사람 노릇 하기에 달려있다.

고창 '솥 명당' 지명과 '정산사'

고창에도 솥과 시루 명당 지명이 많다. 대표적인 사례가 고창읍 석정과 월암 사이의 정산과 창녕조씨 사우인 정산사다. 방장산 양고살재 우측 두우봉(斗牛峰)에서 뻗어내려 정산사 뒤에서 맺은 솥 명당 정산(鼎山)에서 연유한 이름이다. 정조 21년(1797년) 창건 당시 고창 유림 공론으로 개국공신 문희공 강릉 유창, 은재공 강릉 유한량, 청간공 창녕 조서를 배향한 사우명을 정산사(鼎山祠)로 명명했다. 산은 작지만 뜻이 큰 정산을 취한 것이다.

오늘날 은퇴자 천국, 재미 동포 귀향 1번지로 불리는 고창 석정온천 탐사 시에도 솥 정자 정산, 인근 산정마을 옆 온수동이라는 지명이 석정온천 개발의 실마리가 된 것이다. 솥이나 온수나 온천 나오는 지명이다. 부산 동래 온천의 부산의 부, 부곡온천의 부도 가마솥 부자 솥 지명이다. 고창군 아산면 인천 강변 부정마을은 가마 부자, 솥 정자 부정(釜鼎)이다. 마을 안이 솥단지 모양으로 옴팡지고 마을 뒷산은 솥뚜껑처럼 둥그스름한 대표적 솥 명당이다. 고수 두평리에도 가맛골인 정동(鼎洞)이 있고, 고수면 소재지 가맛골인 부곡리도 역대의 도자기 가마가 있던 솥 명당이다. 특히 고수 진산인 증산은 시루산이다.

시루산 중심으로 거대한 북두칠성 모양의 고인돌 칠성바위가 있는 것을 보면, 고인돌 시대부터 증산봉을 신성시한 것을 알 수 있다. 고창군에서 가장 먼저 문명이 싹튼 곳으로, 중기 구석기 유적까지 출토된 부곡리 일대를 솥과 시루 지

명을 붙일 줄 아는 이는 비범한 인문학 고수다. 아쉽게도 어느 땐가 연꽃마을 부곡(芙谷)으로 한자 표기되면서 문명 발상지라는 뜻을 잃어서 아쉽다. 고창군 전체의 조망처인 운곡습지 둘레 화시산 연봉 중에서 시루떡을 쌓아놓은 듯한 시루봉 바위가 일품이다. 별칭으로 투구봉이라고도 한다. 같은 바위를 보고도 누구는 배고픈 백성을 먹일 시루떡을 보았고, 어떤 이는 나라를 지킬 장군의 투구로 본 것이다.

양고살재 재 너머 마을인 백양사 나들목 주변 명정(鳴鼎)마을은 솥이 울린다는 뜻이다. 호남의 울산김씨가 발복 번영한 터전이라는 전설적인 솥 명당, 솥을 엎어놓은 모양의 복부혈(覆釜穴)에 모신 여흥민씨 할머니 솥 명당 유택이 유명하다. 한국 유림 역대 최고의 명예인 동방 18현에 호남 출신으로 유일하게 들어간 호남 거유 하서 김인후. 고창 울산김씨 인촌 김성수 부통령, 초대 대법원장 순창의 가인 김병로, 현역 정치원로 김종인 대표 등이 모두 이 솥 명당의 후손들이다.

주역괘 식당 이름에 가장 많은 '화풍정'

밥 나오고 떡 나오는 솥단지라서인지, 주역의 화풍정 괘 이름을 식당 이름에 흔히 쓰고 있다. 고창에도 한국인의 영혼 먹거리로까지 불리는 삼겹살 유명 식당이 화풍정이고 웬만한 도시에는 화풍정 식당이 여러 개 있다. 화풍정 괘는 나무로 불을 지피고 불이 잘 타도록 바람을 불어주니 좋은 괘라고 한다. 밥을 할 때도 센 불로 생쌀의 강한 기운을 누그러뜨린 다음에는 약 불로 시나브로 뜸을 들여야 맛 좋은 밥이 된다. 솥과 쌀이 제아무리 좋다고 해도, 물의 양과 불의 강약을 제 때에 잘 맞추는 사람이 있어야 맛좋은 밥을 지을 수 있다. 그러기에 화풍정 솥괘의 가르침은, "부드러운 기운을 밀어 올려서 중도를 취하면서, 강한 기운을 잘 버무리는 데 있다." 센 불 중 불 약 불 잔 불 불 조정이 요리의 요체이듯, 정치 경제도 강약 조정과 중도 통합, 탕평 중화가 핵심이다.

부와 권력의 특권층 집중, 끼리끼리만 해 먹는 세상에 더는 희망 없는 민중이라는 솥발 하나가 부러지고 말면, 솥은 국물을 쏟고 엎어지고 만다. 솥이 깨지고

세상이 다시 재편된다. 가진 자, 중산층, 못 가진 자가 중화의 도로 상생하는 세 개의 솥발이 되어야만 밥 나오는 솥이다. 입법 사법 행정도 세 개의 솥발이다. 대기업 중소기업 소기업도 결국 한솥밥 먹을 식구다. 모두 다 삼위일체다. 서로 한가운데서 함께 만나고, 강약 중화의 세력 균형을 유지할 때만 솥 명당도 복을 준다.

희망의 싹수가 없을 때 쓰는, "떡 쪄먹고 시루 엎어버린다"는 전라도 방언이 있다. 먹을거리는 국물까지도 고루 나누라고 솥이 생겼다. 나만 잘먹고 잘살려고, 우리 편끼리만 해 먹자고 국민들 편 가르며, 다른 사람들 기회를 없애려 시루를 엎고서도, 하늘에 복을 빌 것인가? 요즈음 극심한 상대 죽이기 정치, 전임자 업적 지우기, 지방 소멸의 서울 경기 공화국, 빈부 격차 극심의 한국 사회를 보면서, 솥과 시루의 교훈을 다시금 곱씹어 본다.

20

초를 치면 통하는
세계 4대 식초 문화 도시 고창

소멸 위기의 지방, 농촌의 변방인 고창의 대산면 소재 식초 학교에, 전국 13 개 시도에서 K-푸드의 선구자를 꿈꾸는 학생들이 몰려들고 있다. 지난 11월 1일 은 식초 문화 도시 고창 선포 5주년 기념일이자, 식초 전문 인재 양성을 위한 고 창 식초 아카데미 6기 수료식이 있었다. 선생과 학생들이 얼싸안고 기쁨의 눈 물을 흘리고, 참관한 내빈들도 가슴이 울컥하는 감동의 수료식을 모처럼 본다. 1920년대 전국 13도에서 민족 사학 고창 고보로 인재가 모였던 꿈같은 일을, 고 창 발효 아카데미가 기적처럼 재현하는 놀라운 광경이다.

발효 식품 선구자들 고창으로… 왜?

군민이 울력하여 세운 최초의 민족사학 '북오산 남고창'이라 불린 고창 고보 의 1923년 제1회 졸업생 7명의 시도 분포를 보면, 전북 2명, 평북, 평남, 서울, 경 기, 경북 각 1명이었고, 제2회 졸업생 중에는 서울 중동 고보, 경기 고보, 전주 고 보, 전주 농림에서 고창으로 전학 온 학생도 있었다. 일제강점기에 조선 13도에 서 벽촌인 고창까지 학생들이 찾아온 현상을, 고창 고보 교가는 "이 밭에서 자 라난 보리 13도 근역에 두루 퍼지고"라고 노래했다. 그 당시 함경도에서 고창까 지 왕래하기가 큰 고행이었을 시절에, 일제의 탄압하에서도 꿋꿋하게 민족교육 을 하던 송태회, 정인승, 이병학 등 당대 최고의 스승을 보고 찾아온 것이다. 고 창이 학생 교육의 한반도 수도이던 일제강점기 그 광경을, 백년 만에 고창 발효 아카데미에서 다시 보게 되다니 뛸 듯이 기쁜 일이다.

2019년 고창군민 30명이 수료한 식초아카데미의 입소문이 전국에 퍼지면서, 금년 6기에는 120명이 입교했고, 전 과정을 마친 88명이 수료했다. 수료생 88명 중 전북은 24%인 21명이고, 여타 76%는 제주, 강원, 서울, 경기 등 12개 시도에 서 참여한 것이다. 제주도에서 비행기로, 경기도 파주에서 대중교통으로, 강원 도 원주에서 승용차로, 1년 동안 고창의 면 단위 소재 식초 학교를 통학하며 개 근했다는 소감발표를 들으니 가슴이 뜨거워진다.

그 무엇이 전국 13도의 발효식품 선구자들을 고창으로 이끌고 있을까? 진정성과 열정을 가진 식초의 신 대산 정일윤 회장과 전통주 연구의 대가인 우리술학교 이상훈 교장 등 기꺼이 자신의 모든 재능을 나눠주는 최고 수준급 선생님들 덕분이다. 그나마 2년 전부터는 고창군이 행재정적 지원을 단절하여, 수강생이 부담하는 실습 재료비 이외의 학사 운영 비용을 발사믹 식초 협회 순수한 회비와 강사들의 재능 기부로만 어렵게 운영하는 학교에서 일어난 기적이다. 반면에 서울 한복판에서 대기업이 운영하는 일부 발효 학교는 학생 모집도 어렵다는 데도 말이다.

세계 4대 식초 문화 도시의 도전

지역 소멸 대비 시책은 마땅히 지역 특산물을 특화하여 고부가가치로 만들고, 지속 가능성이 확인된 분야에 집중해야만 성과가 날 것 아닌가? 불모지에서 창조한 지역특화 자원인 치즈 산업을 지속하여, 지역 소득 사업과 관광 축제로도 대성공한 임실 치즈 축제가 대표 사례다. 식초 문화 산업의 한반도 수도, 아

시아 수도, 세계 수도를 목표로 1등을 세 번 하자는 뜻으로 1이 세 번 겹치는 날 11월 1일을 선포일로 택했다. 케이푸드의 핵심강점인 5대 발효식품인 식초, 김치, 장류, 전통주, 젓갈 중 유일하게 대표 도시가 없고 세계시장 진입이 쉬운 식초 분야를 고창군이 선점하고, 오래된 미래산업으로 육성하여 농촌을 살리는 전략으로 2019년 11월 1일 식초 문화 도시 고창 선포를 한 것이다.

전통의 고창 특산물 복분자, 여성과 젊은 층 취향을 겨냥한 발사믹 식초를 융복합한 복분자 발사믹 식초 특화 전략은 적중하여 많은 성과를 거두고 있다. 고창군과 협회는 식초 식문화 보급 사업, 발효 문화 아카데미, 식초 제조 농가 육성, 고창 식초 홍보대사 위촉, 기초 연구 사업 등 다양한 세부 사업을 추진한 성과가 괄목할 만하다. 고창군 식초 산업 육성 지원 조례 제정, 정부의 복분자·식초 산업 특구로 지정하여 지원 제도를 마련했다. 고창군에 본부를 둔 한국 발사믹 식초 협회는, 복분자 등 향토 농특산물을 활용한 고품질 자연 발효 식초와 발사믹 식초 제조 기술의 개발·연구·보급, 홍보마케팅 지원 사업, 농가형 식초 제조 업체에 대한 컨설팅과 연구 세미나, 해외 주요 식초 도시와의 연대 추진 등의 활동을 해왔다. 식초 산업 생태계 조성을 위한 사람 키우기, 아카데미 운영, 산업 기반 구축 등에서도 놀라운 성과를 내고 있다.

땅에서는 전국에서 발효 전문가, 식초 일꾼들이 고창으로 모여든다. 하늘에는 케이팝에 이어 K-푸드의 순풍이 불어온다. 호사다마라고 전임 군수가 시작한 사업이라 싹을 잘라야 한다는 군정에서 지원을 끊고, 식초를 식초라고 부르지 못하게 하는 반식초 행정의 역풍도 분다. 역풍이 두려워 날지 못하는 새는 이미 새가 아니다.

'임실치즈'의 선구자 지정환 신부와 지역 경제 효과

지난 10월 3일 임실에서 열린 제10주년 임실치즈축제를 참관하고 공부 삼아 구석구석을 살펴보았다. 전국에서 58만여 명의 관광객이 찾았고 치즈와 농특산품 판매, 관광수익 등 수십억의 지역경제 파급효과로 대성공한 농촌축제의 모습을 확인했다. 해마다 지역의 축제 인력을 양성하고, 장미정원 등 일회용 꽃 구입이 아닌 영구인프라를 축적해나가는 지속 가능하며 바람직한 관광 축제로 평가된다. 지정환 신부가 뿌린 임실치즈의 브랜드 씨앗을 잘 키워낸 무소속 3선의 지방 행정 전문가 심민 군수가 농가들과 손잡고 울력하며 지속적으로 추진한 결과, 임실치즈로 마침내 10차산업 기반을 구축한 성과다. 같은 시기에 치러진 전북 도내 10여 개 축제 가운데서도 전북 대표축제로 우뚝하게 평가된 임실치즈축제에는 지정환이라는 사람, 치즈 산업 선구자의 헌신이 있었다.

임실성당 주임신부로 부임한 벨기에 출신 천주교 신부 지정환(1931~2019)은 가난에 시달리는 농민들을 돕기 위해, 산양의 젖으로 치즈를 만드는 도전을 했다. 1967년 벨기에 부모로부터 받은 2천 달러를 종잣돈으로 한국 최초의 치즈 공장을 임실에 세운다. 본래 치즈 전문가가 아닌 그는 시행착오를 거듭하고, 3년이 지나도 별무 성과였다. 지정환은 동료 신자들과 치즈 본산지인 프랑스, 이탈리아를 견학하면서 치즈의 핵심기술을 다시 배운 덕분에, 1969년 한국 최초

의 임실치즈 생산에 성공하게 된다. 지정환의 마케팅 활동으로 임실 치즈는 서울의 특급 호텔, 외국인 전용 상점에 납품되면서 명성을 얻었다.

임실 치즈라는 고급 브랜드와 유통망을 확립했다. 성공을 확인한 후 임실 치즈 공장을 주민협동조합으로 전환하고, 지정환은 치즈 공장의 운영권, 소유권을 목축 농민들 조직인 임실 치즈 협동조합에 양도한 후 웃으면서 손을 뗀다. 오늘의 임실 치즈의 성공에는 사심 없이, 농민과 지역을 살리고자 지혜와 열정을 쏟은 선구자 지정환 신부의 헌신과 도전이 있었다. 만약에 심민 군수가 전임군수 때 하던 짓이라고 임실치즈 브랜드를 버리고, 선거 공신들이 하라는 대로 신사업을 새로 벌였다면 오늘의 임실치즈는 결코 없었으리라.

임실에 한국 최초의 치즈 씨앗을 뿌린 사람 지정환 신부가 있다면, 고창에는 한국 최초로 K-발사믹 식초 산업의 생태계를 구축하는 사람 대산 정일윤(1956년생) 선생이 있다. 한국 발사믹 식초 협회 본부가 있는 대산면 해룡리 성인당 출신의 그는 일찍이 고향을 떠나, 굴지의 대기업 연구소의 우수 연구원으로 날렸다. 다시 사업가로서 도전한 패션 분야 기업 대표로서도 성공을 거두고는, 여생을 재능 기부로 나누는 삶을 살기로 마음먹고 자의로 현업에서 용퇴하였다.

고창 K-발사믹 식초 선구자 정일윤 선생

은퇴 후 사회 공헌을 위해 지혜 나눔을 실천하는 '위더스위즈덤센터'를 운영하고 있다. 아울러 국민 건강과 농촌 살리기를 위해, 발효 식초 산업을 육성하여 K-푸드의 선봉장인 K-발사믹 식초의 생태계를 만드는 일에 여생을 바치기로 한 것이다. 지난 5년 동안 정일윤 회장과 가족들이 자기 돈 써가면서 헌신한 결과, 기적 같은 일들이 생겼다. 일약 고창이 발효 문화의 한반도수도가 되고 있는 것이다. 고창군 관내에는 민간 개인 주도의 고창 발효 연구회, 식초 사업자 중심의 고창 발사믹 식초 협회가 생겨나고, 사업체와 매출이 선포 시보다 10배 이상 급증하고 있다. 7대째 가업을 잇는 고창옹기의 초항아리에 발효한 식초가 서양의 오크통 발효방식보다 산도가 50% 이상 높은 것을 실증하자, 초항아리 구매가 늘어 고창옹기도 되살아났다.

항아리발효 식초를 활용한 세계 최초의 발사믹 구슬 식초, 고체 식초 등 특허 기술을 회원들에게 이전하고, 창업 펀딩을 지원하여 2022년 식품 펀딩 사상 최고의 성과를 거두었다. 올해에도 발사믹 활용 브런치 소스를 개발하고 크라우드 펀딩을 성공시켜, 한국형 발사믹의 가능성을 보여준다. 한국 발사믹 식초 협회를 창립하고 회장으로 봉사하면서, 극동대, 순천향대병원 등과 협업하여, K-발사믹의 표준과 품질인증기준을 정립하였다. 정회원사 48개사 83명, 연구회원 46명, 단체회원 3단체, 특별 회원 7명, 일반회원 420명, 총 556명으로, 규모나 활동력 양면에서 현재는 한국 최고의 발효 식초 조직으로 키워냈다. 협회창립 4주년 기념사에서 정일윤 회장은 "신세계백화점을 비롯한 고급유통망에서 다양한 입점 제안을 받고 있다. 전통 옹기발효, 자연 숙성 발효 등 한국형 발사믹만의 장점을 극대화하고, 식생활에 응용 가능한 다양한 레시피들을 개발 보급해 간다면 충분히 경쟁력을 가질 수 있다"고 자신감을 피력한다.

구만리 세계 식품 시장의 하늘길 비상하길

　이웃과 지역을 꼭 살리고픈 한 사람의 간절한 염원과 열정과 헌신적인 섬김이 가져온, 벽지 농촌이 부활하는 기적의 현장이다. 요즈음 군정에서 그가 따돌림당한다는 소문을 들은 발 빠른 시장 군수와 국회의원들이, 전폭적인 재정 행정 지원을 약속하며 그를 모셔가기 위해 애쓴다는 소문이다. K-발사믹의 신화를 쓰는 발사믹 식초 협회의 당호는, 그의 어머니의 아호라는 성인당(誠忍堂)이다. 정성을 다하고 참고 기다리라는 가르침은 발효학교의 교훈으로 꼬옥 어울린다. 어머니는 이미 아셨을까? 아들이 케이발사믹 식초 본부를 고향집 성인당에 두리라는 것을…. 장자의 붕정만리 이야기처럼, 사심 없이 큰 꿈과 비전을 가진 붕새가 큰 바람을 타고 나는데, 하찮은 참새들의 비웃음과 역풍 따위가 어찌 장애물이 될 수 있으랴? 정일윤과 함께 손잡고 구만리 세계 식품 시장의 하늘길을 비상하는 K-발사믹 식초 선구자들의 붕정만리 비행을 꼬옥 보고 싶다.

21

고창에도 대장동이 있다고?
장자산과 출장입상

지난 대선 전부터 가장 유명해진 동네 이름이 '대장동'이다. 착하게 사는 국민들을 분노케 한 희대의 초권력층 부패종합선물 꾸러미가 이른바 '대장동 한탕 사건'이다. 사회 정의의 마지막 보루라고 믿었던 대법관, 검찰총장, 검사장 출신 법조인, 정치꾼, 언론인 등 최고 학벌 권력자들이 국민을 배신하고, 끼리끼리 작당하여 소위 50억 클럽을 짜고 제멋대로 해 먹었다.

없는 자들에게 공적으로 가야 할 몫을, 가장 많이 가진 자들이 몰래 싸그리 먹어치웠다는 약육강식 끝판이다. 쩐신을 믿는 돈 종교가 모든 종교를 이겨 먹었다는 나라에서, 극도로 타락한 우리 정치사회의 압축판을 보여준 졸부천국의 부끄러운 자화상이다.

고창에도 대장동이 있다?

전국에 수십 개의 대장동이 있다고 하는데, 하필 성남시 대장동만 노른자위였을까? 그러고 보니 우리 고창에도 대장동은 있다. 대산면 대장리 장자산 기슭에 대장동이 있다. 장자산은 전시에는 대장군이 되고 평시에는 재상이 될 큰 인

물이 날 출장입상형(出將入相形) 장군 명당이 있다고 해서 장자산이다. 조선 시대에는 이 지역이 무장현 장자산면에 속했고, 고지도에도 나타나는 것을 보면 전략적으로 중요시한 산이었음을 알 수 있다. 장자산은 102미터의 그리 높지 않은 산이지만, 사방이 확 트여서 일망무제의 조망이 좋은 전망터이다. 장자산이 감제 고지로서 옛적부터 비범한 터임을 직감한 필자가 지표 조사한 끝에 고인돌 시대 장자산 천제단을 발견한 곳이다. 애초 풍수물형의 장군봉에 걸맞게 장군이 쓰는 투구봉, 깃발을 꼽을 천기봉, 장검등, 활모양 청도봉으로 둘러싸인 살기좋은 길지임을 보면, 장군장자 대장이었을 터이다. 어느 때인가 주역을 익힌 유학자가 주역의 좋은 괘인 뇌천대장(雷天大壯)괘를 따서, 크고 씩씩하다는 대장동(大壯洞)으로 쓴 것으로 보인다.

전 국민이 다 아는 성남시 대장동은 조선 시대 인조임금 태실이 있었던 명당이다. 태실에서 유래한 태봉산, 태장산(胎藏山)이 있어서, 태장리, 태장으로 불리다가 다시 대장(大庄)으로 변했다. 대장동 택지 개발 사업에서 돈 냄새를 맡은 돈 신문사 법조 전문 기자는 주역의 대장괘를 떠올리고 크게 한탕 해먹을 곳이라고 쾌재를 불렀던 것일까? 왕창 해 먹을 생각이 급하다 보니 대장괘의 교훈인 "바르게 해야 이롭다. 예가 아니면 하지 말라(大壯 利貞, 非禮弗履)"는 하늘의 뜻을 배반한 것이리라. 대장동 싹쓸이 사건 뉴스를 볼 때마다 국민들은 천화동인이니 화천 대유니 하는 요상한 회사 이름을 낯설어했다. 고작 5천만 원 자본금으로 순이익 1천5백억 원을 다 먹는 놀음판, 단군 이래 최대 돈 잔치판 음모를 짜낸 회사 이름을 모두 다 주역의 좋다는 괘명을 따다가 지었다. 천화동인, 화천대유, 지산겸, 휘겸 등이 분노하고 절망한 국민들께 주역 공부를 시킨 괘 이름 회사명이다.

몰래 끼리끼리에서, 열린 대동사회로 가라는 '천화동인'

이 기막힌 큰 판을 설계한 기자가 대학에서 동양철학과를 나왔으니 주역 겉핥기를 한 것이다. 얄팍한 주역 공부 덕분에 주역에서 형통한다는 괘명을 따서

간판으로 내걸고 대박을 노렸다. 사람 살이의 지혜를 가르치는 동양 최고 고전 주역은 분명하게, 하늘의 뜻을 따라야만 허물이 없고 길하다고 했는데도, 돈 종교에 심취한 그들은 탐욕에 눈이 멀어 하늘을 보지 않고 돈만 본 것이다. "하늘 그물망은 성긴 것 같지만 결코 빠트리지 않는다"는 노자 도덕경 말씀처럼, 하늘에 지은 죄는 씻을 길이 없다. 한국 최고 학벌, 최고 권력자들끼리 패거리 클럽을 짰는데, 누가 우릴 감히 치겠는가 하고 마음 놓고 해 먹었다. 하늘과 역사는 누구도 감싸지 않고, 하늘의 법도와 춘추의 필법으로 재판하고 기록할 뿐이다.

대박 전문 회사 천화동인 덕분에 학창시절에 배운 한국 문학 동인 시대, 동인(同人)지 이름이 떠오른다. 본래 주역의 천화동인 괘는 "어울림의 정신을 나타내며, 서로 어울려 지내면서도 서로 다른 점을 인정하는 화이부동"의 교훈이다.(김기현,《주역》) 문학의 동행 길에서 뜻이 맞는 문인들끼리 화이부동으로 사귀면서 집필활동을 함께 하고 같이 책을 낸 것이 동인지다. 이 동인의 어원이 바로 주역의 천화동인괘다. 1919년《창조》를 시작으로 20년에《폐허》, 22년에 발간된《백조》등 동인지가 이어져서, 그 시절을 동인 문학 시대라고도 부른다. 9인회, 시인부락, 청록파 시인 등도 동인지 이름이었고, 그 시절 한국 문인들은 거의가 동인지에 작품을 발표했다. 무수한 동인 문학회와 동인지가 한국 문학사를 주도했고, 오늘날까지에도 활발하다. 예술의식과 마음으로 어울리고 소통하던 문학인의 산실인 동인의 착한 이미지를, 대장동 한탕파들이 갑자기 천하의 악명으로 만든 것이다.

노벨문학상 수상 작가 한강을 낳은 한승원 작가의 문학 스승인 김동리는 서정주, 김달수 등과 시인부락 동인이었다. 한강의 석사 논문 주제였던 이상 시인은 정지용, 이효석, 유치진 등이 활약한 9인회 동인으로 활동했다. 노벨문학상 수상 작가 한강의 문학 유전자 속에는, 한국 문학 선배들이 식민지 광야에서, 문학 동인들과 어깨동무하며 축적해 온 한국 문학의 정수가 응결되었을 것이다. 식민지, 내란, 군사독재의 폭압을 이겨내고 한국의 정신 문화를 지켜온 무명의 한강, 무수한 한강처럼, 한국문학이 보여준 착한 동인 활동을 돕고자, 국운 상승기 한류의 때를 만나 하늘이 한강에게 선물을 주신 것이리라.

본디 주역의 동인괘는 들판처럼 공개적으로, 하늘과 소통할 공공심을 가지고, 사람을 모으고 함께해야 형통하다는 뜻이다. 나랏일 하려는 자들이 들판이 아닌 밀실에서 남모르게, 널리 좋은 인재를 쓰지 않고 가족끼리, 동창끼리, 선거 브로커끼리, 당파끼리만 해먹을 생각으로 패거리를 짜고, 광기의 팬덤으로 여론을 조작하여 공직을 훔칠 음모를 꾸민다면, 어찌 하늘이 그냥 두겠는가?

스스로 돕는 이를 돕는 하늘, '화천대유'

화천대유 괘는 크게 소유한다는 말뜻처럼 크게 형통한다는 괘다. 태양이 하늘에서 만물을 비추는 형상을 본받아, 군자는 악을 제거하고 선을 앙양하여 아름다운 천명을 따라야 좋다(遏惡揚善 順天休命, 김기현, 《주역》). 오직 권선징악하며 살라는 하늘의 명을 따라야만 크게 형통한 괘다. 나라 덕분에 모든 것을 누린 대장동 일당들은, 탐욕이 지나쳐서 덜 가진 자, 못 가진 자와 공공의 몫까지 배 터지도록 훔쳐 먹었다가 탈이 난 것이다. 인문학의 나라 조선 선비의 지조를 지키게 한 6자 비결, 퇴계가 수행법으로 강조한 경구가 "하늘의 뜻을 보존하고 사람의 욕심을 막으라는 존천리 알인욕(存天理 遏人慾)"이었다. 사람이 하늘 뜻을 받들고 사리사욕을 억제하기가 그만큼 어려운 일이다.

착하게 농사짓는 농민들도 잘 지은 벼농사 끝 무렵에 가끔 욕심내다가 낭패를 보곤 한다. 수확량을 늘리려고 마지막에 주는 이삭거름을 과욕으로 너무 많이 준 곳은 어김없이 쓰러진다. 하늘의 도가 그렇다. 하물며 가진 자, 누린 자, 공직자가, 끼리끼리만 크게 해 먹는 화천대유를 꿈꾼다고 해서야 천벌을 어찌 면하겠는가? 《주역 계사전》은 화천대유의 하늘이 도와주는 내용설명에서 "하늘은 순수한 사람을 돕고, 사람들은 진실한 사람을 돕는다. 그가 진실하고 순수한 가치를 추구하고 지혜를 숭상하므로 하늘이 알아서 돕는 것이다." 우리가 흔히 쓰는 지성이면 감천이다는 가르침이다.

천화동인과 화천대유 자회사로 유명세는 좀 떨어지지만 지산겸과 휘겸이란

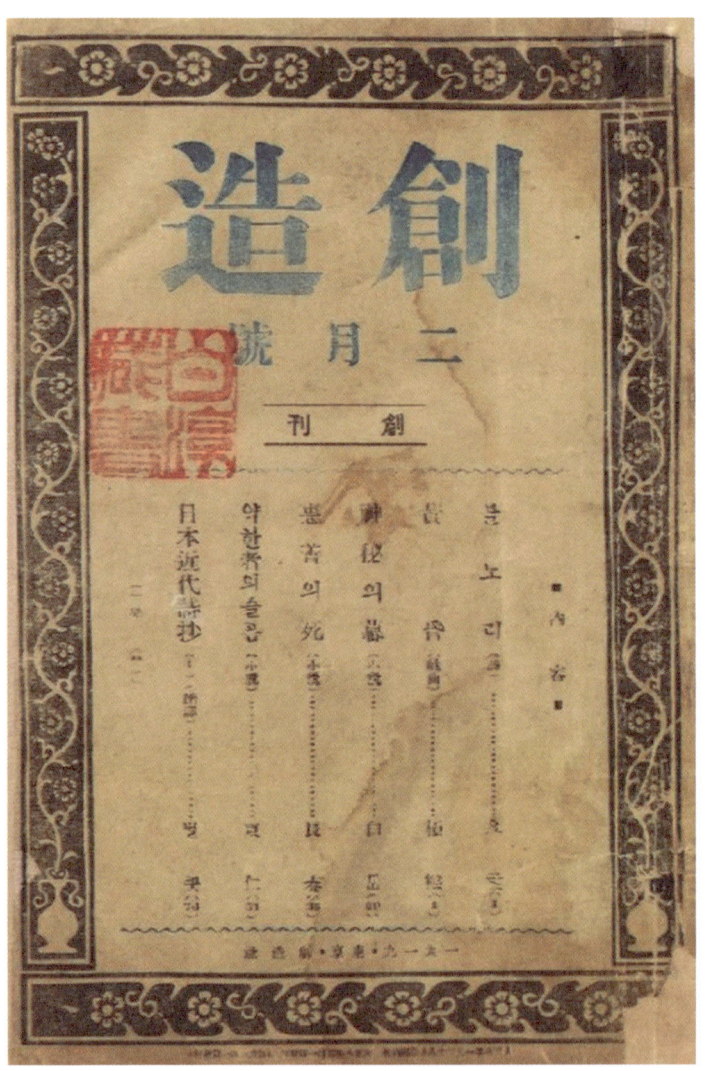

회사도 있다. 주역의 지산겸괘와 겸괘의 효사에서 따온 휘겸이다. 세상을 바꾸려면 착한 사람을 많이 길러야 한다는 신념에서 벼슬과 서울을 버리고 낙향하여, 도산서당에서 도덕적 인재양성에 힘쓰신 퇴계 선생이 가장 좋아한 괘가 지산겸괘라 한다. 서울 북촌의 한옥 문화공간 휘겸재도 주역 지산 겸괘의 휘겸을 따온 당호다. 높은 산이 몸을 낮추어 땅속에 있는 모양을 보고, 군자는 "가진 자의 것을 덜어서 없는 자에게 보태주라"는 교훈인데, 회사 간판은 지산겸으로 걸고 도리어 없는 자 몫까지 착취했으니 동티가 난 것이다.

사서삼경 중 하나인 주역은 우주 변화의 원리를 밝힌 동양의 고전이다. 상경의 30괘로서 천지운행원리를 설명한 뒤에, 사람 살이, 인사의 지혜를 밝힌 하경 첫 번째가 모두 함(咸), 다 함 자의 택산함괘(澤山咸)로 시작한다. 사람 살이는 소년 소녀의 교제처럼 서로 잘 소통하며, 함께 더불어 공생하고 동고동락해야 한다는 뜻이다. 호남가의 첫 구절이 함평천지인 것도 동양 정치철학의 근본정신인 "모두 함께 태평성대를 누리자"는 함괘의 상징인 것이다. '인심은 함열인데'의 함열도 다 함께 기뻐해야 좋은 세상이란 지명이다. 여민동락, 무릇 국민과 더불어 동고동락해야 바른 정치다. 내로남불 패거리 정치는 하늘이 외면할 행태다.

한강의 열풍을 타고, 인문 한국·문화 대국으로

우리가 그토록 기다리던 한강의 시대가 마침내 온다. 한글로 쓴 한국인 노벨 문학상 수상자가 온다. 그것도 불행한 현대사의 그늘을 조명하는 작품을 썼다는 누명을 쓰고, 야만의 권력에 의해 핍박받은 여성 작가가 온다. 식민 지배와 전쟁의 잿더미 위에서 이룩한 한국의 경제 성장을 "한강의 기적"이라 부른다. 물질적 후진국에서 선진국으로 판을 바꾼 변혁을 스스로 해낸 한국인의 저력을 보여준 역사다.

이제 다시 노벨 문학상 수상을 분수령 삼아, 문화국가 인문 한국을 깃발로, 문화 대국 한강의 기적을 만들어 갈 때가 온다. "한강의 인문학 쓰나미"가 대장동 사건 같은 불의의 경제와 구조적 폭력 정치, 철 지난 이념 논쟁, 광란의 팬덤 정치를 싹 쓸어버리고, 정신 문화 선진국 대한민국에서 모두 함께 동인하고 대유하는 홍익인간 나라를 열 때가 온다. 수상 1주일 사이에 그녀의 책 백만 부가 팔렸다. 불황에 허덕이던 출판 업계, 문학계, 인문학 전반에도 한강의 열풍이 불어온다.

박세리 우승이 신호탄이 되어 한국 소녀들이 앞다투어 진출하여, 꿈의 미국 프로 골프판을 한국 선수들의 앞마당 놀이터로 바꾸었다. 지구촌 문화판에 이제 한강이 떼 지어 온다. 겨레의 청년들에게 문학과 인생에 대한 무한한 가능성과 꿈을 주는 한강이 온다. 한국 최초의 노벨문학상 수상, 아시아 최초 여성 수상이 한국의 문예 부흥 시대를 열어갈 엄청난 동력이 될 것임은 명약관화하다. 퇴계가 꿈꾼 착한 사람이 활개 치는 좋은 정치판의 선진국, 백범이 소원하던 문화 대국 대한민국의 새날을 열 상서로운 기운이 온다.

한강의 노벨상 수상 이유가 "역사적 상흔에 대항하고 인간의 삶의 취약성을 드러낸 강력한 시적 산문"이라고 평가했다. 그녀는 불의한 정권에 의해 불순한 작가명단에도 올라가 해외 문학계 진출에도 불이익을 받아왔다. 그의 작품은 경기도교육청의 금서목록에도 올랐었다. 지금 이 시대에 국내에서 벌어지는 치졸한 이념논쟁, 패거리정치, 끼리끼리 다 해 먹기가 지구촌의 상식으로 보면 비웃음거리라는 것이다. 역사의 그늘에 가려진 없는 자 못 배운 자 소외된 자와 함께 걸어온 그녀의 발길이 문학의 마땅한 지향점임을 시사하는 노벨문학상이 한국 여성에게 온다.

한강의 열풍이 '초 권력층 부패 꾸러미'와 '쩐 종교', '돈 숭배' 풍조도 날려버려라! 주역의 경구 하나가, 백석의 시 한 수가 50억보다 가치 있다는 소년소녀들이 손잡고 나오면 참 좋겠다. 부끄러움과 분수를 아는 착한 사람이 많아지는 상식이 통하는 나라, 기본을 회복한 문화 강국 대한민국 시대, 문예 중흥 시대가 열리기를 간절히 빈다. 한강의 시대에 대한민국 국운이 온다.

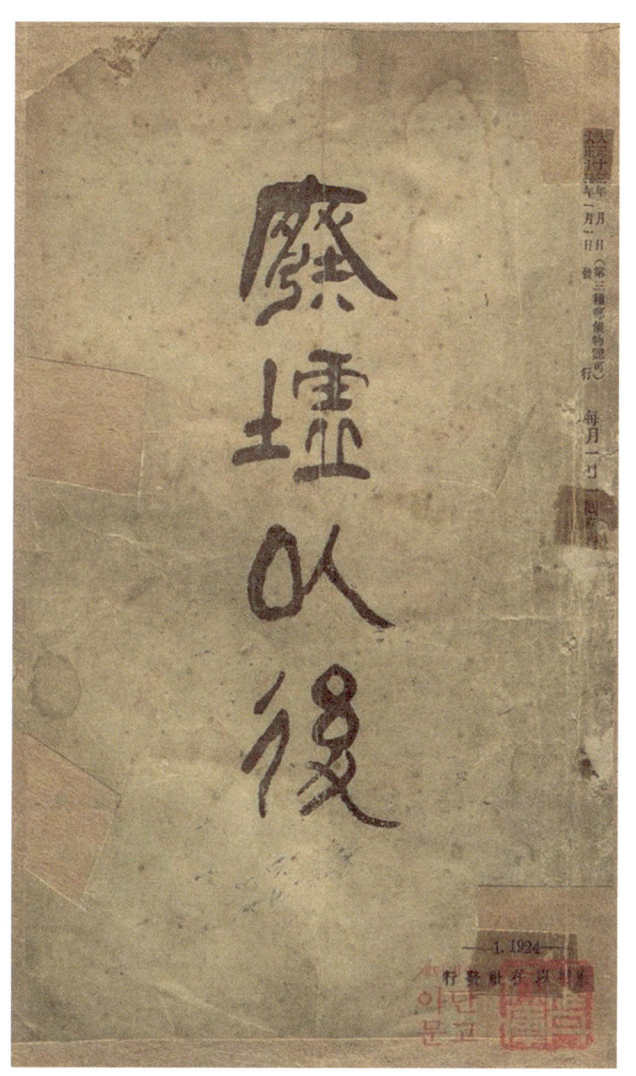

22

나의 살던 고향의 꽃동네,
꽃심 이야기

한국인의 영혼 노래 〈고향의 봄〉은 우리네 고향 마을을 복숭아꽃, 살구꽃, 아기 진달래 꽃피는 산골로 그렸다. 땅이름에 꽃이 들어간 곳은 귀한 자손이 번성하길 바라는 인문학적 염원을 새긴 지명이다. 옛날에 매화꽃이 많이 피어서 매산, 매원, 매남이라거나, 연꽃이 많아서 연화촌, 연지동, 연화봉이라 했다는 식의 유래 설명은 한국 전통문화의 바탕 사상 인식이 부족해서 저지르는 잘못이다. 옛날 평화동 사거리에 큰 꽃밭이 있어서 꽃밭정이라 했다는 설도 대표적 오류다.

꽃 이름이 들어간 대부분의 지명들은 살기 좋은 터라는 매화낙지, 도화낙지, 모란반개, 연화부수, 연화도수, 작약반개, 작약미발형 등 풍수 형국을 따서 지은 지명이다. 이 땅이름에는 후손들이 자자손손 꽃향기처럼 세상에 선한 영향력을 끼치는 귀한 인물이 되고, 무성한 열매처럼 자손이 번성하길 기원하는 간절한 비나리 기도가 담긴 지명인 것이다.

인걸은 지령이라고 하듯, 인물은 고향 땅 기운을 받고 태어난다. 효녀 심청의 고향은 복숭앗골 도화동이다. 박헌봉이 엮은 《창악대강》에 수록된 가사체 춘향가 사설은 "절대가인 생겨날제 강산정기 타서난다. 송악산이 수려하여 황진이 생겨나고, 양천초당 절승하여 허난설헌 살았었고, 멸악산맥 도화동은 심낭자 종출이라, 호남좌도 남원부는…"으로 시작한다. 효녀 심청은 멸악산 도화낙지 명당 발복이고, 조선 제일 여걸 황진이, 허난설헌도 산천 정기 덕분이라 한다.

마포구에 토정로라는 도로명으로 기록된 인물, 토정 비결 저자라고 알려진 토정 이지함(土亭 李之菡, 1517년~1578년))은 소년 시절 마포나루 도화낙지 도화동에서 흙집 움막정자를 짓고 살아 호를 토정이라 했다. 미당 서정주도 스승 석전 박한영 대종사를 만나기 직전 시기인 만18세 당시 고향인 고창에서 상경하여 마포나루 인근 빈민촌에서 넝마주이 생활로 방황기를 보낸 곳도 바로 이곳 도화동이었다. 토정과 미당의 비범한 기인 행각도 도화낙지 기운 탓이었을까?

전주 완산 칠봉 '꽃밭정이'는 꽃 대궐 명당

고매한 인격을 상징하는 매화향처럼 고결한 사람 향기가 세상에 퍼져나가 듯, 귀한 자손이 이어진다는 대표적 매화낙지는 칠곡군 왜관의 이수성 전 총리 생가 마을 매원이다. 안동 하회, 경주 양동과 함께 영남 3대 길지로 꼽는 곳이다. 칠곡 인물은 매원에서 다 나왔다고 할 만큼 이총리의 광주 이씨 집안은 종택인 대사헌 이원록 이후 현대까지도 걸출한 인걸들을 배출한다. 이준석 개혁신당 대표도 이 집안 후손이다. 매원의 사람 키우기 전통을 잇고자 칠곡군의 군화도 매화로 정한 것이다. 군의 꽃을 정하는데 인문학적 고려를 한 대표사례다.

또 한 곳은 3성 8현이 나올 충청 제일 길지라는 부여의 곡부실, 곡부서당 마을이다. 이 서당에서 서암 김희진 선생을 만난 서울법대생 김기현은 세속적 출세길인 고시 공부를 버리고, 한학에 입문하여 동양 철학자, 퇴계학자로 전북대 교수, 고전번역원 전주분원장을 역임하며, 이 시대의 선비로 학처럼 고고한 삶을 살고 있다. 해동경사연구소장 성백효, 성균관 한림원장 김신호 선생 등도 이

서당 출신이니, 매화꽃 명당이 한국 현대 유학의 산실인 셈이다.

완산칠봉 외 7봉 삼천·평화동 방면 꽃밭정이 네거리도 옛날 큰 꽃밭이 있어서가 아니라, 풍수상 꽃명당 단지라서 꽃밭정이다. 완산칠봉 중 삼천동 쪽에서 오르는 봉우리가 도화봉, 매화봉, 모란봉으로 도화낙지, 매화낙지, 모란반개형으로 풍수상의 꽃 대궐 명당에서 유래한 것이다. 매화봉은 완산도서관 뒤편 내 7봉에도 또 하나가 있다. 곤지봉 뒤가 매화봉인데, 남부시장에서 완산 7봉으로 건너는 다리가 매곡교이다. 매화낙지 매화봉 골짜기 가는 길이라서 매곡교(梅谷橋)인데도, 매화봉과 매곡교 유래를 기억하는 전주사람도 드물어서 아쉽기만 하다.

전주사람이 매곡교를 매일 건너면서도 매화봉과 매화꽃 지는 사연도 모른다면, 완산칠봉의 역사와 풍류도 사라지고 만다. 그러기에 필자가 전주시 공원 담당 국장 시절에 1, 2, 3봉 식으로 아무 의미 없이 세운 표지판을 고증을 거쳐 본디 이름을 찾아 주었고, 평화동 사거리도 꽃밭정이 네거리로 도로명을 바로 잡았다.

왜 못다 핀 꽃, 떨어진 꽃이 좋을까?

매화는 매란국죽 사군자의 으뜸이다. 추운 눈 속에서 피어나는 설중매는 강인하고 고고한 선비의 기상을 상징한다. 그러기에 퇴계 선생과 고창 유학 보정 김정회 등 선비들이 매화를 연인 삼아 수백 편의 한시를 남겼다. 철골개화(鐵骨開花), 수백 년 묵은 고매에서 피는 매화는 군자 정신, 구도 정신을 상징하기도 한다. 한국의 천연기념물 고매는 백양사, 선암사, 화엄사 등 고찰에 다 있고, 고승들 거처에도 매화를 당호로 쓰기도 했다. 흔히 연꽃은 불교, 매화는 유교를 상징하는 것으로 잘못 알려졌으나, 우리 전통사상은 항상 유불선이 하나로 어우러지는 포용 사상이다. 송나라 유학을 꽃피운 대유학자 주돈이는 연꽃을 꽃 중의 군자라고 평하는 연꽃 애찬론《애련설(愛蓮說)》을 지었다. "연꽃은 진흙 속에서도 더러움에 물들지 않고, 맑은 물에 씻겼으나 요염하지 않고 향기는 멀리서도 더욱 맑고, 고요하나 꼿꼿이 서 있는 꽃 가운데 군자로구나."

이왕이면 꽃은 활짝 핀 꽃이 좋지 하필 떨어진 꽃이 좋다고, 길지 명당은 꽃 떨어진 자리란 말인가? 여기에도 한국 전통 사상의 우주순환 법칙이 숨어 있다. 근묘화실(根苗花實), 뿌리에서 싹이 나고 꽃이 피고 지고 열매 맺는 게 식물의 순환 법칙이다. 이것을 춘하추동의 변화, 조부모, 부모, 나, 자식으로 순환하는 집안의 승계번성, 명리학에서는 연월일시 사주에도 비유한다. 꽃이 떨어져야 열매를 맺기에 개화보다 낙화가 좋다고 본 것이다.

익산시 용동면 화실리라는 지명도 여기서 화실을 취한 것이다. 모란과 작약의 경우는 못다핀 꽃을 선호한다. 작약미발형, 모란반개형처럼 떨어진 꽃보다 덜 핀 꽃을 좋다고 쳤다. 커져 가는 희망의 초승달과 반달을 보름달보다 좋게 보는 것과 같은 이치다. 물위에 사는 연꽃은 물 위에 떠 있는 모양의 연화부수형(蓮花浮水形), 연꽃이 지고 연실이 무거워져 수면을 향하는 모양인 연화도수형(蓮花倒水形)이 있다.

고창 대표적 연꽃 명당, 원불교 성지

고창의 대표적 연꽃 명당은 선운산 연화봉, 심원면 화산리 연화마을, 대산면 연동, 연화마을, 무장 덕림리 연화마을과 사찰 연화사, 성내 덕산리 백련, 생근 마을, 아산 호암마을이다. 특히 심원면 연화봉 초당터는 원불교 새 회상을 여신 소태산 대종사께서 개교 직전 혹한의 겨울 삼동을 정진한 성소로서, "소태산 연화 삼매지"로 고창군 문화유산으로 지정한 원불교 성지다.

대표적 매화낙지 명당은 대산면 매산마을, 아산면 학전리 매동, 매사, 해리면 나성리 매남, 신림면 만화마을 등이다. 대산 매산마을 광산김씨 입향조 김오행이 아호를 매은(梅隱)으로 지은 걸 보면 매화낙지에서 후손 발복을 꿈꾸었으리라. 대산 중산리도 당초에는 매화낙지로 보고 풍매(風梅)라 했었다. 매화낙지에는 매실 안이라고 하여, 앞산은 매실 모양이 좋다고 한다.

아산 매동 동편 매사 마을은 이 매실 안이란 말이 매실앵이, 매시랭이로 변하다가 한자표기로 매사(梅査)로 변천한 지명이다. 대산면 춘산리 작약봉과 약산

마을은 피어나는 작약꽃 작약미발형이다. 그밖에도 무장면 송현리 작약동, 고창읍 화산리, 아산 남산리 꽃뫼, 무장 송계리 꽃봉, 해리 방축리 만화, 무장면 만화, 매산, 연방 등이 꽃동네다.

자손과 인물 번성을 기원한 매화낙지의 뜻을 살린 학교 이름이 대산면 매산초등학교다. 인재양성의 요람이었던 농촌학교들이 인구절벽과 지역소멸 시대를 만나서, 매산초교도 폐교위기에 처했다. 학교와 집안과 지역을 살리기도 죽이기도 하는 게 사람에 달렸다. 좋은 생각 선한 행동을 지혜롭게 실천하는 고창 사람 키우기가 열쇠다. 마을 조사를 하다 보니 예전에는 마을회관 건립비에 마을의 유래와 역사를 자랑스럽게 기록한 곳이 꽤 많았다. 요즈음은 회관 짓는 데 돈 낸 사람 이름과 이장, 노인회장 등 추진 위원 명단만 새기는 세태를 보면서 퍽 안타깝다.

문화 강국 대한민국이 지구촌 살릴 유일한 힘은 꽃심

내 고향을 자랑스럽게 기억하고 자긍심을 갖는 게 자기 정체성을 찾는 출발선이다. 우리 마을 이름에는 나를 살리는 무진장한 기도의 힘과 한류의 무한 콘텐츠가 담겨있다. 고향을 사랑한 최명희 작가의 불후의 명작 《혼불》 속에서 전주, 남원, 전북을 얼마나 아름답게 그려냈는가? 꽃심을 지닌 땅, 전북에서 낳고 자란 최명희의 꽃심은 21세기를 이끌어갈 문화력, 이른바 소프트파워다. 그윽한 매화향처럼 청정한 연꽃처럼 은근하면서도 웅숭깊은 한국 문화의 저력으로, 나라와 지구촌을 살려낼 귀한 자손들이 번성하길 간절히 기도하는 신새벽이다.

높고 빛나는 뜻의 기도를 높을 고창 땅에 새겨주신 선조들의 속 깊은 마음씨와 인문학적 식견에 새삼 탄복 감사한다. 매화가 꽃으로 엄동설한을 녹여내고, 진흙탕 속에서도 고결한 연꽃을 피워내듯이, 정신과 뜻이 돈과 권력을 이겨내는 사람 농사가 지역을 살리는 길이다. 문화강국 대한민국이 지구촌을 살릴 유일한 힘은 꽃심이기 때문이다.

제3장

예향고창,
의향고창을 빛낸 사람들

23

소설 동리 정사로 부활한
문화 나눔 혁명가 동리 신재효

　9,000년 민족사의 가장 빛나는 인물을 꼽는다면 동리(桐里) 신재효와 해몽(海夢) 전봉준이다. 두 위인이 모두 방장산 벽오봉 정기 받은 고창 인물이다. 고창의 별칭으로 예향, 의향 외에 인물의 고장 고창이라고 부른다. 왜 고창에서는 걸출한 인재가 많이 나올까? 인걸은 지령(地靈)이고, 지령은 대대로 내려온 민중의 집단 염원의 응결체다. 고창 선인들의 집단염원인 사람 키우기, 봉황같이 태평성세를 만들 인물 출현을 고대하며, 봉황의 보금자리인 벽오동을 고창의 진산 이름에 붙인 것이다. 불운한 천재 신재효는 벽오봉에 숨겨진 인재양성 비밀 코드를 일찍이 알아챘다. 아호를 동리로 짓고, '동리정사' 사랑채 대문을 벽오봉을 향하게 놓고, '동리정사' 마당에 벽오동나무를 심은 것도 그런 염원을 담은 설계인 것이다.

　동리 신재효는 조선의 나라 판을 바꿀 봉황 알을 품기 위해 스스로 봉황의 둥지인 벽오동나무 마을(桐里)이 되어, 가진 것을 모두 사회에 돌려주고 헌신한 문화혁명가, 사회사업가다. 신재효가 가신 뒤 꼭 10년 뒤인 1894년에, 전라도 고

창의 '무장 기포'로 불붙은 동학농민혁명 진군의 불화살을 당긴 이가 전봉준이다. 전봉준은 소년 시절 매일 아침 고창읍 당촌 생가에서 벽오봉에 뜨는 해를 우러르며 꿈과 통을 키운다. 혁명의 불쏘시개와 도화선을 만드는 작업, 민중들의 사회 개혁 의식화 교육, 혁명 전사 양성과 조직화 사업 등을 벌인 예술 혁명 교육 사령부 격이 바로 신재효의 '동리정사'인 셈이다. 쿠바 혁명의 지도자 체 게바라는 그의 대표 시 〈나의 손끝〉에서 "아름다움과 혁명은 서로 대립되는 것이 아니다"고 통찰한다. 아름다운 문화 혁명가 신재효와 '동리정사'를 떠오르게 하는 시구다.

신분상 한계로 세속적 출세와 활동이 제약된 중인출신 신재효는 조선의 정치판을 확 뒤집고 싶은 울분과 통한을 판소리 귀곡성(鬼哭聲)으로 토해낸다. 부조리한 세상을 판갈이 하려면 꼭 봉황 같은 사람을 키워내야 한다. 소리꾼 꿈나무를 먹이고 입히고 키워내서 아이돌 스타를 만들고, 혁명의 선봉장으로 삼기로 한 것이다.

실제로 신재효가 키운 재인 홍낙관은 전봉준 휘하의 비밀병기인 재인 부대를 이끌고 농민군의 사기를 충천하게 만드는 맹활약을 한다. 한없이 강하고 아름다운 꽃심으로 세상을 바꾸려던 문화혁명가 신재효와 그의 선도적 문화복지 공동체였던 '동리정사'가 150여 년 만에 장편소설로 되살아났다. 케이팝 전성시대 탄핵 시국 소용돌이속에서 나온 《동리정사》는, 건축가 출신 소설가 이성수가 일생의 내공을 담아 이야기 틀을 짜 맞추고 정교하게 마무리한 장편소설 《동리정사》로 재건축되었다.

경쾌·상쾌·통쾌한 '3쾌'의 소설

'3쾌'의 소설이다. 경쾌하게 지은 소설, 상쾌하게 읽는 이야기, 읽고 나면 문화 대국 코리아가 당연하다는 통쾌한 믿음을 주는 소설이다. 통쾌한 이야기를 저술하려는 쾌술(快述) 이성수 작가의 신작 장편소설 《동리정사》를 읽었다. 신이 나서 행간까지 읽고 또 읽었다. 모처럼 눈과 귀가 시원해졌다. 소설 속의 무대와 주인공들이 마치 내가 보았던 영화 속 한 장면처럼 생생하게 그려진다. 왜 그럴까? '인문학 수도 고창'이 시절 인연을 만나자, 봉황을 기다리는 군민들의 집단 염원이 새겨진 벽오봉이 마치 봉황 춤을 추는 듯하다. 동리 신재효의 못다 피운 꿈, '동리정사' 혼불의 불씨를 다시 살려내는 일을 생애의 사명으로 알고 있는 필자가 기다리던 바로 그 이야기다.

오늘날 세계 문화의 줄기 흐름이 된 한류와 K-컬처의 못자리가 바로 《동리정사》다. 흔히 신재효를 판소리 여섯 바탕을 정리한 판소리의 아버지, 동양의 셰익스피어라고 부른다. 이것은 문틈으로 들여다본 신재효 평가다. 그는 '개판인 조선의 나라 판을 사람 판으로 바꾸라'는 하늘의 뜻을 받고 온 별이었다. 조선의 궁벽진 땅, 고인돌 시대와 모로비리국 시대 한때는 한반도 첫 문명 수도이던 고창으로 내려온다. 다시 '인문학 수도 고창', '문불여고창'으로 살려내라는 계시를 《동리정사》에서 펴고 가신 것이다.

판소리를 집대성한 그의 업적만으로도 한국 문학사에 해와 달처럼 빛나는 공적이다. 그러나 필자는 신재효의 판소리 업적 이외의 비교적 잘 알려지지 않은 공적들을 주목해야 한다고 외친다. 그는 판소리 사설로써, 동학농민혁명의 여건 조성, 민중 의식 교육을 실행한 아름다운 예술 혁명가다. 굶주리는 사람들을 구호하면서도 각자의 재능 울력으로 상부상조하게 하는 근대적 구호와 자활 복지 개념의 실천가다. 여성과 무당을 사람 취급도 아니하던 그 시절에, 신재효는 목숨 걸고 무녀 출신 진채선을 소리꾼으로 키워 기어이 경복궁 낙성연 무대에 세운다. 조선 여성의 하늘에 덮인 두꺼운 철갑 천정을 단숨에 깨뜨린 용기 있는 여성 인권 운동가 신재효의 모습이다.

가진 자·배운 자의 책무 다한 신재효의 '동리정사'

요즈음 말로 한국사 최초의 판소리 아이돌 스타 양성소, 예술 인재 양성 교육 기관이 '동리정사'다. 관약방으로 모은 집안 재산을 다 털어 문화 나눔과 예술가 지원 사업인 동리 운동(메세나 운동)을 행한 문화 나눔 선구자다. 이토록 숭고

한 뜻이 담긴 '동리정사'를 판소리공원으로 비하한 일은 역사 날조이고, 두고두
고 바가지 욕먹을 악명이다. 각자도생의 이기심과 토호들의 탐욕으로 지역 공
동체가 무너지고, 이념 타령 사당 정치로 대한민국 공동체가 위협받는 내란 시
국이다. 나눔과 봉사, 재능기부 헌신으로 가진 자의 책무를 다한 신재효 같은 참
지도자가 더욱 그리운 시절이다. 그는 사회 모순과 구조적 부조리 타파를 위해
서도, 폭력보다는 아름다운 문화예술과 교육으로 사람 사는 세상을 꿈꾼 꽃심
을 품은 혁명가다. 주술정권의 탐욕이 부른 탄핵 정국과 이념 전쟁 한복판에서
쓰인 《동리정사》를 읽다가 보니, 가진 자·배운 자의 책무를 오롯이 실천한 진정
한 위인 신재효와 《동리정사》가 더욱 빛나는 시절이다.

평산신씨 신재효 집안은 대대로 나눔과 기부를 실천한 고창의 적선지가(積
善之家)였다. 신재효가 중인 신분으로 통정대부, 가선대부 등 고위 직첩을 받은
것은 자선 구제사업 공로 덕분이다. 백부 신광협은 흉년에 300석을 기부하여
무장현 빈민구제에 앞장섰다. 부친 신광흡은 고창천 홍수대비용 비보탑인 오거

리 당산의 시설비, 모양성 작청 건축비도 기부했다. 흉년에 주민들의 구휼을 위해 때때로 수천 냥을 수시로 기부하였고 '동리정사'에서는 상시 무료 급식을 시행했다. 오늘날 메세나 운동이라고 하는 문화예술 지원사업, 소리 예술 기획 연구사업 등과 무료 숙박 시설인 '동리정사'를 자비로 세워 운영하였다. 이런 연유에서 필자는 외래어 메세나 운동 대신에 우리말 '동리 운동'으로 부르자고 오래전부터 제안하고 있다.

암흑의 탄핵정국 절정기에 헌재소장 문형배 재판관의 사람됨이 한 줄기 빛이었다. 진주에서 수많은 문형배를 찾아내고 키워낸 시대의 어른 김장하 선생의 '줬으면 그만이지(무주상보시, 無住相布施) 철학이 바로 고창 신재효의 '동리정신'이다. 시골 한약방으로 착한 돈을 번 신재효 집안과 김장하 어른의 아름다운 사람 결이 겹쳐 보인다. 시골 한약방보다 수만 배나 큰 부자들이 얼마나 많은 세상인가? 돈의 크기가 아니라 베푸는 사람의 마음 크기가 부자의 품격임을 보여준 어른들이다. 고창이나 진주 같은 변방 시골에서도 지구촌을 밝힐 봉황 같은 사람 농사가 얼마든지 가능하다는 본보기라서 더욱 기쁜 일이다.

조선천지에서 가장 아름다운 문화 공동체 '동리정사'의 한가운데 맥을 끊어버리고, 일제가 경찰서를 세우면서 공간은 해체되기 시작한다. '동리정사' 큰 집들이 사랑채 하나 남기고 없어지자 신재효의 동리 정신마저 역사 속으로 사라져버렸다. 광복 후 마땅히 예향 고창에서 먼저 챙겨야 할 일인데도. 역사의 혼불을 꺼버린 일은 아쉽고도 부끄러운 일이었다. 2018년 고창군은 '인문학의 수도', '치유 문화 도시 고창 만들기' 시책에 따라 신재효 문학상 제정과 동리정사 복원을 해내면서, 신재효와 동리정사 혼불이 되살아났다. 이어서 이성수 작가는 역사 속에 숨어 있던 신재효를 《동리정사》 소설로 불러내서, 오늘 아침에도 '동리정사'에서 춤추고 노래하도록 생명을 다시 불어넣어 준 은인이다.

동학과 판소리 혼불을 되살리는 이성수 소설가

최명희 작가의 《혼불》 이후 전주와 전북도의 문화적 상징은 '꽃심'이 된다.

21세기 후천개벽 세상에 문화 대국 코리아로 갈 수 있는 원동력은 바로 꽃심이다. 부드럽고 아름답지만 한없이 강하고 끈질긴 인문학의 힘, 문화의 저력이다. 동학농민혁명의 발상지 고창에서 녹두장군 이야기를 귀에 못 박히게 들으며 자라난 이성수 소설가다. 고창 출신 이성수 작가가 동학농민혁명과 판소리를 소재로 소설을 쓰는 것은 어쩌면 당연한 일일 것이다. 그러나 역사의 혼을 부르는 문학 작품은 어렵고도 비범한 작업이 아닐 수 없다. 그는 2012년 본격 정치 소설 《꼼수》, 2013년 《혼돈의 계절》 등 호평받는 장편소설을 써서 이미 주목받는 작가다.

동학농민혁명 2주 갑인 2014년 《구수내와 개갑장터의 들꽃》을 출간하여 고창의 동학농민혁명사를 현재진행형으로 소환해낸다. 이어서 농민군의 처절한 최후항전인 대둔산 전투 전후 상황을 그려낸 《칠십일의 비밀》을 출간하면서 동학농민군의 영혼을 진혼해 낸다. 동학사상과 문학을 접목하는 십여 년 작업의 내공이 켜켜이 쌓이면서, 자연스레 동학농민혁명의 복선을 깔아놓은 신재효

이성수 작가

의《동리정사》와 만난 것이리라.

천손 민족인 우리 겨레는 홍익인간이란 아름다운 문화 국가의 교육 이념과 건국 이념을 세우고 누렸다. 이제는 겨레의 아름다운 꽃심을 지구촌의 상생 철학으로 수출해야 할 시절이다. K-컬처 모국 문화 대국 코리아가 가야 할 길이다. 국격 추락의 내란을 수습한 국민 주권 정부는 다시 문화 강국 코리아, 문화 입국 제7공화국의 새 틀을 짜내라는 뜨거운 염원을 떠안고 있다. 문화 강국 코리아의 가능성과 당위성을 신재효와《동리정사》의 역사에서 확인할 수 있겠다. 동리 신재효처럼, 어른 김장하 같은 아름다운 부자들이 많아져야 과연 문화 강국 한국이다. 부자들의 문화 예술 지원 시책인 '동리 운동'이 혁명의 들불처럼 다시 번지기를 바란다. 과연 꽃심으로만 아름다운 문화 혁명이 가능하겠냐는 의문을 가진 분들은 신재효의《동리정사》를 만나보시라.이성수 작가 소설 속 양순채처럼 굶어서라도 죽고 싶고, 얻어맞아서라도 죽고 싶은 서러운 사람들도 다 품어주는《동리정사》다. 죽고 싶도록 세상이 원망스러운 사회적 약자들에게는 살아 남아야 할 희망을 솟게 하는 사람 살리는 이야기다. 의향·예향의 고창을 빛내주신 쾌슬 선생의 또 하나의 문학적 업적이다. 이성수 작가의 인생작

《동리정사》 상재를 거듭 심축한다. 이 시대의 동리 신재효와 '동리정사'가 줄지어 나오기를, 문화 대국 코리아를 주도할 봉황 같은 문화 인재가 지방에서 나오기를 간절히 기도한다.

24

고향으로 돌아오신
대한민국 법관의 표상 이홍훈 대법관

부끄러움도 잊은 '숫자 사회'

요즈음 우리 정치판은 정의와 양심의 분별심이라는 부끄러움도 잃어버렸다. 부끄러움도 옳고 그름도 분별할 수 없는 철면피들이 고위직 밥그릇 싸움에 내로남불 타령으로 부끄러운 현실이다. 양심의 마지막 보루여야 할 대법원장 후보가 문민 시대 이후 최초로 국회에서 부적격 판정을 받았다. 정치가 실종된 국회에서 애당초 상대측에서 깜냥이 안된다는 인사를 추천한 인사실패지만, 인사검증 시스템, 고위법관 인사시스템 전반의 개혁이 절실함을 보여준 모양새가 국민들을 웃프게 한다.

선진국 반열에 오른 한국 대법원장은 일반 국민의 평균적 역사관이나 윤리의식과 준법정신보다도 훨씬 엄격한 잣대가 요구된다. 일찍이 우리 전북은 수많은 정치 지도자를 배출하여 정부 수립 과정에서도 주도적 역할을 다했지만, 대한민국 사법부를 대표하는 법조 3성을 배출한 고장이다.

최근의 법조 인물 중 참 법관으로 양심을 실천하며 살다 가신 법조계 어른을 꼽자면 단연 고창 출신 이홍훈 대법관이 떠오른다. 대법원장 후보 낙마를 계기로 우리 법조계와 정치권이 청백리이며 유능한 법관이던 이홍훈의 발자취를 거울삼아, 법조계와 정부의 자성이 시작되면 참 좋겠다.

요즘 보기 드문 된 사람 '이홍훈'

조선 후기 정조와 함께 국가 개조를 꿈꾸던 다산 정약용이 한국사 최고의 청백리로 꼽은 인물은 고창 출신 무송유 씨 고려중기 문신 유응규다. 그는 수신제가에도 빈틈이 없었지만 금나라에 사신으로 가서 단식투쟁으로 황제에게 국서를 받아 국익에 헌신한 열정가였다. 그는 인품이 구슬처럼 곱다 해서 옥인(玉人)이란 호를 가진 인물이다. 다산의 청백리 기준으로 보더라도 요즘 보기 드문 최고의 법조 청백리로 이홍훈 대법관을 꼽을 수 있다.

이홍훈 대법관(1946~ 2021)은 고창군 흥덕면 출신으로 흥덕초, 전주북중을 거쳐 경기고와 서울법대를 나와 사시 합격하여 법조인이 되었다. 서울대 재학

시절 기본권과 민주화운동에도 깊은 인식을 갖추어 민주화 운동가인 손학규, 김근태, 조영래 등과 절친이었다. 훗날 민주주의자 김근태 의원이 어려운 일이 있을 때마다 조용히 찾던 친구가 이홍훈이었다.

대법관 퇴임사에 대법관이 아닌 법관 이홍훈이라고 썼을 만큼 법관을 명예롭게 여겼다. 대법관과 서울, 수원, 제주지법원장 등 법원 내 요직을 두루 거쳤지만, 그는 자신을 낮추고 상대를 배려하는 겸손과 근검한 생활이 몸에 배어 있었다. 가족들에게도 법관 가족의 마음가짐을 체화하도록 하여, 학교에서도 아버지 직업을 공무원으로만 적도록 했다고 한다.

그가 군 법무관 시절 아기 업고 찾아온 아낙네가 가져온 고기 한 근을 거절하면서 마음이 짠했다는 부인 박옥미 여사도 천상 법관 부인의 절제와 기품을 지니고 있다. 이 대법관 부부를 뵐 적마다 우선 온화하고 겸손한 인품에 머리가 숙여진다. 대법관 퇴직 후 고창 생가로 귀향하여 손수 땀 흘려 노동하여 버려진 고향집 주변을 아름다운 정원으로 가꿨다.

모 방송사에서 〈아버지의 정원〉이란 다큐로 제작하여 인기 몰이를 하기도 했다. 고창에서 살 때도 대법관의 낡은 소형차와 낡은 구두를 볼 때마다 우리 공직자들에게는 채찍이 되었다. 우주는 하나의 꽃, 삶과 죽음 모든 생명체는 하나로 연결된다는 철학을 실천한 그는 생사를 초월하는 대선사의 풍모를 체득했다. 돌아가시기 전해의 가을 구절초가 흐드러진 대법관의 정원에서 지역 예술인들이 열어준 작은 음악회 인사말은 생로병사를 초연한 도인의 경지였다. 암 판정 이후 여명이 2년쯤 된다 했는데 벌써 3년이나 살았으니 감사할 일이고 내년 음악회를 볼 수 있을지 모르겠다고 미소지으며 담담하게 말했다. 한 마디로 인간 이홍훈은 수신제가를 잘하신 요즘 보기 드문 된 사람이다.

국민의 기본권 수호를 위해 헌신한 유능한 법관

노무현 정부 시절 2005년 문재인 수석이 대법원장 후보로 추천하고자 그의 의견을 물었으나 고사했다. 당시 수원지방법원장이던 그는 대법관을 거치지 않

고 대법원장이 되는 일은 전례도 없고 바람직하지 않다는 공적인 이유였다. 법조인으로서의 그는 유능하고 소신 있는 진보적 판사였다. 환경법과 행정법에 정통하여 유명한 4대강 사업 집행 정지 판결에서 반대하는 소수 의견을 내었고, 그 후 그의 소수 의견서는 4대강 연구 조사자들의 필독서가 되었다.

환경권·일조권을 인정하는 최초의 판례, 노동자 파업의 업무 방해죄 구성 요건에서 노동자 권익 강화 판례, 법원 행정처에서 법원 도서관 독립 등은 법관이 국민 기본권의 마지막 수호자여야 한다는 그의 철학이 반영된 것이다. 법관 이홍훈은 소신 있고 유능한 법률 전문가였다.

은퇴 후에 귀향해서도 주로 공익적 활동을 지속한다. 전북대 석좌 교수, 사법 발전 위원장, 서울대 이사장, 법무 법인 화우 공익 재단 이사장 등으로 사회 공헌 사업에 힘썼다. 이찬희 전 대한변협회장은 이홍훈을 "따뜻함과 올바름을 지닌 선배, 소수의견 등 개혁 성향 판결로 강직한 이미지와 달리 한없이 소탈하고 푸근한 법조의 귀감"으로 평가했다.

고위 공직자, 은퇴 후 귀향하는 것도 '지방 살리기'

지방소멸을 막기 위해 모든 수를 다 써봐야 하는 비상한 시절이다. 이 대법관처럼 존경받는 고위 공직자 출신들이 은퇴 후 귀향하여 봉사활동을 한다면 고향 후배들의 든든한 병풍이 되고 지역 사회에 큰 도움이 된다. 고창군민 교양 강좌를 앞두고 급하게 가신 대법관님이 아직도 눈에 선하다. 요즘 대법원장 인사 청문회를 보면서 법관 이홍훈이 사무치게 그립다. 이런 법조인이 없는 것인가? 안 쓰는 것인가?

공자는 논어 자로편 중궁과의 대화에서 정치는 유능한 어진 인재 등용이 긴요하고, 어진 이를 등용한다는 소문이 한번 나면 유능한 인재들을 계속 추천할 것이라고 했다. 고시 출신 동기들 사이에서는 자연스레 장관감, 총장감, 대법관 감이라는 깜냥 평판이 나돈다. 가까이서 여럿이 평가한 평판이라 거의 정확하다. 깜냥이 되는 인재를 추천하는 인사 검증의 혁신, 하기 싫다는 사람도 깜냥이 되는 이를 찾아 쓰는 인사 발탁으로 정부와 공직사회가 신뢰를 회복하길 바란다.

25

황윤석 실학 도서관으로 부활한
조선 제일 책벌레 황윤석

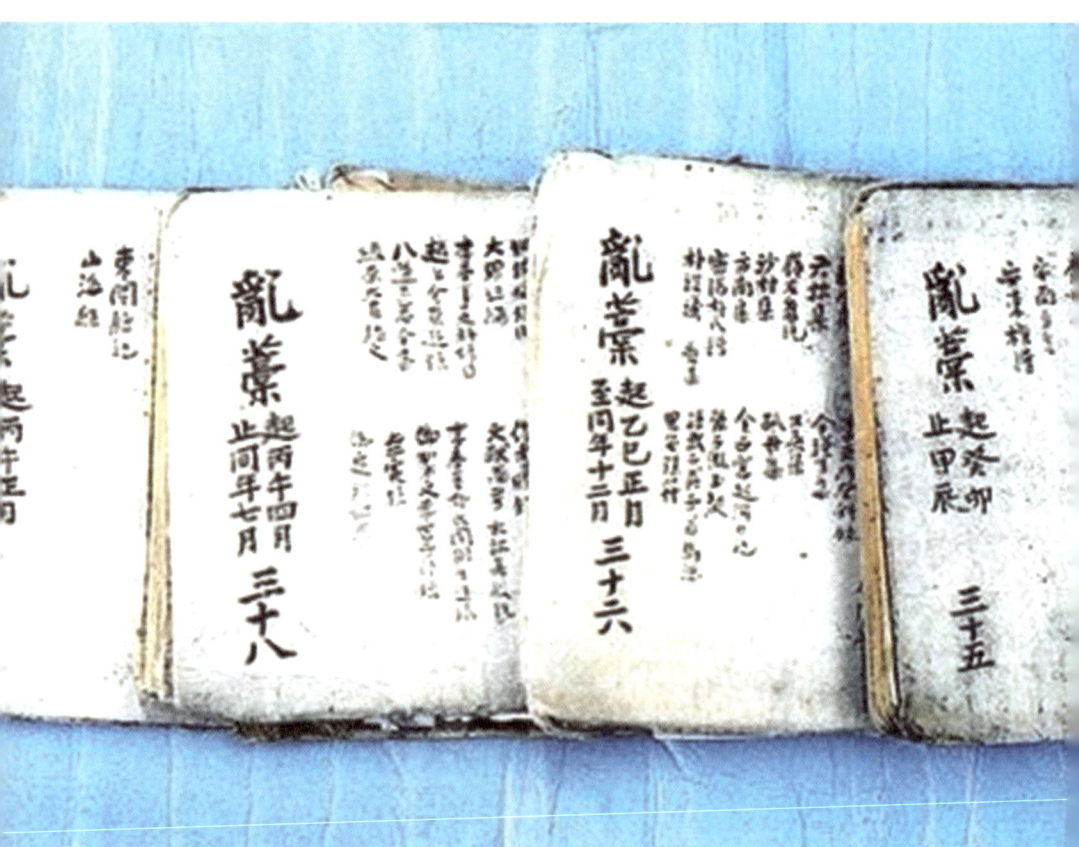

호남은 한국 실학의 못자리다. 실학의 씨를 뿌린 비조 반계 유형원이 《반계수록》을 쓰며 공부한 곳이 부안이다. 실학의 집대성자로 평가받는 다산 정약용이 《목민심서》 등 방대한 저술을 한 곳도 호남이다. 고창의 이재 황윤석(黃胤錫, 1729~1791), 순창의 여암 신경준, 장흥의 존재 위백규를 호남 3대 실학자 또는 호남 3천재, 호남 3걸이라 꼽았다. 실학이 싹트고 꽃피고 열매 맺은 본고장이 호남인데도 불구하고, 그간 학계에서 기호학파 등은 자주 언급하면서도 정작 호남파라는 용어도 없었을만큼 홀대받았다. 정치 권력에서 소외된 호남 출신 석학들이 학문마당에서까지 저평가된 것이 안타깝기만 한 현실이다.

조선 시대 생활사를 복원할 타임캡슐 백과사전이며 한국사에서 개인 저술로 가장 방대한 530만 자로 추정되는 《이재난고》라는 구슬이 진흙 속에 묻혀 있었다. 그 저자인 호남의 걸출한 대학자 황윤석도 그간 햇빛을 보지 못한 날이 길었다. 다행히도 8대 종손 황병무 국방대학교 명예교수가 희사한 퇴직금 2억 원을 종잣돈으로 전북대학교가 2007년 '이재 연구소'를 개설하여 체계적인 연구 작업을 시작하였다.

종손 황병무 교수는 흩어진 《이재난고》 자료와 목판본을 모으고 소유권을 확보하여, 2021년 고향인 고창군 박물관에 기증 기탁하였다. 후손, 전북대, 전북도, 고창군이 손잡고 울력하여 학술대회, 번역작업, 국가 보물 지정, 국가 중요 과학 기술 자료 등재 등을 본격 추진해 왔다. 마침내 첫 단추로 지난 주에 국가 중요 과학 기술 자료로 등재되어 《이재난고》가 조선 시대 과학 기술사의 핵심 사료임이 공인되었다. 후손들과 고창군 등 관계기관의 노력에 박수갈채를 보낸다. 2백여 년 만에 시절 인연을 만난 호남의 대박물학자 황윤석과 그의 백과사전인 《이재난고》가 다시 국가 공인의 햇빛을 보기 시작한 것이다.

'봉황의 경륜'을 가졌으나 날지 못한 '비운의 황윤석'

백과전서파 실학자인 이재 황윤석은 전라도 흥덕현 구수동(현재 고창군 성내면 조동리) 평해황씨 집안에서 출생하여 18세기 영정조 시대에 활약한 대박물학자다. 영조는 이재를 만나보고 '박학하고 진실한 선비(博學質實)', 스승인 석실서원 미호 김원행은 '호남의 참 호걸지사', 전라감사를 두 번이나 역임하고 황윤석 묘지명을 쓴 이서구는 '남녘의 걸출한 선비', 서명응은 '박학지사'라고 평가했을 만큼 박학하고 소박하며 옹골찬 학자였다.

황윤석은 "군자는 한 가지라도 모르는 걸 부끄럽게 여긴다"를 좌우명으로 삼아 평생 다양한 학문을 익히고 기록하기를 즐겼다. 성리학은 물론 천문, 지리, 어학, 역학, 수학, 음악 등 철학적 연구를 뛰어넘어 실생활에 도움이 되는 과학 기술 등 분야를 망라한 책 벌레, 공부 벌레였다. 이재의 증조부 황세기가 우암 송시열을 사숙하였고, 종조부 황재중은 기정익 문하에서 수학한 뒤에 강한 문필봉인 소요산 거북바위터에 구암 서당을 열고 후학을 양성했다.

황윤석은 관직 진출과 학문 배경의 인맥 형성을 위해 노론의 대표적 서원인 남양주 석실서원의 안동김씨 명문가 학자인 미호 김원행을 스승으로 삼아 인맥을 넓힌다. 황윤석의 뛰어난 학문에도 불구하고, 호남 출신, 배경 미약의 한계로

과거 시험은 거듭 실패하였다. 주변의 추천으로 장릉 참봉을 시작으로 모처럼 나간 목천 현감, 전의 현감 자리도 당쟁 갈등의 희생양으로 파직되는 등 경륜을 펼 수 있는 환경이 아니었다.

황윤석은 호남차별을 극복하기 위해서 호남 스스로 큰 인물을 키워야 한다는 주장을 펴기도 했다. 당시 정치사회 여건상 그의 능력을 마음껏 펴보지도 못한 비운의 천재였다. 필자는 고창 출신 대학자를 몰랐다는 자괴감에서 이재 연구소에 동참했고, 황윤석을 공부하기 시작했다. 호남 3천재의 풍수 사상을 연구한 《조선 후기 실학자의 풍수 사상》 책 서문에서 필자는 "당대에는 차별의 땅에서 사시며 큰 벼슬을 못하여 경륜 천하의 기회가 없었지만, 위대한 사상과 천지인을 달통한 학문적 업적으로 우리의 사표가 되어, 역사 속에 영원히 사실 위대한 호남의 3천재 세 분의 큰 스승께 못갖춘 이 책을 바친다"고 안타까움을 토로했다.

조선 생활사의 보물창고 《이재난고》

황윤석의 삶과 학문이 녹아있는 기본자료인 《이재난고》는 그가 10세부터 63세로 죽기 3일 전까지 53년간 일기형식으로 기록한 비망록, 연구 노트, 생활 일기이다. 시간순으로 기록한 연대기적 사료지만 황윤석 스스로 일기라고 하지 않고 '난고'라고 부른 것은 통상의 일기가 아닌 특별한 자료라는 뜻이리라. 황윤석의 박학과 호학의 태도가 잘 반영된 난고에는 매일의 행적, 생각, 시, 주역점, 정치 경제, 천문 지리 인사, 음악, 수학, 서양과학 등 실로 다양한 지식정보로 가득하다. 《조선 왕조 실록》 같은 관찬 사료의 한계를 메꾸어줄 귀한 자료가 많아서 흔히 조선 시대의 타임캡슐이라 평가된다.

예를 들면, 고창 선운사의 녹차로 약차제조법과 다도구를 그린 〈부풍향차보〉 기록은 가장 오래된 차 문화 관련 자료이다. 조선 수능생 문화와 배달의 민족임을 알 수 있는, 과거 시험 본 뒤에 냉면을 주문 배달시킨 기사, 고창 석정온천 개발의 실마리가 된 온수동 지명도 나온다. 우리 꽃 맨드라미의 어원이 범어 만다라에서 왔다는 어원연구 같은 재미있는 자료가 넘친다. 일찍이 《이재난

고》의 가치를 알아챈 한국학중앙연구원에서 1994년부터 10년 동안 필사본 초
서를 해독 활자화하여 전 9책을 발간하였다. 이로 인해 초서 자료의 한계를 넘
어 자료 접근이 용이해져 많은 연구가 시도되고 있다. 고창군과 전북도의 소액
지원으로 이재 연구소가 한글 번역작업을 근근이 하고 있으나, 국비 지원으로
조속히 번역 작업을 완료하는 일이 시급하다. 박사 학위 수백 개가 나올 사료가
한문의 벽에 갇혀 있다. 나아가 추진 중인 국가 문화재 보물 지정도 조속히 이
루어져서 무진장한 지식의 보고 《이재난고》가 국가적 지원으로 제대로 햇빛을
보기를 간절히 기대한다.

유현준 건축가의 공공건축으로 되살아난 '황윤석 실학 도서관'

만시지탄이지만 후손과 고창군 등 관계기관의 노력으로 비운의 대학자 황윤
석과 그의 보물 일기 《이재난고》가 햇빛을 보기 시작하여 퍽이나 다행이다. 나
아가 고창군은 새로 건립하는 군립도서관을 군민 의견 수렴과 지명위원회 전문

가들 심의로 '황윤석 실학도서관'으로 걸맞게 명명하였다. 가장 많은 책을 읽고 가장 많은 책을 쓴 호학의 상징 책벌레, 고창 출신 호남 3대 실학자 황윤석이란 이름은 도서관을 찾는 아이들에게 꿈과 희망을 줄 것이다.

또한 이왕 도서관을 지을 바에는 미래의 문화재가 될 화제의 공공건축으로 지역 살리기의 거점이 되도록 설계하였다. 공공 건축을 활용한 도시 재생을 기획하는 최고의 건축가인 홍익대 유현준 교수 생애의 야심 작품이다. 한국 최고의 건축 문화유산인 종묘에서 영감을 얻어 큰 나무 아래서 책을 읽는 느낌이 난다.

당초보다 2년 늦게 개관하였으나, 2025년 12월 개관하자마자 전국의 인문학, 도서관 건축디자인 애호가들이 줄지어 찾는 인스타 성지가 되었다. 벌써부터 차세대 문화유산이 될 공공건축물로 화제가 되었다.

26

광산김씨 노계 김경희와
정자건축의 꽃 취석정

인물도 자랑거리도 많은 고창 문화유산 중에 고창읍 화산리 호동마을에 있는 취석정(醉石亭)은 한국 전통역사문화의 보물단지다. 필자는 감히 한반도 제일 누정이라 꼽는다. 건물이 커서가 아니라 품은 뜻이 높고 크기 때문이다. 정암 조광조 학맥인 광산김씨 노계 김경희(蘆溪 金景熹, 1515~1575)가 1546년에 세운 것을, 1871년 후손들이 중건한 앞면 옆면 각 3칸의 아담한 정자다. 조선전기 대표적 개혁정치가로 기묘사화 때 죽임을 당한 스승 정암 조광조와 선비들의 수난을 지켜보고, 광릉 참봉을 하다 낙향하여 노산사 강학당에서 강학하던 부친 김기서에게 가학을 하고, 조광조와 문우이던 외삼촌 양팽손의 문하에서 본격 수학한다.

1534년 생원시에 합격하고 뒤이어 문과에 급제하였건만, 간신들의 농간으로 부당하게 불합격 처리를 당하고 중종이 위로 선물로 비단에 싸준 두보 시집을 들고 내려와야 했던 김경희의 심경이 어떠했을까? 다시 정적인 수십 명의 선비를 죽이는 을사사화를 보고는 벼슬을 아예 포기하고, 강학과 교우로 풍류 지사

의 삶을 살았다. 도학 정치와 입신양명의 청운의 꿈을 불의한 권력의 폭정으로 접어야 했던 마음의 깊은 상처를 싸매고서, 천상세계에서 우주의 주인으로 바른 뜻을 지키며 살고픈 김경희를 품격있게 살린 치유명소가 바로 취석정이다.

한국 전통 문화의 정수, 취석정에 어리다

벼슬길과 시절 인연이 없는 김경희는 주역의 천산돈(天山遯)괘 모양처럼 하늘만 보이는 산골에 아름답게 숨어서 바른 뜻을 지키기로 한다(嘉遯貞吉). 유학자의 근본 정신인 '하늘마음을 지키고 탐욕을 막으라는 존천리 알인욕(存天理 遏人慾)'을 팽개치고, 권력욕으로 정적 죽이기를 밥 먹듯 행하는 소인배들의 불의를 책망하면서도, 자신은 끝까지 천리를 지키는 군자의 길을 가고자 한다. 천상 세계에서 우주의 주인으로 떳떳하게 살고 싶은 그의 속마음을 취석정 구석구석에 새긴 것이다.

취석정 터 잡기에 특이한 점은 북두칠성 고인돌, 칠암을 울안에 들인 점이다. 북두칠성 바위가 있어서 정자 안은 천상 세계가 된 것이다. 주변에 고인돌 14기가 있는데 담장안에 유독 천문대 고인돌 7기만을 들인 것은 북두칠성을 곁에 두고 천리를 따라 살고 싶었던 까닭이리라. 칠성 고인돌은 국자모양의 네 별을 연결하면 하지, 춘추분, 동지의 일출 방위를 맞춘 천문대다. 일 년 사시 태양과 별자리 운행과 주요 지형의 방위각을 알 수 있다. 천지인 상생으로 하지축 고인돌은 방장산 벽오봉에, 동지축은 화산 등선봉에 각각 맞춰져 있다.

독특한 정자명 취석정은 도연명의 풍류 경지를 닮고 싶은 심정이 드러난다. 벼슬을 버리고 낙향하여 풍류객이 된 귀거래사의 도연명이 술에 취해 눕곤 했다는 연명취석(淵明醉石)에서 따온 이름이다. 이곳에서 노계는 선조대 대문장가로 꼽히며 송강 정철의 스승인 외사촌 양응정, 정철의 맏형인 정자, 송인수, 이만영 등과 교유한다. 고창현의 산간 벽촌 취석정이 호남 문인들의 교유 무대로 호남 문학 중심이었던 셈이다. 사화와 정쟁의 소용돌이에서 겪어야 했던 쓰라린 상처를, 한잔 술에 취하여 북두칠성 위에서 별과 함께 노래하며 시문을 남졌다. 귀한 저술들이 불타버리고 현재《노계집》2권 1책만 남은 일이 애석하다.

취석정에서 스스로 우주의 주인이 된 선비 '노계 김경희'

취석정의 건축구조는 팔작지붕에 우물마루 계자난간을 갖춘 전통 정자 양식이다. 특이한 점은 바깥은 둥근 기둥, 안쪽은 사각 기둥으로 하여 하늘땅 천원지방을 나타내며 음양을 조화시킨다. 전체 공간을 우물 정(井)자 모양의 9등분한 9궁 한가운데에 방 한 칸을 들였다. 계자난간의 연잎 모양 부재인 하엽에 태극과 주역의 8괘를 새겨 놓아 우주를 형상화한다. 노계의 우주를 취석정에 펼치고 우주의 중심에서 주인이 되어 천리를 지키며 노닌 것이다. 이곳에서 걸출한 호남 문인들과 시문을 짓고 풍류를 즐기며 세월을 낚았다. 이순신의 명량해전을 도운 사호 오익창, 경기전 참봉으로 전주사고를 보전한 도암 오희길 등 많은 제자를 기르기도 했다. 노계가 27세 당시 임인년 대흉년을 탄식하며 지은《기민부(饑民賦)》에서 이렇게 표현했다.

아아 슬프다 하소연할 곳 없는 백성들이 하루아침에 모두 죽어간다. 가뭄과 돌림병으로 굶주려 죽어가는 백성을 보면서 한탄하지만, 외진 골짝 서생의 말을 그 누가 구중궁궐에 전해주리오

이처럼 안타까운 심정으로 나라 걱정도 떨칠 수 없었던 선비의 고고한 삶을 배우는 취석정이다.

전통 치유 문화 되살려야

정부의 문화도시 지정을 준비하면서 2019년부터 치유 문화를 소재로 연구조사에 착수하고, 2020년 6월에 〈고창 세계 유산을 활용한 문화 치유 콘텐츠 개발 학술 대회〉를 열었다. 문화 관광 재단, 군민들과 전문가들의 집단 지혜를 모으고 울력한 결과, 전국 최초의 문화 치유, 치유 문화를 핵심 주제로 법정 문화도시가 되었다. 과잉 경쟁과 도시 생활에 지친 현대인들은 온갖 스트레스로 심신이 지쳤다.

문화의 여러 기능 중에 치유 문화를 선점한 고창에서, 일찍이 가슴이 찢어질 분노와 아픔을 스스로 승화하여, 신선처럼 풍류를 즐기며 바르게 살던 선비 김경희와 취석정은 귀한 치유 문화 명소다. 때마침 모양성 동문 개방과 노동 저수지 수상길 개통으로 접근성도 좋아진 취석정을 치유 문화 유산으로서도 재조명하고 활용하면 좋겠다.

　　문화재청이 문화 유산 안내판 정비 우수 시군으로 선정한 고창군이지만, 계속해서 쉽고 재미있게 바뀌면 좋겠다. 딱딱한 건축 구조나 전문 용어 위주 설명에서, 품은 정신과 사람 이야기를 함께 설명하는 재미있는 안내판으로 개선되길 기대한다. 취석정에서 북두칠성 고인돌과 우주원리의 건축 배치, 선비 김경희의 고고한 삶을 뺀다면, 담장 속에 작은 기와집 한 채만 보고 갈 뿐이다.

27

2·8독립 선언 주역, 대한민국 헌법을 만든
수원 백씨 백관수

영화 〈서울의 봄〉 바람으로 불행한 현대사 한쪽을 다시 읽는데, 어김없이 봄을 알리는 입춘이다. 역사책의 시원인 공자의 《춘추》에서, 정당한 대의명분을 잣대로 준엄하게 사실을 기록해야 한다는 뜻의 춘추필법이 유래한다. 역사의 혹한기에도 봄은 꼭 오고야 만다는 신념을 새긴 불원복 태극기를 든 의병에 이어, 범민족적 독립 의식을 고취시킨 신호탄이 3·1 독립운동이다. 이보다 한 달 앞선 1919년 입춘 무렵인 2월 8일 적국의 심장 동경 한복판에서 유학생 독립 선언이 일어난다. 3·1운동의 도화선인 2·8 동경 유학생 독립운동의 주역이 고창 사람 근촌 백관수(芹村 白寬洙, 1889~1961)다.

2·8 독립 선언일을 앞두고 3·1운동의 불씨를 지핀 독립운동가이며 제헌헌법 제정, 정부 수립의 주역이었던 근촌 선생 묘소와 생가, 흥동장학당, 동상 등 유적지를 돌아보며 다시 참회하는 봄을 맞는다. 2·8 독립 선언은 근촌 백관수 선생이 단장이던 동경 조선 청년 독립단이 주도하여, 독립 선언서를 발표한 역사적인 날이다. 조선독립의 정당성과 일제강점의 부당성을 세계 만방에 알리는 취지로 춘원 이광수가 작성한 독립선언서를 백관수가 낭독했다. 항일 운동 사상 최초의 독립 선언서이고, 기미 독립 선언서와 취지가 같다.

근촌 백관수, 한국 근현대사의 정당한 지도자

헌법 전문은 "대한민국은 3·1운동으로 건립된 대한민국 임시정부의 법통"으로 시작한다. 3·1운동의 불을 지른 도화선이 2·8 독립 선언이고, 그 주역이 바로 근촌 백관수다. 한국 근현대사의 빛나는 한쪽을 쓰신 거인이다. 다시 기억해야 할 독립 운동가다. 백관수는 고창 성내면 생근리 출신이다. 아호 근촌은 미나리가 많이 나던 고향 마을 생근리의 미나리 근 자를 따서 지은 걸 보면, 그는 천상 고창 사람이다.

2·8 독립 선언 직후 체포되어 1년간 감옥살이를 하고, 명치 대학 법학과를 졸업한 후, 동아일보 사장, 한민당 총무, 제헌국회 법제사법위원장 등 일제강점기 독립운동과 해방 후 건국 운동 등 한국 현대사의 빛나는 별이었다. 1950

년 한국전쟁 때 납북되어 61년에 사망하여 평양 신미리 묘역에 안장된 것으로 전해진다.

백관수는 수원백씨로 어릴 적 간재 문하에서 한문 수학, 경성 법학 전수 학교에서 공부하였다. 동경 유학 이전 1914년 이미 고향의 황서구, 이순열 등과 함께 주도하여 고창흥덕 유림들과 흥동장학계를 설립하여 독립 운동 지원, 성내 보통·고창 고보 설립지원 사업 등을 하였다. 일본 유학 후에 동아일보 등에서 언론 항일 운동을 하다가 동아일보 폐간 날인 거부로 다시 옥고를 치렀다.

광복 후 인촌 김성수, 고하 송진우 등과 손잡고 한민당 창당, 제헌국회 초대 법사위원장으로 헌법 기초를 하는 등 해방정국과 정부 수립 과정에서 주도적 역할을 다했다. 불행히도 한국전쟁 때 납북당한 탓에 아직도 독립운동 국가유공자 서훈을 못 받았고 제대로 조명되지 못했으니, 참으로 안타까운 우리 현대사의 그늘이다.

정정당당한 독립운동

근촌 선생의 집안 고창 수원백씨는 항일 독립운동가 집안이다. 항일 독립 투쟁 4의사의 한 분인 구파 백정기 의사, 백인수 순국지사, 백낙일 지사 등 독립 유공자가 많다. 관련 유적으로 도지정 문화재인 백관수 고택, 흥동장학당, 덕산사 등이 있고 국가 현충 시설로도 지정되었다. 그가 독립선언서 낭독 후 현장에서 체포되어 1년간 옥고를 치른 동경 감옥에서 지은 한시 70여 수를 엮은 한시집 《동유록(東幽錄)》이 2·8 백주년에 출간되어 빛을 보았다. 시집의 첫 번째 시인 5언절구 한시 정당(正當)에는 독립운동의 때가 왔고, 정정당당하게 싸우며, 봄은 꼭 오리라는 간절한 심경이 잘 녹아 있다.

정당(正當)

(번역 유기상)

마땅히도 2월은 이리 왔건만

봄기운은 어찌 이리도 늦기만 한가?
한 평짜리 쪽방 감옥 봉창가라서
역시나 나만 홀로 모르겠지요.
정당2월시 正當二月時
춘색상하지 春色尙何遲
삼첩유창하 三疊幽窓下
야오독부지 也吾獨不知

정당한 역사의 봄을 기다리며

　　항일 독립투쟁에 모든 걸 바치신 선열들의 헌신 덕분에 나라는 광복하였고 독립자주국가가 되었다. 대한민국은 세계 10대 경제 대국, 6대 군사 강국이 되었고, 식민지에서 산업화와 민주화를 이룬 본보기 국가가 되었다. 수많은 항일 의병, 독립 지사, 백관수처럼 나라를 위해 좌우를 넘나들며 선공후사를 솔선한

이름 모를 애국 애족 별들의 헌신 덕분이다. 머리 숙여 감사할 일이다.

광복 후 80년이 다 되어가는데도 남북 통일은 여전히 민족사의 제일 과제로 남아 있다. 여전히 해방 직후처럼 좌우 대립, 내로남불, 토착 왜구, 좌빨 용공, 당리당략의 늪을 넘지 못하는 양극 극단 대립정치 현실은 부끄럽기만 하다. 자리이타와 해원 상생, 대화와 타협, 중도와 온건 합리주의 정당한 정치의 봄은 언제 오려나? 독립운동가 백관수의 정당한 역사적 평가의 봄은 언제나 오려나?

백관수의 공적이 크고도 뚜렷하건만, 철 지난 이념 갈등의 벽에 갇혀 국가서훈도 못 받은 근촌 선생의 독립운동 서훈이 시급하다. 타향 객지 평양 신미리 묘지에 계신 선생의 유해를 고이 모셔와, 성내 흥동장학당에서 노제를 지내고, 성내 고향집 뒤뜰 가묘에 안식하게 할 그날, 선생의 정당한 봄이여 어서 오라. 다시 또 간절히 기도하는 갑진년 입춘이다.

28

소요산 풍운아 차천자를
부활시킨 역사학자 안후상 박사

　김용택 시인이 최고의 수식어를 붙여준 '해와 달이 머무는 땅 고창'의 물줄기인 인천강이 칠산바다와 만나는 풍천 어귀 좌우에 선운산 경수봉과 소요산이 우뚝 서있다. 사이좋게 서로 마주보며 '높을고창'의 서북풍과 태풍을 막아주며 고창지역의 생기를 보존해주는 귀한 병풍인데 높이도 444m로 똑같아서 풍수상 한문이라 하여 귀하게 친다.

소요산 지령으로 낳은 '인걸'

　소요산(逍遙山)은 흥덕현의 진산인 배풍산(培風山)과 짝으로 지은 이름으로 장자의 《소요유》 편에서 따온 지명이다. 흔히 배풍산은 배를 엎어놓은 모양이라 배풍산이라 했다고도 하는데, 비행기가 뜨려면 양력을 받아야 하듯이 큰 새인 대붕이 구만리 하늘을 비상하려고 바람을 타는 일이 배풍이다. 장자를 인용해서 어려운 한문을 고상하게 붙인 먹물 지식인과, 어려운 장자를 모르는 민중들의 산 이름 인식에도 확연한 차이가 있는 사례이다.

소요산은 보는 방향마다 모양이 다르다. 남쪽에서 보면 둥근 금성체, 북쪽에서는 지네 모양이나 물결 모양 수성체, 북동쪽 흥덕현 쪽에서 보면 목형의 강한 문필봉이다. 문필봉 기운은 대학자, 대문호, 큰 인물을 낳는다고 한다. 그런 연유로 흥동장학당, 옥제사 등 흥덕 성내 신림지역 큰 집들은 소요산을 향하게 설계하였고, 이재 황윤석 집안 평해 황씨는 아예 소요산에 귀암 서당을 열었다. 황윤석도 이 서당에서 공부했고, 질마재의 미당 문학관 뒷마을이 서당마을이 된 까닭이다.

인걸은 지령이라는데, 인물의 고장 고창에서도 유독 소요산 정기 받은 인재가 많았다. 이재 황윤석, 지산 김경중, 인촌 김성수, 미당 서정주, 수당 김연수, 정운천 장관 등이다. 구한말 소요산 남쪽 기슭 연기동에서 동학 접주의 아들로 태어나서, 민족종교 보천교 교주가 되고, 시국(時國)의 천자가 된 차천자, 차경석(車京石1880 ~1936)이야말로 소요산이 낳은 풍운아다. 전봉준의 태몽에도 등장하는 고창 소요산은 고려 시대부터 조선 전기까지 38 암자를 거느린 연기사가 있었던 곳이다. 영광 불갑사 사천왕상이 이곳 연기사에서 옮겨간 것은 잘 알려진 이야기다.

일제강점기 민중의 희망 차천자와 보천교

일제강점기 민중들에게 새로운 세상을 열어줄 희망의 이름이 차천자였다. 한 때는 사이비 종교와 친일로 오해받은 보천교와 차경석을, 최고의 민족운동 단체, 최다의 독립투쟁 자금지원기관, 민족운동이며 신국가 설립 운동으로 밝혀낸 연구자가 역사학자 안후상 박사다. 역사는 달빛에 물들면 야사가 되고 햇빛을 보면 정사가 된다고 했던가? 안후상 박사의 30여 년 열정과 집념의 연구결과, 소요산이 낳은 풍운아 차경석도 드디어 독립운동가로 햇빛을 보기 시작한다.

연안 차씨 차경석은 정읍 동학 접주로 전봉준과 함께 동학농민전쟁에 주도적으로 참가한 차치구의 아들이다. 차경석은 부친 차치구를 따라 전봉준과 우금치 패전 후 도피 시가지 끝까지 동행했다. 차치구가 흥덕현감에게 체포되어 불로 태워 죽이는 분살형을 당하자, 15세 소년 차경석은 부친의 유해를 모셔다 화장했다. 1898년 이른바 영학당 사건으로 알려진 동학운동 재현 전투에 가담하여 흥덕 관아를 습격하기도 했고, 이듬해 고부, 흥덕, 무장 등을 치다가 체포되었으나 구사일생으로 살아난다.

소년기부터 파란만장한 생애를 시작한 대붕 차천자가 바람을 탄 것은 강증산과 만남이다. 실패한 동학농민혁명군들이 대거 강증산의 제자가 되었다. 선도교, 태을교 등으로 불린 증산문하에서, 증산 사후에 실세가 된 차경석은 1922년 보천교라 표명하고 교주가 된다. 일제강점기 보천교 민족운동은 동학농민혁명의 또 다른 모습인 것이다. 당대에 전국민의 3할인 6백만 교인이 모였다니 세계종교사상 유래가 없는 일이다. 보천교는 식민지 민중들의 토속적 민족운동의 연장선이었다. 보천교는 상해 임시정부와 여러 방면의 독립운동 단체들에게 독립자금을 지원하기도 한다.

나아가 실의에 빠진 민중에게 새로운 세상을 위해 신국가건설운동을 전개하였다. 황석산에서 천제를 지내고 국호를 시국時國이라 선포하고 천자가 되었다. 소요산 흙수저 차경석이 새 나라의 천자에 오르다니, 당시 식민지 민중들에게 얼마나 통쾌한 일이었을까? 보천교의 활동에는 항일 의식과 민족성이 들어 있지만, 당시 지식인들은 보천교의 이러한 성향을 보지 못했다. 그리고 근대성을 선으로 보고 보천교의 전근대성을 악으로 치부한 일부 연구자들은 보천교의 행위를 민족운동으로 보지 않았던 것이다.(안후상 논문)

돈도 없고, 힘도 없고, 책략도 없던 민중들의 민족 운동 보천교 운동

안후상은 아무도 거들떠보지도 않던 시절부터 사이비 친일종교라는 누명까지 쓴 보천교 연구에 열정을 바친다. 30여년 축적한 연구성과의 결정체가 그의 박사 학위 논문 〈일제 강점기 보천교의 민족운동연구〉이고, 《일제강점기 보천교의 신국가 건설 운동》이란 책으로 출간하여 보천교와 차경석을 복권시켰다.

사이비 친일단체라는 보천교의 누명은 가면이었고, 진면목은 민중 독립 운동이자 신국가 건설 운동이었다는 극적인 반전이다. 민족운동으로 기소당한 분이 보천교계가 423명이고, 이중 독립운동 서훈자만 154명으로 종교단체중 최다의 독립운동 단체임을 국가기록원 독립운동 관련 판결문 등 사료를 분석하여 밝혀냈다. 앞으로도 추가 발굴 여지도 많다고 한다.

안후상은 이 연구를 통하여 "일제강점기 보천교의 활동은 민족운동이었고, 민중들의 민족 운동도 활발하게 전개되었으며, 민중의 민족 운동은 보천교의 사례처럼 지식인들과는 다른 방식인 토속적이며 전통적인 방식으로 전개되었다"는 사실을 밝혀냈다. 마치 흥덕 배풍산을 보고 민중들은 배를 엎어 놓은 모양새라 하고, 지식인들은 장자의 배풍 소요를 읊조리는 것과 같다.

한편 보천교의 독립운동 자금 지원 활동은 규모나 내용 면에서 괄목할만하다. 1920년대 물산 장려 운동 지원과 자급자족 운동, 상해 임시 정부 독립 자금, 만주의 항일 무장 투쟁 김좌진 진영 군자금, 김원봉의 의열단과 조만식 등에 대한 대규모 독립운동 자금지원을 비밀리에 해왔다. 광복 후에 귀국 직후 정읍을 찾은 백범 김구 선생이 "보천교와 정읍에 빚을 많이 졌다"고 했다는 인사말에 이러한 사실이 함축되어있다. 총독부가 사이비 종교 단체라는 누명을 씌워 차경석과 보천교를 핍박하고 해체하려 한 것도 실은 보천교의 독립 운동 자금 지원을 차단하려 한 것으로 보인다.

고창북고 역사 선생 '안후상'을 그리며

역사학자 안후상은 보천교와 차경석 연구의 독보적 존재다. 그가 고창북고등학교 교사로 재직할 때, 고창의 인문학 현장에서 학생들을 인솔하고 온 안 선생을 자주 만났다. 함께 온 역사 공부 동아리 학생들에게 필자가 자주 부럽다고 말했었다. "안 선생님 같은 스승을 만난 그대들은 행운이다. 나중에 내 말이 자주 생각날 거다." 학생들과 친구처럼 소통하면서 생활 속의 역사를 체험케 하는 자세로 수업시간 잡담 책이라고 겸양하는 《한국 근현대사 이야기, 5·18과 바나

나》라는 책을 내기도 했다. 이병열 박사와 함께 고창문화연구에 많은 공헌을 하셨다. 정읍 지역사를 정리하는 사단법인 노령역사문화연구원장으로 봉사하면서, 대학 강단에서 교수 활동을 한다.

그가 평생 봉직한 고창북고를 평교사 신분으로 떠나 대학강단으로 가려 할 때, 학교 이사장이던 이강수 전 고창 군수께서는 교장으로 모실 테니 1년만 더 교장으로 봉사해달라고 권유했으나, 흔쾌히 평교사로 떠났다는 미담이 전해진다. 안 선생과 학교 측이 서로를 존경하고 아쉬워하며 감사했다는 후문이다. 필자와 역사 현장을 함께 답사할 때도 늘 진지하고 겸손한 역사학자 안 박사를 보는 것은 큰 기쁨이었다.

우리 역사의 그늘진 밭을 발로 찾아내서 일궈내고, 구슬 같은 글로 꿰어내어 햇빛을 보게한 안후상 선생께 감사할 따름이다. 안 선생의 제자들이 스승 닮은 역사 선생이 되고, 안 박사 같은 신실한 역사 연구자가 줄을 잇는 고창, 전북이 되면 참 좋겠다.

29

이중섭의 소 그림 선구자,
홍익대 미대를 창설한 여양진씨 진환

진환 화가(왼쪽 안경 쓴 이)와 이쾌대 화가

　　고인돌 시대부터 문명을 꽃피운 땅 고창, '한반도 첫 수도'라는 별명을 가
진 고창은 인물의 고장이다. 잘 알려진 신재효, 전봉준은 조선의 판을 바꾼 위
인이다. 해방 이후 남북한 정부 수립을 주도하고 총리급을 지낸 인물만도 5명
이나 되고, 서정주, 김소희 등 기라성 같은 예술계 인물도 많다. 미술계에서도
1930·40년대에 화단의 중심이었고, 홍익대 미술대학을 창설하고 초대교수를
지낸 고창 사람이 진환(본명 진기용, 陳錤用, 1913~1951)이다.

　　후배 이중섭보다 소를 먼저 그리고 이중섭에게 영감을 준 천재 화가 진환, 요
절한 탓으로 많은 작품을 남기지 못하여 한때는 잊힌 이름 진환은 한국 근대 미
술사에 우뚝한 자랑스런 고창 인물이다. 한동안 묻혔던 진환의 발자취는 사후
32년만인 1983년 신세계미술관의 〈진환 유작전〉을 통하여 세상에 알려지기 시
작한다. 마침내 2020년에야 유족들과 진환기념사업회의 노력으로 진환 평전이
출간되면서, 한국 근대 미술사의 잃었던 고리 하나가 찾아지게 되어 늦었지만

퍽 다행이다.

봉황같은 인물을 갈망한 봉강 후손 '진환'

여양진씨 진환의 조부 진휴년은 1892년 무장읍성 북서쪽 송림산 기슭 비봉
포란형 명당에 집을 짓고 봉황새 언덕 봉강(鳳崗)이란 당호를 걸고 인재 양성
을 실천한다. 이 집이 몇 해 전 오락프로 〈삼시 세끼 고창 편〉 방송으로 유명세

를 탄 상하면 송림리 진동규 시인의 집이다. 전주예총회장, 한국문인협회 부이 사장을 역임한 화가이며 시인인 진동규의 고조부가 진휴년 선생이다. 전봉준과 동시대를 살며 동학농민혁명과 외세 침탈의 소용돌이를 맞은 유학자 진휴년은 사돈과 함께 호남 최초의 사학인 동명학교를 봉강에 세웠다.

사람 키우기가 최선의 방책이라는 소신을 실행한 것이다. 동명 학교는 훗날 무장초등학교의 전신인 무장 공립 보통학교가 된다. 진환은 조부가 세운 이 보통학교를 나온 뒤에 남고창 북오산으로 날렸던 민족학교 고창고보에 진학하여 공부하였다. 진환의 고창고보 시절 친구가 미당 서정주였다. 고보 시절 진환이 기숙했던 집인 조고모부 은규선은 고창지역 청년 동지들과 독립운동을 주도한 인물이었다.

진환의 고창고보 재학 기간(1926~1931)은 6·10 만세 운동과 광주학생운동 기간으로 민족학교인 고창고보에서는 독서회, 사회주의 운동, 동맹휴학, 일본인 교원 배척 등 다양한 독립운동이 활발한 시기였다. 진환과 서정주도 독서회 비밀결사 회원이었던 점을 보면, 식민지 청년으로서의 고뇌의 시기였을 것이다.

손기정의 베를린올림픽 때 올림픽 미술 전시회 입선한 조선 유일 화가

고창고보 졸업 후 상경하여, 부친의 뜻에 따라 서울 보성전문학교 상과에 입학한 진환은 적성에 맞지 않아 1년 만에 그만두고 방황하다가 본격적인 미술 공부를 위해 일본에 유학하여 일본 미술학교에서 수학한다. 유학자 집안의 가풍 속에서 집안의 반대를 무릅쓰고 거행한 인생 일대의 결단인 것이다.

그의 나이 21세, 1934년 사립 일본 미술학교 양화과에서 공부하며 활발한 활동을 하면서 이중섭, 이쾌대, 석희만 등과 교유하였다. 다시 동경 미술 공예학원에서 수학 후에 이곳에서 미술강사를 하면서 작품활동에 힘썼다. 조선 신미술가 협회, 재동경미술협회전 등 열정적인 동인회, 작품과 교수 활동을 펼친 시기였다. 얼마 전 마라톤이란 영화를 통해 손기정, 남승룡 선수가 다시 조명된 베를

린올림픽 부대 예술 행사인 국제올림픽 예술경기전에 농구 경기하는 선수들을 그린 작품 〈군상〉으로 조선인으로는 유일하게 입선하였다.

그의 행복한 동경 미술 활동 시간은 고향에서 날라온 외할머니 사망 전보 한 장으로 막을 내린다. 화가를 환쟁이로 천시하던 그 시절이었으니, 집안에서 거짓 전보로 진환을 강제 귀국시킨 것이었다. 귀국 후에도 미술을 향한 열정과 붓을 놓을 수 없었던 그는 창작활동에 몰두하면서도, 부친 진우곤의 뜻을 받들어 육영사업을 병행한다. 진환은 현재 무장 영선 중고의 전신으로 부친 진우곤이 설립한 무장농업학원 원장, 무장초급중학교 교장으로 지역사회에 봉사한다.

광복 후 1948년 홍익대학 미술학부 창립책임자로 초빙되어 다시 상경한 진환은 홍익대 미대 초대 교수로서 교육과 작품활동을 병행하였다. 그러나 운명의 장난인지 한국전쟁 와중에서 귀향하다가 제자의 오인사격으로 사망하여 비운의 천재 화가는 38세로 요절한다. 비극적인 죽음으로 그의 꿈은 꺾이고 말아, 진환은 잠시 동안 한국 미술사에서 잊허진 인물이었다.

진환의 소와 어린이 그림이 이중섭에 영향

　진환은 비극적인 짧은 생애, 갑작스런 귀국 등 여러 가지 사정으로 유작이 많지 않은 탓에 화가 진환의 진면목은 잘 알려지지 않았다. 미술사가인 황정수에 의하면 진환의 동경 유학 3년 후배이고 동인회 활동을 같이 했던 이중섭의 대표적 그림 소재인 소와 아이들도 진환의 영향을 많이 받은 것이라 한다. 진환은 일찍이 1942년경 〈우기(牛記)8〉, 〈물속의 소들〉 등 소 그림을 그린 반면에 이중섭의 소 그림들은 대부분 1950년대 작품이다.

　진환은 일기에서 무장읍성을 배경으로 서있는 소를 '힘차고도 온순한 맵시, 지구와 함께 있을 듯이 강한, 비룡처럼 꿈을 싣고 아름다운' 존재로 묘사하고 있다. 소는 그의 아름다운 꿈과 온순하며 강인한 민족혼의 상징이었으리라. 역사는 객관적 진실이 아니다. 역사는 기록하고 기억하고 오늘의 의미로 평가할 때 되살아나는 법이다.

한국 화단에 불멸의 업적을 남겼으나 잊힐 뻔한 화가 진환이 이 시대 우리의 기억 속에 되살아나도록, 한국 회화사의 잃었던 한 조각을 다시 맞출 수 있도록 애쓰신 후손, 후학, 미술가들에게 감사와 존경을 바친다. 진환 평전을 발판으로 앞으로도 활발한 후속연구를 기대한다.

30

나라 잃은 선비 미치지 않으랴,
호남 의병 최초 순국 일광 정시해

6월은 호국 보훈의 달이다. 나라와 역사를 생각하며 목숨 바쳐 나라를 지킨 선열들께 감사하는 달이다. 첫날 6월 1일은 '의병의 날'이다. 임진왜란 시 의병장 곽재우가 거병한 날을 국가기념일로 삼아 한국사의 빛나는 한 장면인 의병의 뜻을 기리는 날이다. 곽재우는 34세에 대과에 합격하고도 지지리도 옹졸한 선조가 감히 자신을 비판했다고 합격을 취소시킨 억울함을 당한 사람이다. 그런데도 국난을 당하자 먼저 일어섰다. 국난을 부른 임금과 무능한 기득권 고관들은 도망치기 바쁜데도, 무관의 선비와 핍박받던 민초들이 목숨 바쳐 나라를 구한 '의병'의 역사는 세계사 어디에도 없는 한국사의 자랑스런 눈대목이다.

일광 정시해 의사

임진·정유왜란, 병자호란, 구한말 등 국난을 당할 때마다 목숨 바치고 의를 취한 위인들은 늘 의병이었다. 지식인의 헌신, 가진 자의 책무를 실천한 한국사의 빛나는 한 장면이 바로 의병사인 것이다. 그러나 나라 위해 모든 것을 다 바친 의병들에 대한 역사적 평가는 정당하지 못했고, 국가보훈은 정의롭지 못했다. 불의한 권력자가 자기 측근들은 공적도 없는 공신을 만들고, 목숨 바쳐 싸운 의병들을 핍박하고 죄를 주었고, 김덕령의 경우처럼 심지어는 누명을 씌워 죽인 것이 임진왜란 이후 논공행상이었다.

광복 이후에도 반민족행위자 친일부역세력이 독립운동 선열들을 죽이고 욕보인 슬픈 현대사의 반복은 부끄러운 장면이다. 불의한 것들에게 권력을 쥐여준 역사의 실패다. 의병사를 읽으면서 분노가 치미는 지점이다. 오늘의 대한민국 정치꾼은 국격을 한없이 추락시키면서도, 내로남불 타령 속에 정의를 분간하지도 못하고, 아예 부끄러움마저도 잃어버렸다. 안타깝고 슬픈 현실 속에 또 속절없이 호국의 달을 맞고 있다. 그래도 우리는 의병사를 기억하고 크게 소리라도 외쳐야 한다.

나라 망했는데 어찌 백성이 미치지 않으랴?

임진왜란 때도 유독 전라도 의병의 활약상이 빛났다. 이순신의 '호남이 없었으면 나라가 없었다'는 평가도 그러하고, 임진왜란 3대첩의 주력군이 주로 호남의병이었다. '의불여 고창, 의향 고창'이란 높을고창의 애칭에 명실상부하게도 임난 3대첩에서 맹활약한 이들이 또한 고창 의병이었다. 과연 의향 고창이다. 6월에는 을사늑약에 항거하여 일어난 병오창의, 호남 의병 최초 순국자 일광 정시해 의사와 임난 3대첩의 고창 의병들을 특별히 기록해 두고 싶다.

6월 11일은 1906년 호남 의병의 '병오창의' 최익현 의진의 중군장 일광(一狂) 정시해(鄭時海, 1874~1906) 의사 순국일이다. 대의를 위해 목숨을 바치고, 성현께 공부한 대로 충효를 실천하며 살았던 아름다운 조선 선비 일광 정시해는 33세로 순창객사 의진에서 순국하였다. 짧고 굵게 살았지만 역사 속에 길이 살아남았고, 목숨을 버리고 의를 지키는 사생취의(捨生取義)의 거울이 된 참지식인이다. 진주정씨 정시해의 자는 낙언(樂彦), 호는 일광(一狂)이다. 고창 성송(당

시 무장현)출신으로 부친은 정종택(鄭鍾澤), 모친은 거창신씨(居昌愼氏)다. 송사 기우만과 면암 최익현의 학맥을 이었다. 정 의사는 양친 상에 6년을 시묘하며 효행을 실천하는 등 교과서적인 효행으로 귀감이 된다.

　병오창의 준비 시에 스승인 면암 최익현 의병대의 모집책인 소모장 겸 중군장(召募將兼中軍將)을 맡아 거사 모의, 영남지역 지사들과의 연락책과 의병모집을 담당하여, 침식을 잃고 호영남 지역을 미친 듯이 누비고 다녀 행색이 미치광이라 할만했다. 태인 무성서원 출병 이후 행군 시에는 중군장을 맡아 일본군과 교전하다가 순창객사의 교전에서 적탄에 맞아 전사하였다. 호남 의병 최초의 순국이었다. 유림들은 광복 이후 정 의사의 행적을 '충효양전(忠孝兩全)'의 사표로 받들고자, 무장현 관내 객사 등에 충효비를 세우고 추모제를 모셔왔다. 특히 3천여 명이 동참하여 한국 최초의 순수 민간모금으로 일광기념관을 지은 일도 의향 고창답다. 일광기념사업회는 항일 의병사 연구와 역사탐방 등 다양한 선양사업을 추진하고 있다. 일광은 대한민국 건국훈장 애국장을 받았다. 묘소는 고향 안산에 모셨다가, 대전 국립현충원 애국지사 묘역 제307호 유택으로 옮겨 모셨다.

그대의 죽음이 우리들의 빛이 되었다네…
왜 하필 의사의 호가 일광, 미치광이인가?

　정시해는 1905년 을사늑약으로 일본에 국권을 침탈당하자 나라 잃은 미치광이 백성(실국광민, 失國狂民)이라 통탄하며 의병을 결심한다. 일광자호기(一狂自號記)라는 처절한 오언절구 한시를 짓고 스스로 미치광이 선비, 일광이라 호를 붙였다. 의향고창 선비의 호연지기가 넘치는 장엄한 기개에 저절로 머리가 숙여진다.

"임금이 치욕을 당했으니 신하 된 자 죽어 마땅하리니, 이 내 몸은 어찌해야 하느

뇨?목 놓아 소리치고 통곡하나니 이 어찌 미치광이라 하지 않으랴?(主辱臣當死
從何輸此身 放歌歌又哭 疑是一狂人)"

　　총탄을 맞은 일광 의사가 임종 시 면암에게 "시해는 왜놈 하나도 죽인 일이
없이 죽으니, 죽어도 눈을 감지 못하겠습니다. 악귀가 되어서라도 선생을 도와
적을 죽이겠습니다" 하고 운명하였다. 면암은 일광의 명정을 "대한국 의사 정
시해 지구"라고 쓰게 했다. 정시해 의사의 기개와 의로운 충절에 대해 면암 최
익현은 일광창의 시를 지어 격려했고, 일본군에 끌려가서 단식항거하다 순국한
대마도 옥중에서도 일광 의사를 기리는 추모 시를 남겼다. 대마도 감옥에서 묵

묵히 지은 5언절구 한시 14수 중에 제자인 일광을 애도하는 한시 〈정시해에게 바치는 만사(輓鄭時海)〉에서 일광의 순국으로 병오창의가 체면치레를 했다고 심중을 밝혔다.

"해 저문 순창객사 의진에서
죽기로 맹세한 이 겨우 27인
오직 그대 먼저 목숨을 바쳤으니
우리들의 떳떳한 빛이 되었구려"
-(落日淳昌館 誓死纔二七 惟君先致命 吾輩賴生色)
(번역 유기상)

1910년 한일강제병합의 국치를 당하자 자결 순국하여 나라에 의로운 선비가 살았음을 보여준 매천 황현은 만시를 지어 정시해를 기렸다. 정시해, 최익현, 황현처럼 대의를 위해 목숨을 풀잎처럼 던질 줄 알던 아름다운 선비가 살던 우리나라였다.

인물은 나오나 집안은 망한다?

일광 집안의 당초 주거지는 삼태성 기운으로 고려시대 이래 삼정승이 났다는 곳, 옛 무송현의 현청이 있었다는 지명인 고현마을이었다. 비보숲인 왕버들나무 숲이 아름다운 아랫마을 삼태의 새 터를 잡아준 지관이 이사할 때 정 의사 생가 터에 관한 예언을 했다고 한다.

"장차 큰 인물이 나오기는 하되 집안은 망한다."

이 말은 일광 후손들의 고난의 가족사, 아니 한국 독립유공자 후손들의 부당한 처우를 예고한 말이 되고 말았다. 일광은 독립운동 의병사에 이름을 크게 날렸지만, 후손들은 고난을 떠안아야 했고, 일광의 생가도 사라지고 삼태마을 생가터 대부분은 이미 남의 땅이 되었다. 짧은 생애에도 불구하고 4권 1책의 유고 책인《일광집》을 남겼으나, 군이나 나라에서 의사의 삶이 담긴 책 한권 번역 작업도 아니하고 있다. 독립운동가 초상화를 많이 그린 석지 채용신 작품인 일광 초상화까지도 수난을 겪었으니, 일제가 없앴을 것으로 추정할 뿐 소재조차 묘연하다. 3천여 의인들이 나서서 기념사업을 했는데도 겨우 이 정도이니, 더 어려운 독립유공자들 형편이야 말할 수도 없으리라.

배운 자의 책무, 지도자의 본분을 다한 위인의 역사가 의병사다. 최근 보훈처를 보훈부로 격상했다고 생색낸다. 보훈을 잘못하는 나라는 반드시 망한다. 오늘날 대한민국 의병 후손들과 반민족행위자 후손들의 현재 삶을 보고, 누가 다시 국난을 당하여 의병에 나서겠는가? 국가 보훈의 첫걸음은 대한민국을 만든 뿌리인 의병사, 독립운동사를 제대로 쓰는 일이다. 식민 사학의 그늘이 너무 짙어서 아직도 독립운동사 연구자들은 찬밥신세고 근현대사 연구마당에 발붙이기도 힘들다고 한다. 독립운동가 역사학자인 박은식은 "나라는 비록 망했지만 국혼이 소멸하지 않으면 부활이 가능하다. 국혼은 역사다." "의병 정신은 반만년 역사에서 저절로 우러나온 민족 정신이다"고 갈파하였다.

의병 정신의 복원과 역사광복이 여전히 시급한 민족사의 급한 불이다. 광복 80년이 되었건만 뿌리 깊은 식민사관을 청산하지 못하였고, 총독부가 만든 한국사의 줄거리는 오늘도 그대로다. 체계적 연구나 평가도 없는 의병사와 독립운동사를 제대로 살려내는 일이 급선무다. 해방 직후 반민족행위자 정리가 제대로 이루어졌다면, 독립유공자와 그 후손이 성공한 대통령이 되었더라면, 역사 전쟁 시비도 국론 분열도 없이 대한민국의 정통성이 확고하게 굳혀졌으리라는 아쉬움이 크다. 의병은 고사하고 국민의 기본의무도 다하지 못한 염치없는 병역 미필자들이 사욕을 위해 공직을 욕심내서야 되겠는가?

다시는 염치를 모르는 불의한 권력이 발붙이지 못하도록 시민들이 선거 의병이 되어 눈을 부릅뜨고 말로만 애국자, 가짜 지도자를 가려내고 심판하는 의병이 되어야 국혼이 살아난다. 정의가 불의를 이기는 자랑스러운 한국사를 다시 쓰는 역사광복 의병이 일어나야 한다. 한 줌의 역사 의식도 없고, 최소한의 양심과 부끄러움도 팽개친 무도한 권력자의 불의를 꾸짖고, 자랑스러운 의향 고창의 혼을 지키는 민주주의 수호 의병이 되살아나야 의향 고창이다. 그 길만이 치욕의 역사 반복을 막아내고, 의를 버리고 사익을 취하는 불의한 것들에게 정의가 조롱당하지 않는 외길이다.

31

진주성 혈전 순국 의병장 무장현감
유한량과 무장읍성 복원

　2019년 7월 16일 의향 고창에서 우선 진주하면 진주성 혈전이 떠오르는, 진주성 국립진주박물관을 가는 길이었다. 430여 년의 역사가 현실로 다가오면서, 선조들의 음덕에 새삼 감사하는 마음으로, 역사는 과거가 아닌 현재에 부여하는 의미여야 한다는 자각이 들면서 사뭇 숙연해졌다. 2018년 11월 무장읍성 복원 과정에서 무기고 터에서 완벽한 원형으로 11기나 대량출토된 조선의 최첨단 무기 비격진천뢰를 우선 과학적 보존처리와 기초연구를 마치고, 국립진주박물관에서 첫 전시개관을 하면서 문화재청장과 사무를 위탁한 출토지 군수를 초청하여 가는 길이었다.

　이 길은 430여 년 전 임진왜란 당시 고창 의병을 이끌고 진주성 혈전에 출병하신 은재공 유한량(劉漢良, 1530~1593) 선조가 죽을 각오로 달려간 길이었다. 무장현감 은재공 할아버지 후손인 내가 450여 년 만에 고창군수가 될 수 있었던 일, 무장읍성 복원을 그렇게도 염원했던 일, 하필이면 수백 년간 묻혀 있던 비격진천뢰가 내가 군수가 되자 출토된 일, 고창에서 출토된 비격진천뢰가 임진왜란과 전쟁사 전문 연구 기관인 진주 박물관에 조사 연구를 맡긴 일 등이 우연이 아니라는 생각이 퍼뜩 들었다.

선조들 덕분에 오늘 내가 있고, 우리나라와 역사 문화가 있는 법이다. 수많은 역사적 사실들이 얽히고설키며 영향을 주고받으며 역사는 발전하는 법이니, 누가 감히 지운다고 지워지는 게 아니다. 한반도 첫 수도의 문화 유산과 높을고창 의향의 얼을 더욱 감사하게 보살피고 챙길 일이다.

무장현감 출신 은재공 유한량의 진주성 혈전 순국

호국보훈의 달 첫날이 의병의 날이다. 국난을 당할 때마다 나라를 구하고자 백성들이 의병을 일으키는 의병사는 세계사 어디에도 없는 일, 한국사의 빛나는 눈대목이다. 임진왜란 당시 3대첩이나 주요 승전은 대부분 호남 의병들의 활약이었다. 의향 고창의 수많은 선조들이 임난 3대첩에서도 중요한 구실을 하였다. 임진·정유왜란시 채홍국, 고덕붕의 흥덕회맹단 창의는 지난번 장흥 고씨 파리 장서 독립운동 편에서 언급하였다. 진주성 순국 의병장 강릉유씨 유한량, 이순신 장군 진영 수군에 참전한 함양오씨 사호공 오익창, 행주대첩 참전 청도김씨 김응룡 의병장을 호국 보훈의 달에 소개하고자 한다.

진주성 2차 전투에서 순국한 무장현감 출신 의병장 은재공 유한량은 조선 개국 공신 대제학 옥천부원군 유창(劉敞)의 증손이다. 천성이 순수하고 용모가 훌륭하고 절개가 있었다. 일찍부터 덕망이 있었다. 당시의 모든 벼슬아치들과 유생들이 존경하였다. 효성으로 천거되어 돈녕도정, 무장현감에 제수되었다. 정사가 간이하였고 모든 사람을 편하게 대하였다. 청백하다고 조야에 알려졌다.

임진왜란을 당하여 무장에서 의병을 일으켜 군량미를 모으고, 창의사 김천일이 진주를 지킨다는 소식을 듣고 거제 현감 김준민, 해미 현감 정명세 등과 함께 좌의부장 장윤의 의진에 나아가 참전하였다. 1593년 6월 29일 진주성 2차전투 혈전 마지막날, 전사한 황진을 대신하여 순성장을 맡은 장윤 휘하에서 혈전을 벌이다가 성이 함락되자 김천일 등과 함께 남강에 투신하여 순국하였다. 선무원종공신에 녹훈되었다. 고창의 검암사에 배향되었다(한국학중앙연구원, 한국 역대 인물 종합 정보 시스템, 호남 절의록, 비변사기, 선무원종훈, 임진창의 동사록, 모양읍지 등 수록).

유한량의 증조인 문희공 유창과 은재공 부친의 묘소가 서울 상일동 해천재(조선 시대 경기도 광주)에 있다. 유한량의 진주 남강 순국 후에, 고창군 고수면 조산저수지 왼쪽 조산 기슭 신선이 춤추는 소맷자락 모양이라는 선인무수혈에 의리장으로 모신 연고로 후손들이 고창에 세거하게 되었다.

무장읍성 복원과 비격진천뢰 출토 비사

전주시 문화영상산업국장 시절 김완주 시장을 모시고 전주한옥마을, 전주국제영화제, 영상위원회에 몰두하던 내가 전북도에 돌아와서 문화담당 국장을 세 번이나 역임하였다. 첫 국장 시절 2003년 취임하자마자 무장읍성과 은재공 할아버지 역사 복원의 중요성을 알리려고 고창군과 '무장현 관아와 읍성 정비 계획'을 수립하고 문화재청 노태섭 청장, 훗날 문화재청장을 지냈고 평생 문화재청 일을 도와주신 당시 김종진 과장의 적극 지원으로, 2005년도에 발굴과 정비를 동시에 진행하는 새로운 방식으로 착수되었으나 예산 배정이 미미했다. 2006년 하반기 두 번째 문화국장 당시 김춘진 국회의원의 노력으로 유홍준 문화재청장의 전폭적인 관심과 지원을 받아 복원사업이 본궤도에 오르게 되었다.

후순위로 밀려난 무장읍성 복원을 앞당기려면 청장의 관심이 긴요하므로, 유청장의 현지 방문 주선을 김춘진 의원께 간절히 요청드렸다. 성실성과 친화력이 탁월하신 김춘진 의원께서 유홍준 청장과 문화재위원 전원을 부부동반 1박2일 일정으로 고창 무장읍성과 무장향교, 부안, 김제지역 문화유산 현장답사 일정을 만드셨다. 무장읍성의 가치와 복원 필요성을 간곡하게 호소하였다. 유청장께서는 위원들에게 손수 송사지관 돌계단에 새겨진 연꽃, 청룡 백호 그림들을 설명하신 뒤에 무장객사 마루에 걸터앉기를 권하셨다. "위원님들, 잘들 보셨지요. 무장읍성이 원형 복원되면 가장 격조 높은 조선 시대 읍성을 하나 되찾게 되지 않겠어요?" 하는 말씀을 듣고 안도의 숨을 내쉬었다.

그 이후로 복원 사업이 탄력을 받아서 연차적으로 잘 추진되다가, 고창군수로 취임한 2018년 11월 훈련장, 무기고 주변 발굴 과정에서 보물급 비격진천뢰가 무더기로 나왔다. 쾌보를 듣고 한걸음에 무장읍성에 달려오신 정재숙 청장에게 발굴 현장에서, 비격진천뢰 특별 전시장에서 무장읍성 성벽의 완전 복원, 무기고, 사창터, 동문 등 외곽 정비 마무리 사업 등을 챙기시겠다는 확약을 받았다. 한국 문화 유산 정비 사상 최초로 발굴과 정비 동시추진 방식으로 진행된 무장현 관아와 읍성 원형 복원 사업은 20여 년에 걸쳐 완공되어 그 위용이 드러났고, 가장 모범적 문화재 정비 사례로 평가된다.

다량의 비격진천뢰의 출토는 호남우도 방어선 나주진관 체계에서 나주, 영광과 고창, 입암산성을 잇는 호남 해안방어의 요충이 무장읍성임이 확인되었다. 국가 양곡창고인 사창 중에서 최대규모의 무장읍성 사창 터가 발굴 정비되어, 곡창인 무장현의 동원역량 위상이 확인되었다. 무장현감 출신 유한량의 의병 시 군량인 의곡을 모았다는 기록, 김응룡 의병장이 무장현 곡식을 행주 대첩 시 군량미로 수송했다는 기록들과도 부합하는 초대형 사창터 확인이었다.

역사의 샘물을 마시며 물뿌리 돌아보기

유한량의 선무원종공신 보훈으로 장자는 일찍 죽었으므로, 차자인 유세형은 부여 현감으로, 3자인 유세영은 낭천 현감(현재 강원도 화천군)으로 임명되었고 후손들이 고창에 정착하게 되었다. 부여 현감 후손들이 고수면 상평, 낭천 현감 후손들이 아산면 상복에 집성촌을 이루며 살고 있다. 은재공 유한량은 당초 고창읍 정산사(당초 검암사)에 향사하다가 고수면 조산사로 따로 모셨다. 무장면 강남리 덕산단과 승유재, 장성 북이면 송산마을 송계 서원에서도 모시고 있다.

2016년 8월 여름방학을 이용한 진주시 교사연수단이 버스 두 대로 고수 조산사를 방문하여 참배하였다. 진주대첩, 진주성, 촉석루, 의암 등 임진왜란과 진주대첩의 상징인 진주시에서 근원을 살펴보니, 순국 의병 대부분은 호남 의병이 더란다. 진주성에서 순절한 유한량, 의암 부인 주논개 의사의 남편 최경회 경상 우병사 두 분이 무장현감 출신 의병이었다. 의향 진주의 명성을 만들어 주신 선열들께 감사하는 마음으로 진주성 순국 의병장들의 고향 유적을 참배하는 교사 연수 프로그램을 기획했다고 하니 멋진 발상 아닌가? 조산사에서 현장안내 설명을 해준 유철중 전 전북대 교무처장에게 경남교육청 김익수 장학사의 답례 문자가 왔다.

"제가 교사연수 고창 방문을 주도한 김익수 장학사입니다. 고창과 진주의 인연을 강단과 교사 연수에서 자주 이야기합니다. 촉석루에서 은재공 선생님 공적을 기리며 향을 올리도록 하겠습니다. 1593년 6월 29일을 잊지 않겠습니다."

역사 의식을 가진 장학사 한 분이 펼친 경남의 교육 시책이 참 아름답다. 국정이나 지방 정부의 수장이 애민 사상과 역사 의식만 뚜렷하다면 얼마나 멋진 나라를 만들 수 있겠는가? 음수사원(飲水思源), 한 모금 역사의 물을 마시면서도 이 물이 어디서 왔는지 생각하며 감사하자는 뜻일 터이다. 나를 있게 하신 조상님들께, 살신성인하신 의병들께 감사드리는 유월이다. 당신들이 계셔서 '호남이 없었다면 나라가 없다'는 자랑이 생겼고, 의향 고창이 되었습니다. 머리 숙여 감사합니다.

32

이순신의 명량대첩,
수군 의병장 함양 오씨 오익창과 죽산사

세계 전쟁사의 불가사의한 승전 기록이 명량해전이다. 전투함 기준 10대 1, 지원함 포함 25대 1 절대열세 전력을 극복하고 이순신 함대가 완승했다. 이날 전투상황을 기록한 《난중일기》의 끝머리는 "차실천행(此實天幸), 이 승리는 참으로 하늘의 도움"이라 적었다. 하늘은 스스로 돕는 자를 돕는 법이니 일마다 순조롭다는 이 말은 《주역 계사상전》에 나온다(自天佑之 吉无不利). 늘 고난과 걱정 속에서 싸워야 했던 이순신은 어려운 일이 있을 때마다 척자점이라는 간이 주역점을 쳤고 하늘의 뜻을 의사결정에 참고했다. "인간의 할 일을 최선을 다한 충무공이 지극히 정성된 마음으로 나라와 백성을 구하려는 간절한 공공심으로 하늘을 감동케 하여, 23전 23승이라는 세계전쟁사의 전무후무한 전과를 낳은 것은 지성감천, 천인상응(天人相應)의 경지였을 것이다(유기상, 황윤석의 주역점과 이순신의 척자점 비교)."

한국의 명장 가운데 삼국지 제갈공명급 전략가는 누구일까? 필자는 주저 없이 임진왜란의 영웅 이순신을 꼽는다. 국난 중임에도 내로남불 당파싸움으로 쓸데없이 간섭하고 시기질투하는 왕과 조정 등 최악의 여건에서 거둔 23전 23승은 해전 역사상 불멸의 기록으로 인간의 한계를 뛰어넘은 경지다. 이순신 승전전술은 일본 등 세계 해군들의 필수 연구대상이고, 일본에서는 군신으로 섬기고 있다. 근대 일본해군이 대영제국, 러시아 함대를 격파한 것도 이순신 전술을 연구한 결과였다. 천도에 따라 순수한 마음으로 최선을 다한 인간과 하늘이 함께 하지 않으면 이룰 수 없는 기적의 승전보. 충무공의 난중일기에도 하늘의 뜻을 묻는 주역점 사례가 자주 나온다.

또 하나 승리의 결정적 요인은 백성들이 이순신을 믿고 따르고 함께 했다는 사실이다. 그간 육군 의병에 비해 잘 알려지지 않은 수군 의병장, 명량대첩의 핵심인물이 고창사람 사호공 오익창(1557~1635)이다. 하늘이 함께 한 불멸의 이순신, 불가사의한 승전인 명량대첩, 그 뒤에는 피난민을 규합하여 후방지원과 이순신 함대 전술 운용을 목숨 걸고 지원한 바다 의병 사호공 오익창의 눈부신 활약이 숨겨져 있었다.

땅에는 곽재우, 바다에는 오익창

정유재란 때 원균이 참패하자 선조는 별수 없이 이순신을 해군 사령관격인 삼도수군통제사에 다시 임명한다. 1597년 7월 22일 통제사 재임용 후 이순신은 지난날의 덕망과 인맥을 활용하며 전라도 지역을 두루 거치며 15일 만에 최소한의 수군 진영 응급정비와 전투준비를 했다. 누구보다 전라도를 잘 아는 이순신을 전라도 선비와 백성들이 믿고 도와준 결과였다. 이 민관군 혼연일체의 결과 이순신을 신으로 만든 명량해전 승전을 기록한 것이다. 불과 13척 전함으로 전투함 133척, 군수지원함 포함 330척을 상대하여 이긴 기적을 만들었다. 한국사 최고의 명장 이순신의 전략과 리더십이 신화가 되는 장면이었다.

이 승전의 밑바탕이 된 고창 수군 의병장 사호공 오익창의 공적은 그간 햇빛을 보지 못했다. 다행히도 조선 후기 최고의 문장가인 서명응의 전기와 채제공의 묘갈명이 그 대강을 전해준다. 정조의 절대 신임을 받은 영의정 채제공 (1720~1799)이 쓴 묘갈명은 그의 문집《번암 선생집 49권》에 실려 있다. 묘갈명을 발췌 의역하여 오익창의 생애를 살펴본다.

사호공의 이름은 익창이고 함양 오씨다. 조부 오세영이 연산군의 폭정을 피해 전라도 무장현에 은둔한 이후 자손들이 이곳에 세거하였다. 부친 진사 오인과 생원 이학의 따님인 모친 사이에서 1557년 태어났다. 공은 14세에 〈성리대전〉을 외울 정도로 유학자로 이름을 날린 신동으로, 23세에 사마시에 합격하였다. 당대 최고 문인이던 백호 임제(1549~1587)와 함께 선운산에서 수십 일을 교유하였다. 임백호가 공에게 "내가 일찍이 호남의 독보적 존재라 자부했는데 이제는 자네에게 양보해야겠네"라고 말했다. 정유재란 시 충무공 이순신이 통제사로 왜적을 막았다. 원균이 패배한 직후라서 전선은 12척인데 적군의 배는 바다를 덮을 정도로 많았다.

이때 피난가는 사대부들 배는 수천 척이었으나, 통제사의 군세가 약한 것을 보고 사방으로 달아나려 하였다. 공이 울면서 설득하여 말하길, "공들이 흩어지

면 통제사를 도와줄 사람이 없다. 통제사의 응원이 없으면 적은 우리를 가볍게 보고 진격해 올 것이고, 나라가 없어지게 된다. 어찌 나라가 없어지는데 그대들만 온전할 수 있겠는가?" 하고 읍소하니, 모두 동조하였다. 이에 피난선들을 연결하여 통제사의 군선 후방에서 응원하여 사기를 돋우고, 적에게는 아군의 규모를 과장해 보이게 했다. 군사들이 추위에 떨자 옷을 걷어서 보급했고, 적탄을 방어하기 위해 솜이불 100여 장을 모아서 물에 적셔서 방탄막을 삼게 했다. 군사들이 목말라 힘들 때 박의 일종인 동과를 공급하여 수분을 보충케 하였다. 통제사가 공의 재능을 기특하게 여겨 조정에 천거코자 했는데 마침 통제사가 전사하고, 공도 숨기고 말하지 않았다. 조정에서 알고 제원찰방에 제수하였다.

거북선 제작 참여, 호남 5신을 구해낸 오익창

"정묘호란이 일어나자 군량미로 쓰도록 의곡을 모아 강화도 행재소에 보냈으니, 충의가 평소 쌓인 행동이다. 명은 다음과 같다.
재능으로 왜적을 막고, 충심으로 사악함 물리쳤네. 사람들은 빌붙으나 나는 은둔하여, 호수와 바다를 집삼아 사네. 요즘 사람들을 보아하니, 권세가 두려워 엎드리네. 공의 묘소를 지나거들랑 부끄러운 줄이나 알게나."

오익창 묘갈명의 정유재란, 명량대첩 공적 기록들은《사호집》,《번암집》,《보만재집》,《호남절의록》,《고창의 유학》등에도 상세하다. 특히 공이 거북선 제작에 참여한 사실이 문집에 나온다.

최근 함평문화원 발표〈대굴포 전라도 수영고찰〉논문에 따르면, 함평의 대선주인 송제민은 스승 정개청의 문인들인 오익창, 나대용 등 양명학자들과 영산강 인근 무관들과 함께 함평 대굴포 앞에서 거북선을 건조했다. 송제민이 상선 29척을 이순신에게 기증했다는 기록은,《난중일기》1592년 2월 8일 자에 "거북선에 사용할 돛배 29필을 조달받았다", 다시 3월 27일 자에는 "거북선에서 대포 쏘는 실험을 했다"는 기록과도 부합하는 것으로 보인다.

또한 무고한 호남의 인재, 조선의 인물들을 당쟁 갈등으로 몰살시킨 이른바, 기축사화, '정여립 모반 조작 사건'의 무고한 피해자의 억울함을 살펴달라는 상소를 용기 있게 올렸다. 정개청, 이발, 이길, 유몽정, 조대중 이른바 호남 5신의 사면 청원을 했다. 상소문 마지막 문장인 "반드시 죄 없는 자를 놓아주는 것은 성왕의 법도다. 삼가 죽음을 무릅쓰고 아뢰옵니다"는 글처럼 목숨을 걸고 의를 행한 것이다.

가진 자, 배운 자의 책무를 솔선한 오익창 가문

가진 자와 배운 자의 책무를 실천하는 사회가 건강하고 화합한다. 지배층이 노블레스오블리제를 솔선해야 국가 정통성이 굳건해진다. 임진왜란 2년 뒤인 1594년 전라도에 기근이 몹시 심해지자, 사호공은 집안 살림을 내어 혹 죽을 쑤어 베풀기도 하고 혹 마른 곡식을 나눠주기도 하니 사방의 사람들이 진휼청으로 가지 않고 공에게 와서 목숨을 보전하였다. 때마침 노략질하는 무리가 공의 집을 지나갔는데, "어진 사람이 살고 있으니 침범할 수 없다"고 하면서 공덕에 감복하여 그냥 갔다. 오익창의 후손들도 사호공의 유훈을 받들어 집안에 소장한 고문서 일체를 국립전북대학교 박물관에 기증하였다. 무장의 함양오씨 집안 소장 유물인 교지 10여 건, 간찰, 노비 문서 등 다양한 고문서 수십 건을 모두 국가에 기증하여 연구 사료로 활용하게 하였다.

오익창 전기를 집필한 북학파의 비조라 칭하는 대제학 서명응(1716~1787)은 수군 의병장 오익창을 육상의 곽재우와 비견할 인물로 평가한다. "임난 시에 기개 높은 선비가 많았으니, 홍의장군 곽재우와 사호 오익창 같은 분이다. 곽재우의 경우는 전기에도 실리고 노래로도 불려 세상 사람 가운데 빛나건만, 오익창은 그러하지 못했다"며 아쉬워했다. 이 아쉬움을 채우는 일은 오롯이 후학들의 몫이다. 상벌과 보훈을 바로 하는 일이 국가사회를 지속 가능하게 하는 열쇠다. 목숨 걸고 싸워 이긴 이순신을 죽이려는 조정 세태를, 이순신의 평생 후원자 류

沙湖吳先生神道碑

성룡은 징비록(懲毖錄)에 이렇게 적었다.

"명의 참담한 패장 양호를 변호하는 데는 온 조정이 혈안이 되어 패장을 명장으로 떠받들고, 자기 나라의 명장은 명장임에도 패장보다 더 비참하게 사지로 몰아넣었다. 그것이 조선이다."

정부나 국회나 정당이나 국익은 없고, 오직 내로남불 당리당략 싸움질로 날을 새는 오늘날 정치판을 꾸짖는 일갈이다. 가지고 누린 자들이 망친 나라를 의병들이 겨우겨우 구하고서, 다시는 통한의 역사를 되풀이하지 말자고 남긴 쓰라린 교훈 《징비록》이 나온 지 420년이 되었건만, 여전히 정치판은 그 모양 그 꼴이다. 임진 전쟁 전후에 이이와 유성룡이 "이게 나라냐"고 통탄했는데, 오늘도 여전히 국민들만 이게 나라냐고 정치 걱정, 나라 걱정 하는 것 같아 우울한 호국 보훈의 달이다.

33

행주대첩 숨은 공신
청도김씨 김응룡 의병장 형제

행주대첩 병사들은 높을고창 쌀을 먹고 승전했다네

임진왜란 때 전쟁 흐름을 바꾼 결정적 승전인 행주대첩은 진주대첩, 한산도대첩과 함께 흔히 '임난 3대첩'으로 꼽는다. 침몰 직전의 조선을 건져낸 임진왜란 3대첩의 주력 장병은 대부분 전라도 사람들이었다. 이순신의 "호남이 없었다면 나라가 없었다(若無湖南 是無國家)"는 평가는 수사가 아니라 역사적 진실이다. 특히 고창 출신 의병들의 참전과 군량미로 쓸 의곡을 모아서 병참 지원을 한 사실은, 특기할만한 사실인데도 그간 군민들에게도 잘 알려지지 않았다.

전쟁 초기 파죽지세로 밀고 오던 왜군을 곰치에서 저지하여 전라도 수부 전주부를 지켜낸 이후, 이치 전투에서 대승한 데 힘입은 권율은 한양도성 탈환을 꾀했다. 산하 여러 부대를 한양 주변에 포진시키고, 한양 탈환전을 모색하던 1593년 2월, 전라도 관찰사 권율(權慄)이 행주산성에서 왜군 정예 주력군을 크게 무찌른 전투가 행주대첩이다. 패전 2개월 후 왜군이 퇴각 결정하도록 만든 전투가 행주대첩이므로 전쟁의 전환점이 된 전투이다. 이에 앞서 광주 목사 권율은 전쟁 초기 1592년 7월 전라도 고산현과 진산현의 경계인 배치고개(梨峙) 전투에서 대승하여 곡창인 전라도를 지켰고, 그 공으로 전라도 관찰사 겸 순찰사가 되었다.

행주대첩은 조선 정규군 3천여 명 대 왜군은 3만 명으로 10대 1, 승병 의병을 포함해도 3대 1의 절대열세인 전력으로 대승을 거둔 것이다. 행주대첩 승리의 요소로는, 권율 장군의 리더십과 전략 전술, 세계 최초 로켓포인 신기전, 화차 등의 신무기, 여성참여와 투석전을 말해주는 행주치마 민간설화에서 보이듯 민관군의 일치단결, 천혜의 배수진인 자연 지리적 지형 지세 활용 등을 꼽고 있다. 전쟁은 무기와 병력보다도 지도자의 핵심역량인 국민통합의 정신력, 리더십과 도덕성, 지리적 여건 활용, 전술 전략이 주효하다는 전쟁사의 교훈을 얻을 수 있다.

행주대첩에 참전하고 순국한 김응룡과 청도 김씨

이 행주대첩의 빼놓을 수 없는 1등 공신이 고창 사람 청도 김씨 김응룡 의병장과 행주산성 북문을 지켜낸 무장현감 이충길, 군량미인 고창 쌀이었다. 행주 대첩 무대인 행주산성은 서울의 서쪽을 수호하는 서쪽 외사산인 덕양산을 감싸고 있다. 서쪽이 트여있는 한양 지세상 높이 124미터에 불과한 덕양산은 동쪽 용마산, 남쪽 관악산, 북쪽 북한산과 함께 당당히 한양의 외곽을 지키는 외사산 중 하나다. 행주산성은 남쪽이 한강, 동남쪽이 창릉천으로 자연적 배수진에 둘러싸인 천혜의 요새다.

  적은 북서, 북쪽의 계곡으로만 공격할 수밖에 없으므로 북문이 집중공격 목표가 될 것으로 예상하여, 순찰사 권율은 무과 출신인 무장현감 이충길에게 북문 수비 책임을 맡겼다. 북문장 이충길과 무장현의 고창 병사들이 행주산성의 북쪽을 사수함으로써, 행주대첩의 빛나는 역사가 쓰일 수 있었다. 당초 권율은 한양을 조기에 탈환코자 하는 의욕이 앞서 아현고개에 진을 치려 했으나, 조방장 조경이 천혜 요새인 행주산성 주둔을 적극 건의하자 받아들였다 한다. 이 대목에서 권율의 포용적 리더십이 돋보이고, 하늘로부터 행주대첩을 도와준 기적

의 선택 순간이었다.

여기에 행주대첩에서 순국한 청도김씨 3형제와 높을고창 쌀의 공적을 특별히 기록해 두고자 한다. 전라도 고창 출신 청도김씨 14세 김응룡(金應龍, 1546~1597)은 임난후 전쟁 유공자로 1605년에 선무원종공신(宣武原從功臣)에 녹훈되었고, 호조 참판에 증직되었다. 행주치마 전술의 창안자라고도 청도김씨 집안에 전해오는 김응룡은 전쟁이 일어났으나 조정이 제대로 구실을 못 하자, 고창에서 분연히 떨쳐 일어났다. 동생 김응구(金應龜)와 재종제 김몽룡(金夢龍), 사위 김진(金璡) 등 집안 식구들과 함께 의병을 일으켰다. 그는 가족회의를 거쳐 의곡을 모집하여 군량미로 120석을 보내기도 했다. 뱃길로 전쟁 물자를 수송하여 병참을 도왔고, 무장현 동백정포(현재 고창군 동호해수욕장이 있는 동호항)와 한양을 뱃길로 오가며 공을 세웠다. 이후 행주대첩에 참전하였고, 동생 김응구, 재종제 김몽룡 등도 임난중 순국하였다.

김삿갓도 두 번 찾은 스무재 서당과 계산서원

김응룡, 김몽룡은 고창군 상하면 검산리에 있는 계산서원에 청도 김씨 시조 김지대, 김희방, 김수형 등과 함께 배향되었다. 청도 김씨 후손들과 지역 유림들은 김응룡, 김몽룡 두 충신 형제의 충효 행적을 기리기 위해 감모재(感慕齋)를 지어 후학 양성과 충효 쌍전의 정신을 기리는 제사를 지내왔다. 감모재는 훗날 청도김씨 집안 서원이었으나 훼철된 청도의 남계서원의 계자와 고창 청도 김씨의 터전인 상하면 검산리의 산자를 따서 계산서원(溪山書院)으로 거듭났다. 감모재에 있던 청도 김씨 스무재 서당은 김도의가 개설하고 초대 훈장을 맡아 강학하였는데, 소문을 듣고 영광 등 전라도 각지에서 선비들이 모여들어 공부하던 서당으로 이름을 날렸고 과거급제자도 8명이나 배출하였다. 명성을 듣고 천재 시인 김삿갓이 두 번이나 방문하였다.

김삿갓의 스무재 서당 방문 시에 쓴 풍자시도 문집에 전해온다. 이 유서 깊은 계산서원 마당에 청도 김씨 김응룡 형제의 임진왜란 행주대첩 순국비를 행주대

첩 424년만인 2017에야 건립하였다. 김응룡 의병장 후손 김규일은 손화중 대접
주와 함께 동학농민혁명에 나섰다가 갑오년 12월에 순국하였다. 서울대 자연대
학생회장으로 1986년 4월 민주화를 외치며 분신한 민주화 운동가 김세진 열사,
전북대 학생 민주화운동을 한 김윤덕 민주당 사무총장이 그 후손들이다. 의로
운 이들을 기리는 추모비가 상하면 고산마을 어귀에 있다.

높을고창 쌀 먹고 이긴 행주대첩, 되살아나는 동호항

임진왜란 3대첩에서 맹활약한 고창 의병장 3인의 행적에서 공통되는 부분이
고창 쌀을 모아 군량미로 전선에 보냈다는 기록이다. 진주대첩에 참여한 무장
현감 은재공 유한량과 이순신을 지원한 사호공 오익창의 의병기록에도 의곡을
모았다는 기록이 있다. 행주대첩에 참전한 김응룡 의병장의 경우에는 오늘날
해리면 동호항(당시 동백정포)에서 뱃길로 행주산성 한양을 왕래했다는 수송
로 기록도 있다. 여기서 눈여겨볼 점이 무장읍성 사창(세곡, 군량미 비축창고)
의 거대한 규모다.

무장읍성 복원 과정에서 확인된 사창터 규모는 정면 14칸, 측면 3칸으로 전
국최대 규모 사창으로 확인되었다. 또한 양곡 수송을 위한 길목에 있는 인공수
로장애물인 해자를 건너는 다리인 적교도 우마 차도와 보도가 따로 있을 정도
로 큰 규모. 조선 시대에도 곡창지대인 고창지역의 쌀 생산지로서의 위상을
웅변하는 문화유산이다. 전국 최고 명품 브랜드인 수박, 멜론에 이어서 고창 친
환경 쌀은 브랜드화에 성공하였다.

수광벼의 좋은 미질과 철저한 품질관리, 도정직후 배송, 고급 쌀 브랜드마케
팅 전략으로 단숨에 경기미보다 비싸게 팔리는 명품 쌀, 높을고창 쌀의 명성을
얻게 되었다. 행주대첩 승리의 전사들이 먹고 이겼던 고창 쌀 브랜드를 잘 살려
나가면, 1년에 수천억의 웃돈을 농민들께 돌려줄 수 있을 것이다. 농수산물도
통합 브랜드 전략에서 이겨야 농어민의 소득증대로 이어진다. 승리를 갈망하는
국가대표나 운동선수, 수험생들에게 행주대첩 필승 쌀인 고창 쌀 브랜드는 얼

마나 매력적인 쌀인가? 역사 속에는 무진장한 이야기와 브랜드 소재가 숨겨져 있다.

신증동국여지승람에도 기록된 동백정, 전라도 관찰사를 지낸 김종직의 시에도 나오는 동백꽃이 흐드러지게 핀 동백정이 있던 동호항도 되살아나고 있다. 2019년부터 어촌 어항을 정비하여 관광과 소득 사업을 지원하려는 어촌뉴딜 300 사업의 첫 번째 사업으로 동호항이 선정되었다. 국비 등 112억을 투자하여, 주변 정비, 어촌 체험 시설, 마을특화사업 시설 등을 마무리했다.

조선 시대 무장현 최고 물동항이던 동백정포가 어촌관광 거점으로 되살아난 것이다. 이어서 죽도, 고리포, 상포, 장호, 하전 등 고창의 어항들이 차례차례 어촌뉴딜사업으로 새롭게 살아나고 있다. 이제라도 행주대첩과 인연이 깊은 높을 고창 쌀과 동호항의 명성을 되찾아서 다행이다. 역사는 끝없는 생명력과 의미 부여로 오늘에도 늘 우리 곁에 살아 있어야 참역사다.

34

국가 보물 문수사,
호남 제일 대목장 유익서, 대시주 오참봉

　호남 제일 문수도량으로 불리는 고창 문수사의 대웅전이 뒤늦게나마 가치를 인정받아 보물 지정작업이 마침내 완료되었다. 이로써 태효 주지스님 보임 이래 국가 보물 3건, 천연기념물 문수사 단풍나무숲 1건으로, 4건의 국가 지정문화재 보유사찰이 된 것이다. 민선 7기인 2020년 5월 문수사 대웅전 국가 보물승격을 위한 자료축적과 가치 제고를 위한 학술대회를 개최하였다. 그 후 전북도와 협력하여 지정절차를 수행한 결과 4년 만에 보물이 된 것이다.

　문수사는 이미 지정된 목조석가여래삼불좌상, 목조지장보살좌상 및 시왕상 일괄에 이어 보물 3점을 보유한 명실공히 유서 깊은 전통사찰로서 격을 갖추게 되었다. 앞으로는 무형의 자산들, 노사 철학을 완성한 문수사, 호남 의병 사령부 문수사, 만해스님도 다녀가시던 문수사 등의 정신 문화적 가치도 조명되면 좋겠다. 뜻깊은 보물승격 작업을 초지일관 추진해오신 태효 주지스님과, 백년전인 1924년 중창불사를 가능케 한 대시주 오연필과, 도편수 유익서의 공덕을 특별히 기록해 두고자 한다.

이번에 보물 지정된 대웅전은 그 이전부터 붕괴위험이 있었으나 재정문제로 손을 대지 못하다가, 고창부호이던 전 참봉 동복오씨 오연필(吳然必, 1863~1944)의 대시주로 1924년에 네 번째의 중창불사가 가능했던 것이다. 실내 기둥이 없고, 팔작지붕에서 맞배로 변형되는 등 특이한 건축양식과 형태의 대웅전 전면해체 보수 공사 시에, 탁월한 기량을 발휘하여 보물을 탄생시켜 주신, 호남 제일 대목장이던 무송유씨 유익서(1882~1944)의 공적을 빼놓을 수 없다.

고창지역에서 흔히 오참봉이라 불리던 동복오씨 오연필은 자가 국서(國瑞), 호가 금호(錦湖)로서, 28세에 통정대부 돈녕부 도정을 제수받고, 43세에 기자릉참봉에 임명되었고, 관직 이후에는 고창 금융조합을 세우고 초대조합장을 지냈다. 고창고보 설립시 많은 재정출연과 주위의 어려운 분들 구휼에도 힘써서 시혜 불망 공덕비, 금융조합장 송덕비가 전해온다.

대타로 나와 '만루 홈런' 친 유익서와 문수사

말년에는 불교에 심취하여 문수사에 들어가 성속을 초월하고 삭발수도를 하기도 했다. 기울어 가는 대웅전 중창비 전액을 시주하였고, 마침 불사하던 해에 회갑을 맞았는데도, 불사에 전념해야 한다고 회갑연도 미뤘다 한다. 대웅전 낙성 기념으로 대형불화도 대웅전에 봉안했는데, 주지스님은 감사 표시로 오참봉 초상화를 대웅전에 모셨다 한다.

아쉽게도 이 불화와 오참봉 초상화도 훗날 도난당해 지금은 모두 없어져 아쉽다. 후손들 전언에 따르면 외국에 팔려나갔을 거라 한다. 오참봉의 후손으로 일본 유학 후 고창여고 교장으로 평생 육영 사업을 하시고, 고창 오거리 당산제 초대회장, 고창문화원 초대이사 등으로 지역사회에 봉사해온 교육자 오성탁 교장이 그의 손자다.

구한말부터 일제강점기 시절에 규모있는 한옥을 짓는 총책임자 우두머리 목수인 도편수로 호남 제일 대목으로 날리던 대목장이 유익서였다. 보천교 총본부 차천자궁을 비롯하여, 사찰, 행세하던 명문가들의 사우나 정자 등 많은 걸작

을 남겼다. 특히 문화재로 지정된 무장면 덕림리 용오정사를 지으면서, 일부러 S자 모양으로 구불어진 기둥만을 골라다 지은 홍의재를 보면 그의 신들린 듯한 솜씨에 감탄하지 않을 수 없다. "목수라면 재목 탓, 연장 탓을 하면 안 된다. 어떠한 재목이 주어지든 이토록 아름답게 짜 맞출 수 있어야 장인이다"고 말하는 듯하다. 노자가 도덕경에서 말한 대교약졸(大巧若拙, 빼어난 재주는 모자란 듯하다)의 경지를 보는 것 같아, 필자는 한국 한옥건축의 백미라고 평가한다.

고창 토박이 성씨인 무송 유씨 유익서의 본명은 진현(晉鉉) 아명은 창현(暢

鉉)이었고, 익서(益瑞)는 자인데 주로 익서로 부른 것 같다. 무송 유씨 집성촌인 성송면 낙양 마을(본디 소라 모양의 명당 마을 터라는 뜻의 나형기, 螺形基였는데, 부르기 쉽게 냉기로 변했다가, 발음이 유사하고 뜻이 좋은 낙양, 洛陽으로 바뀜)에서 유희충(庾喜充, 1846~1901)의 아들로 1882년 태어났다. 모친 함열 남궁씨 (1858~1900)와 사이에 둔 1남 2녀의 장남이다. 20세 이전 미혼기에 양친을 모두 여의고, 22세 때 고수 양지촌 이천 서씨와 혼인하였다. 목수 일은 외조부의 권유로 주로 외삼촌인 남궁 련(南宮 鍊)에게 크고 작은 한옥 건축 기술을 고루 배우고 대목장이 되었다. 그의 수제자는 집안 일가인 유장봉(庾長鳳)이다. 고창 근동에서 숨은 재능으로 알려진 과묵하고 성실한 대목 유익서가 그 진가를 발휘한 작품이 1924년 현재의 문수사 대웅전을 해체 보수한 일대 사건이었다.

당시 대웅전은 1835년 다시 지은 지 백여 년이 가까이 되었고, 부실하여 중심이 기울기 시작했다. 서편인 앞쪽으로 무게중심이 5도 이상 이미 기울어서, 전체적 해체보수가 시급하였으나 돈이 없어 미루어오다가 불심이 깊은 오참봉의 대시주로 공사를 시작하게 된 것이었다. 당초 사업을 주관하던 신현국 주지스님의 속가 일가인 고흥 대목장 신대식이 도편수, 유익서가 부편수였다. 전면 해체 후 재조립 과정에서 긴 들보인 장량의 아귀를 며칠째 맞추지 못한 도편수의 실력이 들통나서 목수들의 신뢰를 잃게 되자, 일가 주지스님 보기도 민망하게 된 신도편수는 야반도주 해버리고 만다.

한국 최대 한옥… 보천교 천자궁을 짓다

졸지에 유익서가 대타로 도편을 잡고 지은 첫 작품이 이번에 백 년 만에 국가 보물로 지정된 것이다. 그가 도편이 되어 살펴보니 대부분 사찰건축 양식이 남북국 시대 이후 고려 초기 건축 양식인데, 이 건물은 건물 내부 기둥이 없는 특이한 구조의 주심포 양식임과 중창과정에서 팔작을 맞배지붕으로 변형한 구조를 정확히 진단하였다. 굵은 칡넝쿨로 주리를 틀면서 매질하여 짜 맞추는 기지

를 발휘하여 긴들보 짜 맞춤을 성공하자 목수들이 탄성을 지른다. 야구로 치면 대타로 나와서 만루홈런을 친 격이다. 이 사건으로 그의 문수사 대웅전 도편수 성공담이 주변에 회자되면서, 일약 호남 제일 대목으로 불리게 되었다.

1924년 당시 그의 나이 42세로 27년 동안 연마한 솜씨가 물오른 절정기의 작품이다. 말수가 적고 겸손한 성격 탓에 나서지 않는 그에게 도편수가 주어지자 잠재 기량을 실컷 발휘한 것이었다. 문수사 대웅전 이후에도 사우건물 중 화려한 궁중 건축 양식이 많이 보이는 무장 덕림사 용오정사를 지었고, 구한말부터 일제강점기까지 수많은 사찰, 청사 등 큰 공사를 하던 대목장이었다. 한옥 건축 사상 최대 최고의 건축인 정읍 입암의 차경석 차천자궁이라고도 부르는 보천교의 십일전 등 궁궐공사에 참여하였다.

독립운동 자금을 가장 많이 지원하는 등 일제강점기 종교 단체 중 가장 많은 독립운동 서훈자를 배출한 보천교를 탄압하면서, 교주 차경석 사후에 일제가 천자궁도 해체하고 궁전을 헐어서 힐값에 팔아치웠다. 오늘날 서울 조계사 대

웅전이 되어버린 보천교 중심궁궐인 십일전 등 천자궁은 1924년부터 5년 동안 총규모 600칸을 궁중 양식으로 지은 대역사였다. 이 공사는 연장자인 경상도 대목 변경재가 도편수, 고창대목 유익서가 기술담당 부편수, 부안대목 심사일이 목수 담당 부편수를 맡았다. 경복궁 근정전보다 훨씬 높고 큰 최고한옥이라 하는 궁중 양식 건축에서 유익서의 솜씨를 엿볼 수 있다.

호남 제일 대목장 유익서, 고향에서도 잊히는 거장의 걸작들

안타깝게도 2012년 불타버린 옛 내장사 대웅전도 보천교 전각중 정문인 보화문이 이축된 것인데, 잿더미로 사라져버려 사진으로만 웅장하면서도 화려한 한옥미를 보아야하다니 아쉽기만 하다. 이 밖에도 고수 예지마을 이상기씨 호화정자인 세한정과 솟을대문, 안채, 성송면 무송리 무송유씨 재실 여송재와 솟을대문, 성송면 향산리 무송유씨 재실 영모재, 대산 율촌 정세환 의원집 정자 등 고창에도 많은 작품을 남겼다. 이밖에도 호남 부자들의 사우, 정자, 사찰 등 많은 작품을 남겼다는데 전모를 다 조사한 게 없어서 아쉽기만 하다.

한 세대를 주름잡은 한옥건축의 명장 유익서, 고창에만 국가 보물 1건, 도유형 문화재 1건, 두 개의 문화재와 조계사 대웅전 등 화제의 걸작들을 많이 남긴 위인이다. 그러나 정작 무송 유씨 집안 족보에도 이런 업적은 한 줄도 없어서 아쉽기만 하다. 관직 경력 위주 족보 편집 관행상 그리했을 텐데, 앞으로는 이런 다양한 업적들도 자랑스럽게 기록하였으면 참 좋겠다. 그의 일가인 유병회 교장께 제공 받은 족보상의 묘소 정보를 찾아 후학으로서 술 한잔 올리고자 했으나, 유익서 선생 묘소는 종적을 모르겠고 이미 처족인 이천 서씨들 묘소가 차지했다.

처가 발복해 버렸는지 묘소나 후손들 행방이 묘연하여 아쉽기만 하다. 혹시 유익서 대목장 관련 추가 정보나 기록을 아시는 독자 제현께서 제보해주시면 고맙겠다. 기록하고 기억하고 뜻을 주지 않으면 이토록 찬란한 업적도 순식간에 사라지고 만다. 이 교훈을 되새기게 하는 호남 제일 대목장으로 날리던 유익서 대목장과의 만남이었다.

35

근현대 고창 유학자 흠재, 강재,
일재 고창 3재와 전주 3재

요즈음 도민들 들뜨게 하는 뉴스 하나가 올림픽 유치 국내 후보 도시 선정이다. 이왕 하려면 가장 전북다운 잔치, 전북만이 할 수 있는 문화올림픽을 기획하여 꼭 성공하는 유산을 남기면 좋겠다. 1998년 김완주 시장 당시 2002년 월드컵 개최 도시로 전주가 선정되면서, 야심차게 준비한 계획이 오늘날 전주한옥마을과 전통문화관, 전주국제영화제 등을 시작한 전주 전통문화 중심도시, 한스타일 중심도시 기본구상이었다.

전주한옥마을과 '전주 3재'

2002년 월드컵 사후 평가 시에 외국인에게 호평받은 관광상품은 단연 템플 스테이였다. 다소 시설이 불편하더라도 우리의 전통문화 의식주를 그대로 체험하는 일이 지구인들에게 아주 매력적인 관광요소임을 확인한 계기였고, 이후로 정부의 적극 지원을 받은 템플 스테이가 번창하고 있다. 한옥마을 조성 초창기에 한승헌 변호사, 김명곤 장관 등이 앞장 선 '천년 전주 사랑 모임'의 서울의 명사 대상 홍보 주제는 '전주 한옥마을에서 조선 선비 체험'이었다.

선비 흉내는 도포 입고 갓만 쓴다고 될 일이 아니고, 우리의 우수한 정신문화유산인 선비 정신을 함께 익혀야 한다. 아무튼 전주의 지역 상징이 된 한옥마을, 자본이 문화를 밀어내는 안타까운 현실에도 불구하고 한옥마을과 가장 어울리는 풍경은 '고전번역 교육원'의 글 읽는 성독 소리다. 전통문화 보존을 목표로 설립된 재단법인 민족문화추진회에서 한문 번역자 양성을 위해 설립한 국역 연수원의 최초의 분원이 전주분원이고, 오늘날 법정기관이 된 '고전 번역 교육원 전주 분원'의 전신이다.

1998년 말 전주시 문화 담당 과장인 필자에게 당시 전주대 한문교육과 김성환 교수께서 민추 전주분원의 필요성을 역설하셨다. 필자는 그 가치에 크게 공감하고 즉석에서 전주시가 앞장서서 돕겠다고 말씀드리고, 전주 향교 재산인 시청 앞 한식당 3층을 강의실로 확보하고 이듬해 봄에 바로 문을 열었다. 개원 초기 김성환, 김기현 교수, 소강래, 이성우 선생 등 서당 출신 교수들이 강

의를 맡았다. 전주분원 개소 덕분에 어린 시절 서당에서 기초한문을 배운 필자
도 국역자 양성과정에 입학하여 편하게 3년 동안 다시 공부할 수 있는 행운을
누렸다.

　고 김성환 교수는 연수원 교육 이외에도, 어려운 재정 형편에도 불구하고,
2003년부터는 《전북 선현 문집 해제》 작업을 시작하였다. 오늘날 여러 기관에
서 호남 유학자 문집 번역작업을 위한 기초 작업을 미리 해주신 셈이다. 분원의
방학 중이나, 전주대에서도 자신의 교수 시간 이외에도 매일 무료로 한문강좌
를 평생 해주신 우리 시대의 선비셨는데 일찍 가셔서 못내 아쉽다. 전주 한옥마
을에 다시 울리는 고전 성독 소리를 들으면서, 구한말과 일제강점기 문화 침탈
시기에도 한옥마을에서 정통유학의 맥을 이어오신 '전주 3재'라 불리는 선비들
을 다시 생각해 본다.

노사학파 흠재 조덕승과 '고창 3재'

　근대 유학의 큰 어른인 간재 전우(艮齋 田愚, 1841~1922)의 제자로 전주 한옥
마을을 무대로 강학과 집필을 해온 3인의 유학자를 흔히 전주 3재라 한다. 《금
재문집》을 남긴 전주최씨 금재 최병심(欽齋 崔秉心, 1874~1957), 《고재집》을
남긴 전의이씨 고재 이병은(顧齋 李炳殷, 1877~1960), 《유재집》을 남긴 여산송
씨 유재 송기면(裕齋 宋基冕, 1882~1956)을 일컫는다. 이들은 간재의 동문 제
자, 동시대 유학자로서 서로 교유하였고, 고재와 유재 집안은 사돈 관계다.

　자칫 온고을은 온전히 사라져 버리고 전주판 대장동이 될 뻔했던 개발론자
들의 재개발 망상을 깨버리고, 한옥마을 경관을 그나마 보존하고 살려낸 것은
김완주 시장의 탁월한 안목이고 전주의 홍복이다. 한옥마을의 진수는 전통 문
화의 보존과 재창조 기지여야 한다. 한옥, 한식, 한지, 한복, 한소리, 한글 등 한
스타일 산업의 못자리이고 한국 정신문화, 선비 정신의 텃밭이어야 한다. 전통
문화 침탈의 시대에도 우리 문화를 오롯이 지켜온 저력은 천도와 인의를 배운
대로 실천해온 선비들의 단단한 마음공부였다. 전주에 간재학파의 전주 3재가

있다면, 고창에는 호남 의병의 뿌리인 노사학파의 고창 3재가 있었다.

호남 유학의 종장은 조선 중기의 하서 김인후와 조선 후기의 노사 기정진이라 할 수 있다. 두 분이 장성출신이라서 '문불여장성'이란 말이 생겨났다. 노사 기정진(蘆沙 奇正鎭, 1798~1879)의 수석제자로서 스승과 함께 장성 고산서원에 배향된 창녕조씨 동오 조의곤(東塢 曹毅坤)이 고창 노사 학맥의 어른이다. 동오의 손자인 흠재 조덕승(欽齋 曹悳承, 1873~1960)은 조부로부터 가학을 내려받은 뒤에, 다시 노사의 손자이며 호남 의병 영수인 송사 기우만(松沙 奇宇萬, 1846~1916) 문하에서 사제의 연을 맺으면서 고창의 창녕조씨와 장성의 행주기씨 가문 간의 끈끈한 학맥이 이어진다.

조덕승은 고창읍 석정리 내정마을에서 태어났다. 4세 때부터 조부에게 천자문부터 사서삼경과 제자백가를 두루 익혔다. 21세 때 조부가 세상을 떠난 뒤에는, 동문 학우들과 함께 강학하며 서로 지켜나갈 실천 요강인 강학 규정 수십조를 정하고 스스로 솔선수범하니 동문 학도들이 모두 따라서 행했다. 23세 때부터 기우만 선생의 삼산재(三山齋)에 가서 고창 유학 변종혁, 김재종 등과 함께 송사 문하에서 수학하였다. 25세 때 청양으로 면암 최익현을 찾아가 조부 동오 선생 묘갈문을 청하면서, 영포대시(影浦臺詩)를 지어 올리니 면암이 그 조부에 그 손자라며 크게 기뻐했다 한다. 1899년《노사집》편찬에 참여하였고, 조부의 문집인《동오유고》를 삼산재에서 간행하였다. 최익현과 스승 기우만이 1905년 을사의병 거병 시에, 흠재는 노친봉양으로 동참하지 못함을 스스로 한탄하다가, 최익현이 대마도에서 순국하자 제문을 지어 애도했다.

주경야독의 처사적 삶을 산 강재 조석일

고창 출신 의병장인 포사대장 박도경(朴道京)이 방장산에 은거하며 항일 투쟁 시에 비밀리에 군량과 군수를 지원하였다. 박도경 의사가 체포되어 대구 감옥에서 순국하자, 전국의 향교 유림들과 연통하여 고향인 고창으로 운구해오도록 했다. 그의 영구가 장성에서 양고살재 넘어 월암마을에 이르렀을 때 노제를

지내면서, 흠재 선생이 고창 유림을 대표하여 '대한의사 박도경 지구'라는 명정을 썼다. 경술국치를 당하자 탄식하면서 동오정에서 후진을 강학하는 데 힘썼으며, 창녕조씨 대종회장으로 1920년 정산강당(鼎山講堂), 1922년 삼오당(三吾堂)을 각각 중수하였다. 월산마을에 새 마을 터를 일구고 경운장을 지어 교유와 강학의 거점을 마련했다. 학교 부지를 기부한 옛 고창동국민학교 교문 앞에 '흠재 선생 신장명농비'가 있고, 저서로 문인이자 생질인 일재 정홍채(鄭泓采)와 아들 조병후 등이 편찬한 《흠재문고》 9권 1책이 있다.

노사 학맥 문인이며 일가, 인척, 사승 관계인 흠재 조덕승, 강재 조석일, 일재 정홍채 선생을 고창 3재라고 부른다. 흠재의 제자가 강재, 강재의 제자가 일재이고, 강재는 흠재의 집안 아제, 일재는 흠재의 생질이다. 창녕조씨 강재 조석일(强齋 曺錫日, 1886~1969)은 청간공 조서의 후손으로 고창읍 월암마을에서 출생하여 평생을 공부하며 처사적 삶을 살았다. 집안 삼종형인 오암 조석일과 항렬로는 조카뻘인 흠재 조덕승 양 문하에서 가학을 계승하였다. 성장 후에는 송

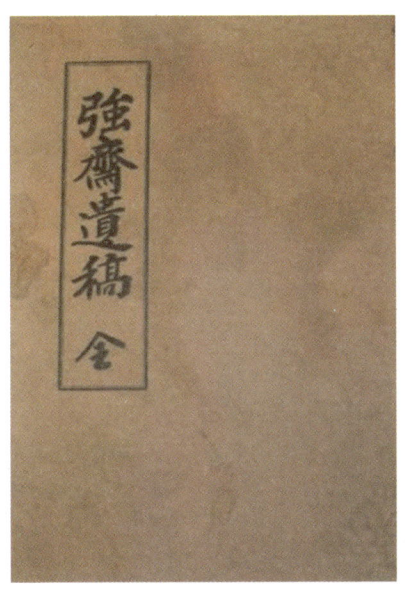

사 기우만의 문하에 나가서 수학하였고, 최익현 문하에도 출입하였다. 22세 때 《면암 선생 연원록》 편찬 시에 참여하였고, 23세 때 면암 선생 대상을 맞아 제문을 지었다. 50세 때 면암을 대마도까지 수행한 고창 출신 독립운동가 지은 최전구 선생의 만사를 지었다. 창녕조씨 대종회장으로 활약하였고, 족보발간에도 힘써 신사파보, 병오파보의 서문을 지었다.

그는 주경야독하면서 정산강당 등에서 강학을 하였는데, 제자들이 돈이나 곡식으로 학채를 내면 간단한 예물 정도 이외에는 받지 않았다고 한다. 그는 경독론(耕讀論)에서, "밭 갈기와 글 읽기는 어느 한쪽도 폐할 수 없다. 글공부만 하면 굶주려 살아갈 도리가 없고, 농사일만 하면 예와 의가 막혀 사람의 도리를 모른다. (…) 모름지기 낮에는 나가서 밭 갈고 밤에는 들어와 책을 읽어서 동중서처럼 성현의 도를 실천할 일이다"고 논하면서 영농과 공부의 병행을 역설하였다. 고창지역 석학인 신현중, 김재종, 이규찬, 김상흡, 유춘석 등과 시회를 하며 교유하였다. 저서로는 《강재유고》3권 1책이 있다.

고창 마지막 서당 월산 서당과 일재 정홍채

　고창지역의 마지막 서당 월산 서당에서 80년대 초까지도 강학한 분이 일재 정홍채(逸齋 鄭弘采, 1901~1982) 선생이다. 하동정씨인 일재는 장성 광암에서 출생했다. 일찍이 고봉 기대승의 문인으로 고창 현감을 지낸 하곡 정운룡(霞谷 鄭雲龍)의 후손이다. 정홍채는 어려서 부친 정순영을 따라 외가인 동오정이 있던 고창읍 내정마을(현재 석정 골프장 안내소 주변)로 이사를 왔다. 외숙인 흠재와 처종조부인 강재의 문하에서 수학하였다.

　총명하여 15세에 고전의 네 부류인 경사자집(經史子集)을 다 읽고 통하였다 한다. 장성한 후에는 원근의 석학들을 두루 찾아다니며 식견을 넓혔고, 외숙 흠재 선생이 월산마을 새 터를 닦을 때 함께 이사하여 월산 서당을 열어 종신토록 후학을 길렀다. 문인으로 유용상(柳龍翔), 강천수(姜天秀), 김영회(金寧淮) 등 수십 명이 있고, 저서로《일재유고(逸齋遺稿)》3권 3책이 있다. 남긴 글 중에 '경의강설(經義講說)'은 그가 일생 동안 공부한 주자대전, 율곡전서, 황극경세

서, 이정자서, 간재의 성사심제설(性師心弟說)과 이기심성론 등을 바탕으로 자신의 독창적 견해를 덧붙인 글로, 정홍채 학문의 정수를 보인 작품이라 할 수 있다(고창의 유학).

고창 3재가 가신지 반 백 년 만에 호남 의병 노사 학맥의 한 거점이던 석정온천 동오정 계곡을 포크레인으로 밀어버리고 골프장을 지었다. 어릴 적 필자의 눈에 비친 동오정과 내정 계곡은 한국 전통 원림의 풍광을 지닌 절경이었다. 골프장을 설계하면서 누군가가 조금 비용이 들더라도 동오정 정자를 살려두고 그늘집으로 활용할 궁리를 했더라면, 가장 한국적인 전통미를 지닌 그늘집으로 세계건축잡지에도 소개되었을 텐데 참 아쉽다. 선비들의 인문학과 풍류 예술 무대인 아름다운 정자들이 무관심 속에 썩어 무너져 간다.

수천년 동방예의지국의 명예를 지켜온 선비정신, 망국의 위기때마다 나라를 구한 의병정신도 함께 스러져 간다. 최고 대학을 나온 법조정치꾼 괴물집단이 법꾸라지 지식을 방패삼고, 인간의 최소한의 양심과 분별심마저도 버리고, 극좌 극우의 내로남불 이념전쟁에 불을 질러 나라를 아예 불태우려 한다. 옳고 그름도 정의와 불의도 분간하지 못한 채, 염치와 부끄러움마저 내팽개친 정치모리배들에게 이 나라를 더이상 맡길 수는 없는 지경이다. 건전한 양심과 상식과 합리성을 가진 우리 시민들이, 다시 불의를 물리치는 선비 정신으로 대한민국 국가 대개조 의병운동에 나서야 할 때다. 나아갈 때와 처할 곳을 분명히 하고 지행합일을 실천해 온 선비들의 출처 정신이 다시금 그리운 시국이다.

36

인천강과 섬진강에 흐르는 5백 년 우정, 옥천조씨와 삼호정

고창 인천강과 순창 섬진강에 흐르는 5백 년 우정

　최근 문화 치유 도시, 인문학 수도로 부상한 고창의 잘 알려지지 않은 자랑거리가 서원과 사우다. 전북 도내에서 그 숫자나 다양성 면에서 으뜸이다. 1천여 년 동안 서원과 사우, 정자 등이 바로 지역 인문학의 거점이었다. 서원이나 사우는 가문이나 학파 중심으로 세운 일종의 사립학교와 제향 기관, 유학의 핵심 가치를 공유하는 정신적 중심이었다. 사우는 집안에 기릴 만한 위인이 있고, 시설을 짓고 운영할 경제력이 뒷받침된다는 상징이다. 현재 서원과 사우 숫자는 고창이 32개소로 가장 많고, 뒤이어 김제 28개소, 정읍 24개소, 남원 23개소 순으로 나타난다.

　상위 네 개 시군은 모두 농경 시대 물산이 풍부한 고을들이다. 서원과 사우나 정자는 풍수가 좋은 터를 골라 짓기 마련인데, 마침 역이나 원 근처 길목에 있으면 지나가는 나그네가 쉬어가기도 딱 좋다. 이러한 입지의 대표적인 곳이 아산면 인천 강가의 옥천조씨 사우인 덕천사(德川祠)와 삼호정(三湖亭)이다. 사우와 정자 이름 모두 강물을 뜻하는 글자가 들어갔다. 이곳은 옛 고창현과 흥덕현에서 선운사나 선운포 칠산바다로 나가는 길목이고, 인천강 뱃길과 흥덕현과 무장현을 잇는 육로가 교차하는 수륙교통의 요충이었다. 그러기에 사신이 뱃길로 드나들었다 하여 사신원이란 역원이 있었던 길목이다.

고창의 옥천조씨들이 인청강가 명승지에 설립한 덕천사는 특이하게도, 집안 선조인 조윤옥과 인생 말년을 의좋게 함께 해로한 순창사람 열 분의 우정의 표상이다. 정자인 삼호정은 옥천조씨 의좋은 삼 형제 형제애의 향기가 전해진다. 인천강을 바라보는 풍광도 수려하지만, 요즘 더욱 그리워지는 사람의 인정, 우정과 형제애를 생각하며 마음까지도 시원하게 치유하기 딱 좋을 명소다.

덕천사는 조선 순조 18년(1818)에 창건하고, 십노계의 주역인 고령신씨 귀래정 신말주(歸來亭 申末舟, 1429~1503), 돈세옹 조윤옥(遯世翁 趙潤屋), 돈암 장조평(遯菴 張肇平) 세 분을 배향하였다. 대원군의 서원철폐 뒤에 다시 세우면서 7인의 위패를 추가하여 십노계원 모두를 모시고 있다. 한편 남원시 대강면 섬진 강가에도 흥덕장씨 집안에서 장조평과 십로계원을 배향하는 '십로사(十老祠)'를 세워 십노계원의 우정을 기리고 있다.

순창 본향 옥천조씨의 고창 입향 내력

어찌하여 순창 인물 신말주 등 10인이 고창의 옥천조씨 사우에 배향되었을까? 옥천조씨의 본관 옥천은 순창의 옛 이름이고, 고창의 옥천조씨는 순창에서 처가 동네인 고창으로 이사 왔기 때문이다. 십노계(十老契)는 세조에게 협력한 형 신숙주와는 달리 관직을 버리고 처가인 순창설씨 근거지 순창에 귀래정을 짓고 노년을 함께 지낸 신말주가 조직한 친목 교유 모임이다. 고창 덕천사의 당초 배향 인물 3인 이외에, 이윤철(李允哲), 안정(安正), 김박(金博), 한승유(韓承愈), 설산옥(薛山玉), 설존의(薛存義), 오유경(吳惟敬) 등이 그들이다.

중심 인물인 신말주가 모임의 취지를 기록한 글과 열 명의 모습을 그린 〈십로계첩, 십로계축〉 그림을 통하여 후손들에게 전해졌다. 덕천사 중심인물 세

분의 아호를 보아도, 단종폐위에 반대하고 벼슬을 버린 후 십노계로 교유하던 그들의 심경이 잘 드러난다. 신말주는 순창 남산대에 귀래정이란 정자를 짓고 자신의 아호로 삼았다. 귀래는 벼슬을 버리고 귀향하여 자연을 즐기고자 한 도연명의 귀거래사(歸去來辭)를 본딴 것이다. 조윤옥의 아호 돈세옹의 돈(遯), 장조평의 아호 돈암의 돈(遯)은 모두 주역의 천산돈(天山遯)괘에서 따온 것이다. 만물은 항상 같을 수 없어서, 오래되면 떠나는 법이니, 하늘만 보이는 산속으로 물러나 세상에서 은둔하는 모습이 천산돈괘이다. 아름답게 물러남은 바르고 길한 일이란 주역의 뜻을 새긴 아호인 것이다.

순창이 관향인 옥천조씨는 고리 시대 문하시중을 지낸 조장(趙璋)이 시조다. 전공판서(典工判書)를 지낸 조영(趙瑛)이 중시조다. 고창 입향조인 조덕린(趙德隣)의 현손인 인호 조현동(仁湖 趙顯東), 덕호 조후동(德湖 趙厚東), 석호 조석동(石湖 趙錫東) 3형제가 학행과 형제애로 이름이 드높아서 이른바 삼호(三湖)로 불렸다. 이 삼 형제의 애틋한 형제애 이야기와 시인 묵객들의 수많은 시

문을 남긴 곳이 삼호정이다. 입향조 조덕린(趙德隣)은 중시조 조영의 8대손으로 1554년(명종 9) 순창군 복흥면에서 태어났다. 임진왜란 때 의병을 일으켜 장성 의병에 참여하였다. 임진왜란이 끝난 뒤 고창읍 월암리 검암(儉巖)에 사는 창녕조씨 조헌(曺憲)의 딸과 혼인하였다. 혼인 후에 처가 고을인 고창 인천강 유역 사신원(使臣院)으로 이사하여 정착하였다. 그 후손들이 아산면 사신원, 부정, 독곡, 대기마을 등에 대를 이어 살고 있다. 고창 옥천조씨의 정신적 상징 공간이 바로 덕천사와 삼호정인 것이다.

삼호정의 백일홍으로 피어나는 의좋은 삼 형제

삼호정과 덕천사는 늦여름 무더위를 잊게 하는 배롱나무꽃, 백일홍 꽃잔치 명소이기도 하다. 덕천사가 노년을 해로한 열 친구의 물처럼 담백한 우정 이야기라면, 삼호정은 의좋은 삼 형제의 형제애가 애틋한 정자다. 삼호정에 걸린 수많은 기문과 시문이 삼호정 풍광과 함께 삼 형제의 아름다운 이야기를 한결같이 칭송했다. 형제 중 가운데인 덕호 조후동이 쓴 《삼호정기》를 살펴보면, 삼호정 유래와 마음과 몸이 하나같은 삼 형제의 풍류 놀이가 잘 그려져 있다. 고창군의 본류인 인천 강가에 위치한 삼호정은 물의 품성과 삼 형제의 아호를 절묘하게 대비하여 지은 이름이다. 고창현을 관통하는 긴 강이 양쪽 산줄기를 가르며 십여 리를 달리다가 호수를 이룬 곳이 바로 여기다.

역과 원이 있던 옛날 주요 교통로였고, 물길이 깊어 수운이 유리하고, 농사나 어로 등 생업에도 좋은 곳이다. 맏형의 아호 인호(仁湖)는 어진 내인 인천(仁川) 강 이름 어질 인(仁)자를 따서 인호다. 둘째 덕호(德湖)는 물의 성품인 덕을 따서 덕호다. 셋째 석호(石湖)는 강물의 주변인 물가 기(磯)자에서 돌석(石)변을 취하여 석호라 지은 것이다. 인천강과 삼호정, 삼 형제가 하나로 얽힌 이름이다. 이곳에서 삼 형제는 학문을 논하기도 하고, 술 한 잔에 시 한 수를 지으며 풍류를 함께 즐겼다. 달밤에는 바람 쏘이며 밤늦도록 노닐다가 풍광과 시흥에 취해 돌아갈 때를 잊기도 했다.

한 핏줄 형제지만 때로는 절친보다 더 친근하고, 동지보다 더 뜨거운 가슴을 공유했던 우정과 동기애를 나눈 삼 형제 이야기가 곳곳에 새겨진 정자다. 인천강과 삼호정 주변의 산수 절경도 빼어나지만, 삼 형제의 고결한 사람 향기가 더욱 아름다운 기억으로 남아있다. 창건 당시 1751년(신묘년)의 〈삼호정기〉 기문은 둘째인 덕호 조후동이 지었다. 1백여 년 뒤 다시 중수한 삼호의 후손 조윤모, 조한모의 간청으로 좌의정 송근수가 지은 1864년(갑자년) 〈삼호정기〉 기문도 함께 걸려 내력을 말해준다.

역사는 가꾸고 기록하는 자의 몫

역사는 기록하고 보존하는 자의 몫이다. 역사 속에 빛나는 인물은 후손이나 후학이 훌륭한 인물이다. 고창의 인천강과 순창, 남원의 섬진강가의 사우에 5백 년 전의 우정이야기가 오늘까지 생생하게 전해진 것은 기록을 남기고 보존한 사람들 덕분이다. 십노계의 중심인물인 신말주가 1499년에 직접 쓰고 그린 십로계첩을 열 가문에서 나누어 보존해 왔다고 한다. 이 그림이 낡고 헤어지자, 신말주 후손이 1790년에 당시 최고 화사인 강세황과 김홍도에게 의뢰하여 다시 모사한 그림인 〈십노도상첩〉과 신말주와 장조평 고사도가 삼성 리움미술관에 소장되어 있다.

전북도 문화 유산인 신말주 후손 소장본《십로계축》에 관한 상세한 기록도 전해온다. 신말주의 10세손 호남 3대 실학자인 여암 신경준이 운명하기 넉 달 전인 70세 정월에 기록한《십로계축후서(十老契軸後敍)》에 그 유래가 기록되었다. 세월이 흐르자 열 친구의 후손들이 끊기고 소원해져서 원본《십로계축》의 행방도 잊혔다. 다행히 다른 집안 후손 중 하나인 어느 스님이 찾아서 전해준 것을 여암 집안에서 벼 두 섬을 주고 사들여 소장해서 전해온 내력이 자세히 적혀 있다. 남원의 흥덕장씨 장조평(張肇平)의 사당인 '십로사'에 소장된 한 첩이 있었다는데, 광복 후에 도난당하여 행방을 알 수 없다고 한다. 도난당한 작품이 호암미술관 소장본과 같은 것이었는지는 필자가 아직 확인하지 못했다.

골동품 시장에는 후손 중 누군가가 돈으로 바꿔먹었을 집안 대대로 전해온 가보들이 부지기수다. 얼마 전에 고창의 대표 효자인 효감천 동복오씨 오준 선생 후손 한 분이 사재를 털어 효감천 관련 유산을 어렵게 되찾았다는 희소식을

들었다. 세대가 바뀌면서 조상의 정신을 팔아치우는 후손도 많고, 드물게는 되찾아 보존하려는 귀한 후손도 있다. 후손 하나를 보더라도 가문의 미래를 알 수 있다. 나라나 고을의 명운도 그러하다. 공공심으로 미래를 위해 헌신하려는 슬기로운 군주도 있었고, 선조들 공적을 파괴하고 과거로 회귀한 탐욕의 모지리도 있었다.

착하고 슬기로운 사람이 공직을 맡는 문화가 정착해야 나라도 고을도 미래가 있다. 돈으로 공직을 사서 당선된 사람이 돈 받고 관직을 팔아먹는 고을에 무슨 미래가 있겠는가? 형제간 친구 간에도 돈으로 싸우고 송사하는 일이 다반사인 천박한 쩐 종교 우상의 세태다. 강물처럼 담백하게 5백 년을 흘러온 선인들의 격조 높은 사귐과 우애의 정신이 더욱 그리운 시절이다.

37

도암 홍매로 피는 효심,
안동김씨 조선 대표 효자 김질과 도암서원

탄핵 정국과 초대형 산불로 가슴 조이는 나날이다. 철은 봄이 왔으나 시국은 봄같지 않다는 그야말로 춘래 불사춘이다. 그래도 어김없이 봄꽃은 흐드러지고, 봄의 전령인 매화 향기 그윽한 도암 홍매를 찾았다. 고창지역에서 탐매가들이 첫 번째로 꼽는 도암서원 홍매가 한바탕 웃기 시작하면 갑촌마을 어귀까지 매향이 진동한다. 매향에 이끌려 도암서원 외삼문에 들어서면, 여섯가지 사람의 기본도리를 다하리라 다짐하는 계율(자계육잠, 自戒六箴)을 스스로 짓고 실천하여, 충효의 귀감이 된 영모당 김질의 그윽한 사람 향기에 다시 머리가 숙여진다. 퇴계 선생이나 수많은 선비가 매화를 아끼고 많은 애찬 시를 남긴 것은 눈 속에서도 피어나는 매화의 고결한 성품과 선비다운 향기를 닮고 싶었기 때문이리라.

마침 이달 초에 효자 김질과 그의 증손으로 각각 정유재란과 병자호란 때 의병을 한 은송당 김경철(金景哲)과 현무재 김익철(金益哲)을 기리는 도암서원의 문화유산 승격을 위한 학술대회가 있었다. "고창 도암 서원의 성격과 건축학적 가치고증"을 주제로 안동김씨 종중의 후원으로 '호남 지역학 연구소'가 주최하여, 모처럼 내용이 알찬 연구논문들이 발표되었다.

전북대 이재 연구소를 거쳐 이재 황윤석 연구의 중진학자인 '호남 지역학 연구소' 대표 이선아 박사가 '전라도 무장현 안동 김씨의 효제충신의 가풍과 도암서원의 위상', 한국 고건축 분야 최고 전문가인 전 문화재위원인 남해경 전북대 명예교수의 '도암서원의 건축'에 대한 연구발표와 석학들의 토론도 모두 내실이 있었다. 특히 연구 보고서 부록으로 제공한 김철배 박사의 봉사 김익철의 '선무원종공신록권 분석' 자료는 향후 임진왜란사나 조선의 공신 제도를 연구하는 학자들에게는 아주 쓸모있는 귀한 정보가 될 것 같다. 무엇보다도 현재 고창군 문화 유산인 도암서원이 그 가치를 인정받아 전북도 문화 유산으로 승격하는 데 학술적 근거를 마련하였으니 퍽 늦었지만 다행이다.

'조선 제일 효자' 김질, 개갑 장터 열다

조선 전기의 유학자인 김질(金質, 1496~1555)은 안동 김씨로 호는 영모당(永慕堂)이다. 도암서원 강당에 영모당 현액이 걸린 연유다. 안동김씨 익원공파 시조는 상락 부원군으로 조선 개국공신인 익원공(翼元公) 김사형(金士衡)이다. 김질은 고창 입향조인 김사형의 현손 김을만의 손자이고, 아버지는 찬의(贊儀)를 지낸 김복중(金福重)이다. 《도암사건립사적》에 의하면 김질은 중국 명나라까지도 알아주던 효자라고 한다.

1546년에 명나라에서 조선의 충효 인물에 대해 조사를 할 적에, 당시 전라도 관찰사 민성휘(閔聖徽)가 김질을 으뜸으로 추천하였고, 명나라에서 특별히 명을 내려 정려하였다 한다. 한편 유교의 기본 덕목인 충효 정신을 권장하기 위해 세종조에 발간한 《삼강행실도》의 후속 증보판격인 광해군시 간행한 《동국신속삼강행실도》의 효행 편에 〈김질부토(金質負土)〉라는 제목으로 소개되었을 만큼 조선의 충효 교과서에 실린 대표 효자였다.

"진사 김질은 무장현 사람이다. 아비상을 당하여 애통하기를 법도에 지나치게 하고, 흙을 져다 봉분을 짓고 손수 제수를 장만하여 시묘살이 삼 년을 하다. 어미의 종기를 걱정하여 입으로 빨아내고 하늘을 향해 큰소리로 기도하니 즉시 좋아지다. 어미상을 당하여 죽만 먹고 시묘하느라 삼 년 동안 집에 가지 않았다. 명종 때 정문을 내렸다."

그의 지극한 효성에 하늘이 감복한 이야기와 김인후, 기대승, 양응정 등 호남 거유들과 교유하였고, 그들은 김질을 호남 제일 효자로 칭송하였다. 모친상 시묘 시 겨울밤에 주위에는 한 길이 넘는 눈이 내렸으나, 하늘이 도와서 여막 둘레에만 내리지 않았다고 한다. 아버지가 생전에 좋아했던 꿩고기를 매년 제사상에 올렸는데, 어느 해 꿩고기를 구하지 못해 통탄하자 꿩이 스스로 부엌으로 날아들었다는 일화도 전해온다.

당시 무장현 치소에는 시장이 없었고 오늘날 해리면 안산에 안진머리장이 섰기에, 눈길에 제수를 장만하러 이십리 넘는 길을 왕복한다는 김질의 효행을 들은 무장현감이 감동하여 특별히 김질의 마을 근처 개가리와 갑촌 사이에 열어준 시장이 개갑 장터다. 한창 번창하던 개갑 장터가 훗날 주변의 석교포와 함께 동학농민혁명의 발상인 무장기포를 준비하는 인적·물적 자원을 조달한 기지 역할을 하게 되었다. 천주교 신유박해 당시 이곳에서 최초 순교한 복자 최여겸 마티아의 순교유적지이기도 하다.

영모당의 저서로는《영가세적(永嘉世蹟)》에 수록되어 전하는〈영모록(永慕錄)〉,〈자계육잠(自戒六箴)〉등이 있다. 스스로를 살펴 반성하고 후생을 경계하는 자경문인〈자계 6잠〉은, 어버이, 형제, 임금, 스승, 관장(官長), 친구를 잘 섬기기 위한 생활 지침을 정해 스스로를 자책하는 내용이다.

도암서원과 도암 만첩 홍매

김질을 기리기 위해 광해군 5년(1613년)에 세운 안동 김씨의 도암서원에는 호남 유학자 중 유일한 문묘 배향자인 하서 김인후(金麟厚)가 인종 1년(1545년) '영모당'이라고 편액을 썼고, 당시 무장 현감으로《미암일기》를 남긴 미암 유희춘(柳希春)이 기문을 지었다. 도암서원은 김질의 생가터인 고창군 공음면 칠암리 갑촌마을 나지막한 산줄기 하나가 들판을 만나는 배산임수의 '노서하전형(老鼠下田形, 늙은 쥐가 먹거리가 풍부한 밭으로 내려오는 포근한 모양)' 명당에 터를 잡았다. 앞에 강학공간 강당인 도암서원 영모당을, 뒷편에 제사공간인 도암사와 부조묘를 배치하여 전형적인 전학후묘형(前學後廟形) 배치형태다.

서재후면 좌측에 '효자 진사 김질지려'라는 편액을 걸어놓은 정려각, 우측에는 공신 녹권을 봉안한 봉안각이 있다. 1835년(헌종 1년)에는 유림의 숱한 공론과 무장현의 승인을 받아 정유재란과 이괄의 난 때에 의병을 일으킨 증손 김경철(金景哲)을, 다시 1857년에는 김경철의 아우로 병자호란 때에 의병을 일으킨 김익철(金益哲)을 추가로 모셔서 충효 표상 3인을 배향하고 있다. 그 후 1868년(고종 5)에 흥선대원군의 서원 철폐령으로 훼철되었다가, 1936년에 후손들이

복원하여 다시 배향하고 향사하면서 지금에 이르고 있다.

내삼문의 편액을 효충문이라 한 것은 '효제충신'의 가풍을 압축한 것이다. 내삼문 안에 사우인 도암사가 있고, 도암사 뒤 현충문 안에 영모당의 6대조이자 안동김씨 시조인 익원공 김사형(金士衡)의 부조묘가 배치되어 있는 것이 특이하다. 봉안각의 녹권함과 하마비는 고창지역 사우 중에서는 유일하다. 도암서원의 상징으로는 도암 홍매가 단연 일품이다. 3백여 년 된 도암사 홍매는 꽃잎이 여러 겹인 만첩홍매(萬疊紅梅)로, 만개하면 멀리서도 환하고 향기가 진동한다. 나무 등걸과 수형도 단정하고 연분홍 꽃밥은 화사하기만 하다. 곁에 있던 키 큰 나무가 태풍에 쓰러지면서 홍매의 가운데 줄기가 꺾여버린 아픈 상처가 있어서 짠하지만, 그런 아픔도 다 이겨내었기에 이토록 빛나고 환한 꽃 공양을 올리는 것이겠지.

큰 사람의 그늘과 역사의 기록

고창에 입향한 안동 김씨가 비교적 빠른 시간 내에 무장현 제일 사족으로 자리 잡은 것은 김질이라는 우뚝한 인물 덕분이다. 그의 학식과 덕망에다 조선 제일 효자라는 세평 덕분에 하서 김인후, 고봉 기대승, 송천 양응정 같은 호남 거유들의 칭송이 시문에도 회자되어, 가문의 자랑이 되었고 아름다운 충효 이야기가 역사로 계승된 까닭이다. 하서 김인후는 영모당이란 당호를 지으면서 김질의 효행을 기리는 시를 썼다.

"집을 짓고 영모당이라 당호를 걸었네
아침저녁으로 늘 그대 모습 그리워하네
찬 서리 내리거든 슬프고 처량하여라
잎새에 이는 바람 소리에도 눈물짓고
숲속 새소리도 해 질 녘에 더욱 서러워라
냇가의 수달도 찬 여울에서 제사 지내는 듯

우러러보니 미치지 못할까 부끄럽구나
부모님 은혜 크기야 하늘땅과 같으리니"

　　호남 3대 실학자로 조선 최고 기록왕 이재 황윤석은 〈효자 진사 영모당 김공 묘표〉와 〈무장현 도암사 삼수 상량문〉을 써서 그의 문장을 남겼다. 노사 기정진의 손자로 호남의 항일의병 지도자인 송사 기우만도 〈영모당 중건기〉란 명문을 남겼다. 호남 제일 문장들의 문집 속에도 한결같이 효자 김질과 도암서원 이야기가 기록되었다.

　　큰 사람의 그늘이 이토록 너른 법이다. 큰 사람 김질과 김질을 모시는 도암서원의 역사에 대해서는, 각 시대마다 호남의 걸출한 대학자들이 주옥같은 글로 역사에 새긴 것이다. 역사는 올바로 평가하고 기록하는 자의 몫이다. 이왕 공직을 맡았거든 매화향기 보다 오래오래 전해질 사람의 덕행으로 역사에 남도록 스스로 조심하고 경계하고 밤낮없이 애쓸 일이다.

공연히 밤낮없이 전임자의 공적은 먹칠해서 지우고, 제 잘못은 전임자 탓으로만 돌리고, 전임자 망신 주기만을 꾀하는 치졸한 자들, 사람 같잖은 인간들을 역사는 어떻게 기록할까? 온갖 풍상을 다 겪고도 맑게 피어나, 세상을 밝히고 향기롭게 하고 싶은 도암 홍매의 환한 미소와 그윽한 향기를 닮고 싶은 봄 같잖은 봄날이다.

꽃길만 걷는 비결

유기상

꽃길만 걸으셔요
날마다 문자 인사가 온다
보기만 해도 달콤하다
꽃길만 걸으셔요
듣고 또 들어도 달콤한 꽃길 안부
보고 또 보아도 상쾌한 꽃길 마중

꽃이 피어야 꽃길을 걷지요
길에 꽃은 누가 심지요
나만 왜 꽃길만 걸을 수가 있지?
꽃 한 포기 심지 않고
꽃길만 걷고 싶은 사람 심뽀

세상에나 사람살이 어디 꽃길만 있간디

하늘 땅 하는 일이 어디 내 욕심대로 되간디
한바탕 땡볕 뒤엔 폭풍우도 치기 마련
수줍은 제비꽃 숨어 피는 이웃에는
짓밟히며 피어나는 질경이도 피기 마련
오르막길 지나가야 내리막도 있기 마련

하늘 땅에서 귓속말로 사알짝 알려주신 속삭임
네가 꽃씨를 뿌리며 걸어라
틀림없이 그 길은 꽃길이 되리니
네 새끼들도 꽃길을 걸을 수 있으리니...

어디서 노상 듣던 울엄니 말씀이네
우리 엄니 용구개댁이 입에 달고 사시던 말씀이네
지 손발로 살림 불려가야 사는 재미제 잉
꽃길만 걸으면 뭔 재미다냐 잉
가시밭길 깔딱고개 다 넘어 봐야 인생 진재민거시여!
꽃씨 한 톨 안뿌리고 꽃길만 걷자는 건 도둑놈 심뽄거시여!
(포스트모던 2024 겨울호 수록 졸시)

345

고창사람 유기상이 발로 쓰고 심장으로 노래한

높을고창 사랑가

글과 사진	유기상
표지 그림	조연주

편집	성도연
디자인	박미영
마케팅	조종삼
펴낸 곳	블랙에디션
주소	서울특별시 동대문구 정릉천동로 68, 110호
구입·내용 문의	070-8854-9929
등록	2009년 9월 22일(제305-2010-02호)
찍은 곳	다라니
종이	㈜월드페이퍼

ISBN 979-11-6782-231-4(03810)